WIE
DEUTSCHLAND
ENTSTAND –
und Hitler
es zerstörte

LUDGER GREVELHÖRSTER

WIE DEUTSCHLAND ENTSTAND – und Hitler es zerstörte

Deutsche Geschichte
von 1871 bis 1949
für jugendliche Leser

Illustriert von Rüdiger Trebels

GREVEN VERLAG KÖLN

Lektorat: Martin Stiefenhofer, Freiburg im Breisgau
Gestaltung und Satz: Thomas Neuhaus, Billerbeck
Gesetzt aus der FS Jack und der Chaparral Pro Caption
Lithografie: Prepress, Köln
Papier: Fly 06 – extraweiß
Druck und Bindung: CPI books, Leck

ISBN 978-3-7743-0682-0

Detaillierte Informationen über alle unsere Bücher finden Sie unter:
www.Greven-Verlag.de

Inhalt

Geschichte und wozu sie »gut« ist

»Früher – das ist doch lange vorbei. Wozu soll es gut sein, darüber Bescheid zu wissen?« Das ist wohl die normale Einstellung von Jugendlichen, denn es gibt natürlich viel Wichtigeres: Freunde, die Clique, die nächste Party oder den Sportverein und die verschiedensten Hobbys. Auch ich habe in diesem Alter an alles Mögliche gedacht, nur nicht an Geschichte. Jedenfalls nicht bewusst. Denn ohne dass wir es immer bemerken, haben wir es tatsächlich ständig mit Vergangenem zu tun, mit Erlebnissen und Ereignissen, die heute aktuell und bald schon vorüber sind. Sie verwandeln sich so von Gegenwart in Vergangenheit. Ein Beispiel ist dein letzter Geburtstag. Er liegt wahrscheinlich schon Wochen oder Monate zurück, und obwohl du dich an ihn noch gut erinnern kannst, ist er vorbei und abgeschlossen. Er ist nun Geschichte. Genauer: Er ist zu einem Teil *deiner* Geschichte geworden, die mit deiner Geburt begonnen hat und seitdem Tag um Tag weiter fortschreitet. Und damit wird klar, dass Geschichte mit anhaltender Veränderung zu tun hat.

Auch dein Leben hat sich sicher schon ein paar Mal stark verändert: Als du in die Schule gekommen bist, weitere Geschwister bekommen hast oder vielleicht mit deinen Eltern in eine neue Stadt gezogen bist – jedes Mal fand eine größere Veränderung statt. Die Umstände deines Lebens wandelten sich, weil deine Eltern das aus ihnen wichtigen Gründen *wollten*. Der Motor von Veränderungen sind also wir Menschen, angetrieben durch unsere Gefühle, Wünsche und persönlichen Interessen. Das verbirgt sich hinter dem oft genannten Satz: »*Menschen* machen ihre Geschichte!«

Aber wozu soll es gut sein, über Vergangenes Bescheid zu wissen? Um diese Frage zu beantworten, bitte ich dich, dir vorzustellen, du würdest an einem verregneten Montagmorgen aufwachen und feststellen, dass du deine Erinnerung verloren hast. Niemand wäre da, den du befragen könntest. Du wärst verwirrt und unruhig, hättest Kopfschmerzen und würdest dich wohl als Erstes fragen: »Wer bin ich?«, »Wer sind meine Eltern?«, »Welche Freunde habe ich?« oder: »Was habe ich schon alles erlebt?« All diese Dinge (und noch viele mehr) müssen klar sein, damit man weiß, *wer* man ist und *wie* man dieser jemand *geworden* ist. Denn wir alle werden erst zu selbst-bewussten und überlegt handelnden Menschen, wenn wir uns und unsere besondere Geschichte kennen.

Ähnlich ist es mit der Geschichte eines ganzen Landes und seiner Bewohner. Auch uns Deutschen würde etwas Wichtiges fehlen, wenn wir keine Erinnerung an die guten und schlechten Erfahrungen der Vergangenheit hätten. Ohne diese gemeinschaftliche Erinnerung wüssten wir nicht, welche Fehler wir schon einmal gemacht haben und könnten keine Lehren daraus ziehen. Genauso ist es mit dem, was uns gut gelungen ist und uns für den bevorstehenden Weg – die Zukunft – ein hilfreicher Leitfaden sein könnte. Es gibt also wirklich gute Gründe, sich mit *unserer* deutschen Geschichte zu befassen!

In diesem Buch geht es um die Zeit von 1871 bis 1949. Das klingt, als ob es lange her wäre; trotzdem ist es für die Geschichtsforscher die *jüngere* Vergangenheit. Und auch wenn es nur wenige Jahrzehnte waren, so ist es doch eine sehr wichtige und ereignisreiche Zeitspanne:

Sie umfasst die Jahre, in denen Deutschland 1871 als »Deutsches Reich« mit einem Kaiser an der Spitze entstand und den Ersten Weltkrieg von 1914 bis 1918 mit verursachte. Danach, nach der Kriegsniederlage von 1918, lebten die Deutschen vorübergehend in einer Republik, einem Staat mit einer *gewählten* Regierung, die auf dem Willen *des Volkes* beruht. Diese demokratische Republik zerbrach jedoch 1933 wieder. An ihre Stelle trat die Hitler-Herrschaft, von der wohl jeder schon etwas gehört oder gelesen hat. Es war eine Zeit der Ausgrenzung und Unterdrückung vieler Menschen, besonders der Juden. Und es war die Zeit des Zweiten Weltkriegs, der von 1939 bis 1945 dauerte und den Hitler und seine Nationalsozialisten von Anfang an gewollt hatten. Aber wieder verlor das Reich, verloren die Deutschen diesen Krieg, der unvorstellbar viel Leid und Tod über die Völker brachte und mit der Kapitulation am 8. Mai 1945 endete. Es schlossen sich die Jahre an, in denen das zerstörte

Deutschland unter den Siegern des Kriegs aus West und Ost aufgeteilt und von diesen kontrolliert wurde, bis dann im Jahr 1949 auf deutschem Boden zwei (!) deutsche Staaten geschaffen wurden: die »Bundesrepublik Deutschland« im Westen und die »Deutsche Demokratische Republik« im Osten.

Woher wir von früher wissen

Woher weiß man überhaupt, was damals so alles passiert ist? Woher weiß man, was die Menschen zum Beispiel vor hundert Jahren dachten, wovor sie vielleicht Angst hatten oder was sie sich besonders wünschten? Wie ihr Alltag war und wie sie lebten? Das sind berechtigte und wichtige Fragen, denn die Vergangenheit ist ja vorbei und liegt für uns zunächst im Dunkeln. Aber die Menschen, die vor unserer Zeit gelebt haben, hinterließen viele Dinge, die von ihrer Lebenswelt »erzählen«. Solche Dinge würden Detektive »Spuren« nennen; Geschichtsforscher oder Historiker bezeichnen sie als »Quellen«.

Ein Beispiel sind alte Fotos. Nehmen wir etwa ein Familienfoto aus dem Jahr 1926. Zufälligerweise besitze ich selbst eine Fotografie aus diesem Jahr. Sie ist zwar etwas vergilbt und hat einige Knicke. Aber sie ist mir wichtig, weil darauf meine Mutter sowie ihre Eltern und Geschwister zu sehen sind. Sie haben sich an irgendeinem Tag im Herbst 1926 getroffen, um sich mit dieser Fotografie ein gemeinsames Erinnerungsstück zu schaffen. Man sieht darauf, wie sich »normale« Leute damals kleideten, nämlich nicht in Jeans und T-Shirt oder anderen lässigen Kleidungsstücken, sondern in ordentlichen Anzügen und gesteiften Blusen und Röcken, wie sie seinerzeit »in Mode« waren. Das gilt auch für die Frisuren, die man trug, weil man sie damals schick fand, oder den auffälligen Oberlippenbart meines Großvaters. Und noch etwas fällt auf: Die Familie meiner Mutter bestand aus nicht weniger als elf – ja, wirklich elf! – Kindern. Viele Kinder zu haben, war damals normal. Ein einziges Foto kann also schon viel von früheren Zeiten zeigen!

Wenn die Vergangenheit also zunächst im Dunkeln liegt, kann man sich solche »Quellen« wie das Licht einer Taschenlampe vorstellen. Die Strahlen dieser Lampe leuchten in die vergangene Zeit hinein und je nachdem, auf was sie treffen, gewähren sie uns einen ausschnitthaften Eindruck von dem, was einmal war. Damit ein halbwegs vollständiges Gesamtbild der vergangenen Zeiten erkennbar werden kann, müssen die Geschichtsforscher über ein dickes Bündel von Lichtstrahlen verfügen. Mit anderen Worten: Man braucht viele, möglichst unterschiedliche »Quellen«, um genügend Hinweise zu sammeln, mit deren Hilfe man einen vorzeigbaren Bericht über die Vergangenheit verfassen kann.

Für die Zeit, um die es in diesem Buch geht, also für die Jahrzehnte von 1871 bis 1949, gibt es zum Glück zahlreiche Quellen. In vielen Städten stehen zum Beispiel noch alte Bauten: Schmucke, großbürgerliche Wohnhäuser aus der »Wilhelminischen Zeit«, die nach den Herrschaftsjahren Kaiser Wilhelms II. benannt ist. Er war im Jahr 1888 Kaiser geworden und blieb es bis 1918, als die Niederlage für »sein« Reich im Ersten Weltkrieg auch das Ende seiner Herrschaft bedeutete. Auch Kasernen oder Fabrikgebäude von damals sind oft noch erhalten. Und viele Denkmäler! Diese schossen gerade in der Wilhelminischen Ära wie Unkraut aus dem Boden. Mal erinnern sie an erfolgreiche Schlachten, mal an die Heerführer, die das jeweilige Blutvergießen als ihren persönlichen Erfolg bekannt geben wollten. Dem Volk sollte auf diese Weise klar gemacht werden, dass es in angeblich glorreichen Zeiten lebte und von Kaisern, Kanzlern oder Generälen geführt wurde, denen es zumindest Gehorsam und untertänige Dankbarkeit schuldig sei.

Neben Fotos und alten Bauten gibt es noch viele weitere Quellen, die ganz verschiedenartig sein können. Ich meine zum Beispiel alte Uniformen, Zeitungen, Gerichtsakten, amtliche Statistiken, Erlasse, Filme, Reden – aber auch Pässe, Karten und Geldscheine oder Briefe und Tagebücher. Jede dieser Quellen gewährt uns einen unterschiedlichen Zugang zu früher. Ein Erlass etwa ist eine Anordnung der Regierung und damit eine Art gesetzliche Verfügung, an die sich die Menschen halten müssen. In der Zeit der Alleinherrschaft Hitlers von 1933 bis 1945 gab es eine Fülle von Erlassen, die dazu gedacht waren, Juden das alltägliche Leben in Deutschland so schwer wie möglich zu machen. Diese Verfügungen sind bis heute in Archiven, den Aufbewahrungsorten dieser Art von Quellen, vorhanden. Für den Geschichtsforscher sind sie wichtig, weil sie ihm zeigen, welche erniedrigenden Regelungen es für Juden gab, seit wann es sie gab und auf welche Lebensbereiche sie abzielten. Aber um etwas darüber zu erfahren, wie die vielen Opfer unter diesen Erlassen wirklich litten, dazu sind diese nüchtern-kaltherzigen Erlasstexte nicht geeignet. Wer dazu mehr herausfinden möchte, sucht eher nach Briefen und Tagebüchern von betroffenen Menschen. Denn dort ist ja sehr Persönliches niedergeschrieben: Sorgen, Probleme, Ängste und überhaupt Gedanken über das, was jemand erlebt und was ihn bewegt hat. Erlass und Tagebuch haben also für den Geschichtsdetektiven unterschiedliche Aussagewerte. Beide können sich gut ergänzen und ergeben dadurch ein umfassenderes Bild.

Es gibt außerdem eine Art von Quellen, die nicht in Archiven aufbewahrt werden: mündliche Berichte von sogenannten Zeitzeugen. Das sind Menschen, welche die Vergangenheit noch selber erlebt haben und deshalb heute noch Auskunft darüber geben können. Hin und wieder lese ich in der Zeitung von Männern oder Frauen, oft überlebende Juden aus den Hitler-Jahren, die in Schulen jungen Menschen von dieser Zeit erzählen. Sie sind natürlich schon sehr alt, aber ihre Erinnerung an diese für sie schreckliche

Zeit ist oft noch äußerst genau. Auch mein Vater war eine solche »Quelle«. Er hatte als deutscher Soldat am Zweiten Weltkrieg von 1939 bis 1945 teilgenommen und mir manchmal davon erzählt. Mit vielen tausend anderen Soldaten war er im Winter 1942/43 unter anderem bei der schrecklichen Schlacht um Stalingrad dabei. Ich wusste von dieser Schlacht, aber erst durch ihn habe ich nähere Einzelheiten erfahren, und mir wurde klar, warum er noch über 60 Jahre später unter diesen Erinnerungen litt.

Wie es zur Gründung des Deutschen Reichs von 1871 kam

Nach diesen allgemeineren Erklärungen zur Geschichte und Geschichtsforschung geht es jetzt um die tatsächlichen Ereignisse und Entwicklungen. Beginnen wir mit dem 18. Januar 1871. Dieses Datum markiert gewissermaßen den »Geburtstag« Deutschlands, das an jenem Tag als »Deutsches Reich« auf die Weltbühne trat. Für unsere Nachbarn in Europa, und auch für manche Deutsche selbst, war die Überraschung über diese Veränderung damals sehr groß! Denn bis dahin sah viele Generationen lang die politische Landkarte ganz anders aus. Man war daran gewöhnt, dass es in Europa fünf starke Länder – Großmächte – gab: England, Frankreich, Russland, Österreich und schließlich Preußen, das kleinste dieser europäischen Großmächte; ein »Deutschland« gab es noch *nicht*. Also, wie kam es zu diesem Deutschland?

Wiener Kongress und Deutscher Bund 1814/15

Ein Blick auf die Karte von Mitteleuropa *vor* 1871 zeigt, dass sich auf dem Gebiet des *späteren* Deutschen Reichs viele kleine und kleinste Länder tummelten. Sie waren teilweise so winzig, dass du schon ganz genau hinsehen oder sogar zur Lupe greifen musst! Sie hießen zum Beispiel Anhalt, Lippe-Detmold, Nassau, Lauenburg, Braunschweig oder Oldenburg – schon mal von ihnen gehört? Wohl eher nicht. Neben diesen Winzlingen existierten, zumindest im Vergleich dazu, einige mittelgroße Staaten wie Hannover, Mecklenburg-Schwerin, Württemberg, Sachsen und Bayern. Und es gab die erwähnten Länder Preußen und Österreich, die im Maßstab all der deutschen Länder richtige Giganten waren. Insgesamt bestanden auf dem deutschen Territorium (also auf deutschem Gebiet) 35 solcher Einzel*staaten* und außerdem noch vier freie Städte wie Hamburg und Bremen. Diese Gebilde waren alle richtige Staaten – jeder von ihnen hatte also zum Beispiel eine eigene Währung, eine eigene Armee, ja sogar eigene Briefmarken und Maßeinheiten. Und wer etwa von Bayern ins benachbarte Württemberg oder nach Sachsen reisen wollte, musste dazu eine richtige Grenze ins Ausland überqueren!

Der »Deutsche Bund«, 1815–1866. Noch war »Deutschland« eine Ansammlung von eigenständigen deutschen Ländern, in denen Fürsten und Könige regierten.

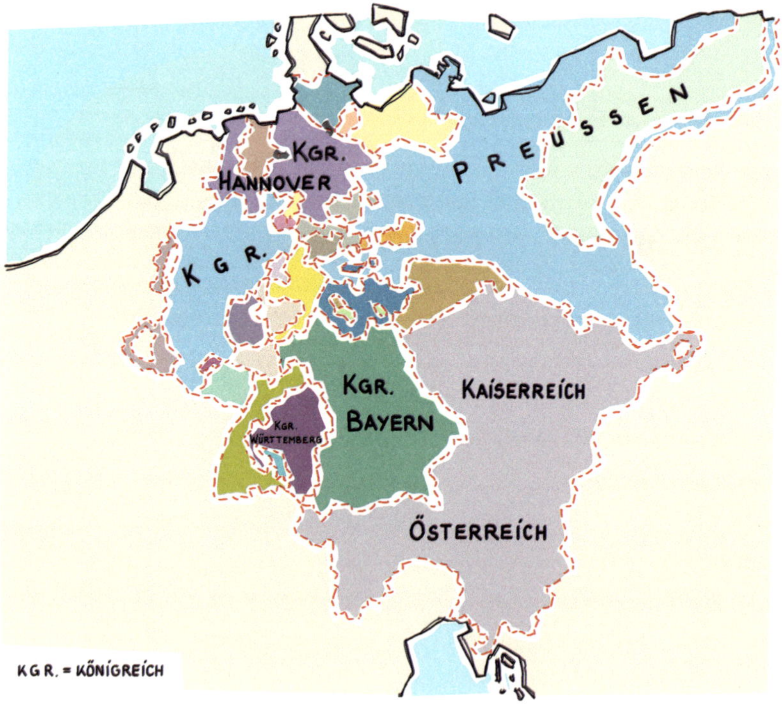

Alle diese von Fürsten oder Königen regierten Staaten gehörten allerdings dem sogenannten Deutschen Bund an. In einem »Bund« ist man miteinander zu einem bestimmten Zweck verbunden, wozu meist ein Vertrag geschlossen wird. Der Deutsche Bund war aber nur eine *lose* Verbindung, bei der es keine gemeinsame Spitze wie zum Beispiel einen Kaiser gab. Jeder Staat blieb ausdrücklich unabhängig. Es ist klar, dass daran die einzelnen Fürsten oder Könige großes Interesse hatten. Denn wo und wie sollten sie herrschen, wenn es ihren Staat gar nicht mehr gab? Was da bestand, war also ein »Staatenbund«. Und der sollte vor allem dazu da sein, sich gegenseitig mit Militär zu unterstützen, wenn einer von ihnen etwa von außen angegriffen würde.

Die Erfinder dieses »Deutschen Bundes« waren die schon genannten europäischen Großmächte England, Frankreich, Russland, Österreich und Preußen. Sie hatten ihn auf einer wichtigen Zusammenkunft – einem »Kongress« – in Wien 1814/15 beschlossen. Kurz zuvor war in Europa ein großer Krieg zu Ende gegangen, den der französische General, Politiker und Kaiser Napoleon Bonaparte angezettelt hatte; bestimmt sagt dir der Name etwas. Dieser ruhelose Napoleon hatte mit seinen Armeen zu Anfang des 19. Jahrhunderts in Aufsehen erregenden Feldzügen halb Europa überrannt und jahrelang besetzt gehalten. Um ihn schließlich im Herbst 1813 besiegen zu können, hatten sich die übrigen großen Mächte zusammengetan. Unmittelbar danach waren die Herrscher und Diplomaten aus fast ganz Europa in Österreichs Hauptstadt Wien zusammengekommen. Sie überlegten, wie zu verhindern sei, dass sich so etwas wiederholen könne. Man einigte sich darauf, dass es am besten sei, wenn alle großen Mächte in etwa vergleichbar stark wären. Dann würde wohl keiner den Versuch wagen, etwas Ähnliches wie dieser ehrgeizige französische Eroberer zu machen. Diese Idee klang recht vernünftig. Denn ein Überfall, so kalkuliert ein berechnender Angreifer, lässt sich nur riskieren, wenn die Gegner zu schwach zur Gegenwehr scheinen. So also war diese Idee vom »Gleichgewicht der Mächte« gemeint!

Bei diesen Überlegungen spielte »Mitteleuropa«, und damit das deutsche Gebiet, eine wichtige Rolle: Der »Deutsche Bund« sollte einerseits stark genug sein, um erneuten Machtbestrebungen Frankreichs im Westen oder etwa Russlands im Osten zu widerstehen. Andererseits aber sollte in der Mitte des Kontinents keine *neue* Großmacht entstehen, die ihrerseits irgendwelche den Frieden störenden Pläne entwickelte. Insofern war der in Wien ausgedachte lose deutsche Staatenbund geschaffen worden, um den Frieden in Europa dauerhaft sichern zu helfen.

Die Fürsten, die in Wien den »Deutschen Bund« beschlossen hatten, waren sehr eigensinnig und selbstbewusst. Wenn man sie sich heute vorstellen will, hilft es zu wissen, dass das Wort »Fürst« aus dem althochdeutschen Begriff »furesto« abgleitet ist, was so viel wie »der Erste« heißt. Und diese »Ersten« hatten von sich eine sehr hohe Meinung. Sie sahen es nicht als Zufall an, dass sie die Herrscher waren und damit im Staat allein das Sagen hatten. Sie brachten vor, Gott selbst habe ihnen – beziehungsweise ihren Vorfahren – den Auftrag erteilt, über die Völker zu bestimmen. Wenn wir sie befragen könnten, würden sie wohl ohne zu zögern sagen, dass es ihre gerechtfertigte oder »legitime« Aufgabe sei zu herrschen. Die Menschen betrachteten sie als *ihre* Untertanen. Als Bauern, Handwerker oder Beamte hatten diese ihre Arbeit gewissenhaft zu tun, bei allem Anderen aber der fürstlichen Weisheit und Autorität zu vertrauen. Diese anzuzweifeln erschien den »Ersten« ganz und gar nicht angebracht zu sein. Wer es trotzdem wagte, der wandte sich ihrem Verständnis nach gegen die »gottgewollte« Ordnung, die mit den persönlichen Machtinteressen der christlichen Fürsten also auffällig übereinstimmte.

Entstehung eines Nationalgefühls

Damit ist wohl klar, dass diese Herrscher empört waren, als sie merkten, dass ihre Untertanen mit den Beschlüssen von Wien und der Einrichtung eines »Deutschen Bundes« überhaupt nicht einverstanden waren. Die Menschen sehnten sich nämlich inzwischen danach, in einer großen, *geeinten* »Nation« zu leben. Über die Jahre war ein Nationalgefühl entstanden, das zuerst eher eine Sache der gebildeten bürgerlichen Schichten war, von Professoren, Lehrern, Verlegern, Dichtern oder Studenten. Mit der Zeit hatte diese sehnsuchtsvolle Vorstellung immer weitere Kreise der Bevölkerung erfasst, vor allem aber das Bürgertum, das sich aus den mittleren Schichten der Gesellschaft zwischen den Adeligen »oben« und den Bauern oder Arbeitern »unten« zusammensetzte. Entscheidend für diese Entwicklung waren die Jahre, als Napoleons Truppen die deutschen Gebiete besetzt hielten und sich wie selbstherrliche Eroberer aufführten. Das war zwischen 1806 und 1813. In diesen Jahren der verhassten Fremdherrschaft durch die Franzosen waren sich viele Deutsche bewusst geworden, dass sie durch große Gemeinsamkeiten verbunden waren. Sie dachten etwa so: Alle Deutschen – ob Württemberger, Anhaltiner, Badener, Holsteiner oder Mecklenburger – hatten doch eine gemeinsame Geschichte und Sprache; sie hatten eine ähnliche Lebensweise und sie begeisterten sich für dieselben Dichter oder Musiker. Sie gehörten daher demselben Volk, derselben »Nation« an. Und ein Volk oder *eine Nation* musste doch in *einem* gemeinsamen Staat zusammenleben!

Für die Fürsten war es schon gefährlich genug, dass sich dieses Nationalgefühl gebildet und überall verbreitet hatte. Denn in den Augen vieler national oder »vaterländisch« eingestellter Deutscher waren ja sie es, die aus Egoismus und Machtverliebtheit verhinderten, dass die deutsche Zersplitterung überwunden wurde. Noch gefährlicher wurde es für die Fürsten dadurch, dass zum Wunsch nach Einheit auch noch das Verlangen nach Freiheit und Mitbestimmung im Staat kam. Das war das Denken und Wollen der »Liberalen«. Diese Bezeichnung geht auf das lateinische Wort »libertas« zurück; übersetzt bedeutet es »Freiheit«. Und diese Liberalen oder Freiheitlichen dachten wiederum so: Alle, die der

Nation angehörten, sollten *freie* Bürger und nicht mehr abhängige Untertanen sein und über dieselben grundlegenden Rechte verfügen. Sie sollten vor dem Gesetz gleich behandelt werden, ihre Meinung frei sagen können und Zeitungen haben, in denen frei geschrieben wurde. Die Nation war für sie ein freiwilliger Zusammenschluss von Bürgern, die bei Entscheidungen über die Angelegenheiten aller – über die Angelegenheiten des Staates – mit beteiligt sind. Dazu sollte es eine gewählte Volksvertretung geben, also ein Parlament. Alle diese wichtigen Rechte sollten in einer richtigen Verfassung niedergeschrieben werden, damit man sich jederzeit darauf berufen konnte. Du merkst schon: Diese liberale oder freiheitliche Vorstellung von einer geeinten Nation hatte es in sich!

Revolution 1848/49 und »Deutsche Frage«

Das wussten natürlich auch die Fürsten. Deshalb unternahmen sie zunächst alles Mögliche, um diese Vorstellung und alle, die ihr anhingen, zu bekämpfen. Sie erließen Verbote, verhängten Gefängnisstrafen und hofften, dass sich die Dinge irgendwie beruhigen würden. Dass diese Hoffnung vergeblich war, zeigte sich, als im Frühjahr 1848 in fast ganz Europa Aufstände gegen die Fürstenherrschaft ausbrachen. Das Signal war von der französischen Hauptstadt Paris ausgegangen. Dort hatte das aufgebrachte Volk den König verjagt, eine Republik eingerichtet und so in kurzer Zeit die bestehenden Machtverhältnisse im Staat grundlegend verändert. Die Geschichtsforscher sprechen in einem solchen Fall von einer »Revolution«.

Diese Revolution von 1848 breitete sich nun Ende Februar/Anfang März jenes Jahres rasch auch in den deutschen Staaten aus. Nahezu überall versammelten sich vor allem Kaufleute, Unternehmer, Handwerker, Beamte und Studenten und trugen ihre Forderungen vor. Sie verlangten freiheitliche Rechte wie Rede- und Pressefreiheit, ein *einheitliches* Deutschland und vor allem ein frei gewähltes *gesamtdeutsches* Parlament. Wo sie das taten, schwenkten sie schwarz-rot-goldene Fahnen, die ihr Erkennungszeichen waren. Für sie waren das die Farben von Freiheit und Einheit! Heute, wenn schwarz-rot-goldene Fähnchen etwa bei einer Fußballweltmeisterschaft zahlreich an Autos und Fenstern gezeigt werden, denkt sicher kaum einer daran, wann diese Farben zum ersten Mal durch die Straßen getragen wurden und was sie den Revolutionären damals bedeuteten.

Klar, dass sich die Fürsten durch diese Farben bedroht fühlten. Das umso mehr, da die Revolution nicht überall friedlich ablief. In Berlin etwa fanden in jenen Wochen Straßenkämpfe statt, bei denen die Aufständischen das Militär des preußischen Königs besiegten. Was blieb den überrumpelten und geschockten Fürsten also anderes übrig, als erst einmal den Rückzug anzutreten? Eilig versprachen sie, die Forderungen der Bürger zu erfüllen – und ansonsten warteten sie das Weitere ab.

Der 18. März 1848 in Berlin: Barrikadenkämpfe zwischen der aufständischen Bevölkerung und den Soldaten des preußischen Königs. Die Bürger siegten – aber 240 von ihnen verloren in den Kämpfen ihr Leben.

In der Geschichte kommt es immer wieder zu Situationen, wo sich eine Chance zu großen Veränderungen ergibt. Das sind meistens Momente, in denen nicht klar ist, wer gerade die Macht in Händen hält. Die bisherigen Machthaber und diejenigen, die sie herausfordern, stehen sich für kurze Zeit in einer Art Kräftegleichgewicht gegenüber. Die Herausforderer sind dabei meist ein wenig im Vorteil, wenn sie die Herrscher mit ihren Ansprüchen überraschen. Etwa so schien es in den Frühjahrsmonaten 1848 gewesen zu sein. Die Stimmung bei den Revolutionären war voller Zuversicht und Tatendrang. Sie setzten als Erstes in allen deutschen Staaten allgemeine und freie Wahlen zu einem Parlament durch. Es sollte eine Versammlung von gewählten Vertretern des ganzen Volkes, der ganzen Nation sein – eine Nationalversammlung. Niemand fand etwas dabei, dass *nur* Männer das Recht zu wählen hatten und Frauen ausgeschlossen waren. Heute empfinden wir das als eine Ungerechtigkeit, aber die Menschen damals dachten nicht so wie wir, denn sie waren ja mit *anderen* Erfahrungen und Einstellungen groß geworden. Und zu jener Zeit gab es nirgendwo in Europa ein Wahlrecht für Frauen. Es dauerte in Deutschland bis 1918, bis diese Ungerechtigkeit verschwand.

Die Nationalversammlung trat am 18. Mai 1848 in Frankfurt am Main feierlich zusammen. Sie bestand aus 586 Abgeordneten aus allen deutschen Gegenden. Es waren Männer, oft Professoren, Richter oder andere hohe Beamte, die im Volk großes Ansehen besaßen und die auch mit großem Ernst sofort an ihre Aufgaben gingen. Drei Themen sahen sie als besonders drängend an: Zum ersten ging es ihnen darum, eine Verfassung zu entwerfen, in der die wichtigsten Rechte der Deutschen – ihre Grundrechte – niedergeschrieben sein sollten. Für uns sind solche Grundrechte heutzutage selbstverständlich; damals wurde der Grundstein zu ihnen gelegt. Zum zweiten mussten die Abgeordneten darüber entscheiden, ob das Volk allein herrschen oder ob mit einem Kaiser an der Spitze regiert werden sollte. Gemeint war natürlich eine Fürstenherrschaft, bei der die Macht des Kaisers *eingeschränkt* war; sonst hätte sich ja auch kaum etwas geändert.

Als drittes hatten die Abgeordneten die Aufgabe, zu entscheiden, welche Grenzen dieses ersehnte geeinte Deutschland haben sollte. Das Problem war, dass die Mitglieder der Nationalversammlung ausdrücklich angetreten waren, um einen gemeinsamen Staat für alle *Deutschen* zu schaffen: einen *deutschen* Nationalstaat. Aber es gab im Deutschen Bund einzelne deutsche Staaten, auf deren Gebiet sich auch *nicht*-deutsche Volksgruppen befanden. Das galt vor allem für Österreich. Dieses Kaiserreich Österreich war damals im deutschen Maßstab nicht nur besonders groß und mächtig, sondern es war ein »Vielvölkerstaat«, in dem auch viele Tschechen, Ungarn, Slowenen, Polen, Kroaten oder Italiener lebten. Was sollte also mit Österreich geschehen? Wer ein großes und mächtiges Deutschland wollte, konnte eigentlich nicht auf das Kaiserreich der Habsburger (das war die österreichische Herrscherfamilie) verzichten. Die meisten Abgeordneten waren deshalb am Anfang für eine sogenannte »großdeutsche« Lösung. Sie meinten, dass Österreich – aber nur mit seinen *deutsch*sprachigen Gebieten – dem geeinten Deutschland angehören und sogar die Führung darin haben sollte. Aber das wollte und konnte der österreichische Kaiser in Wien nicht annehmen, weil sein großes Reich dann ja praktisch gespalten wäre. Also schwenkten die Abgeordneten in Frankfurt am Main schließlich um und entschieden sich für die »kleindeutsche« Lösung. Damit war ein Deutschland *ohne* Österreich gemeint. In einem solchen kleineren Deutschland sollte natürlich die zweitstärkste deutsche Macht, Preußen, die Führung haben, und dann würde eben der preußische König als Kaiser an der Spitze eines deutschen Reichs stehen!

Welche Gebiete sollten zu »Deutschland« gehören? Das war eine der wichtigen Fragen in der Frankfurter Nationalversammlung von 1848. Links die kleindeutsche Lösung ohne Österreich, rechts die großdeutsche Lösung mit den deutschsprachigen Gebieten Österreichs.

Nach monatelangen Beratungen schien alles gut gelöst zu sein. Inzwischen war rund ein Dreivierteljahr vergangen. Es war Frühjahr 1849 geworden, als die Abgeordneten in Frankfurt ihr Werk vollendet sahen. Aber diese Monate hatten die Fürsten genutzt, um sich wieder zu fangen. Sie erlangten ihr Selbstvertrauen zurück und sahen jetzt keine Notwendigkeit mehr, auf die Mitglieder eines Parlaments Rücksicht zu nehmen, das nicht einmal eine Armee hatte. Es war bezeichnend: Als eine Vertretung des Parlaments aus Frankfurt am 8. April 1849 in Berlin erschien, um dem preußischen König Friedrich Wilhelm IV. mitzuteilen, man habe ihn zum Kaiser gewählt, lehnte dieser hochmütig ab! Er könne keine Krone annehmen, die den »Ludergeruch der Revolution« verbreite. Nur »seinesgleichen« könnten ihn zum Kaiser machen, ließ er kühl wissen.

Die Sache der bürgerlichen Revolutionäre war damit verloren. In der Folge löste sich die Nationalversammlung nach und nach auf. Nur einige wenige Abgeordnete, allesamt sehr ungeduldige Anhänger der reinen Volksherrschaft – radikale Demokraten –, wollten von Stuttgart aus weitermachen. Die Fürsten schickten ihre Truppen. »Gegen Demokraten helfen nur Soldaten!«, lautete ihre höhnische Parole. Viele der Revolutionäre wurden verhaftet und zu hohen Gefängnisstrafen verurteilt, manche auch hingerichtet. Wieder andere flüchteten ins Ausland, in die Schweiz, nach England und vor allem in die USA, wo sie eine sichere Zufluchtsstätte fanden. Sie fanden dort »Asyl«, so wie wir es heute verfolgten Menschen gewähren, die uns in ihrer Not um Aufnahme bitten.

Nach dem Scheitern der Revolution von 1848/49 schien der große Traum der Deutschen von Freiheit und Einheit erst einmal geplatzt. Es war ein Wunschtraum, der wohl einfach zu früh gekommen war: Nirgendwo in Europa überlebte in der Mitte des 19. Jahrhunderts die Revolution dauerhaft. Überall, zuerst in Österreich, siegten die alten Machthaber, und selbst in Frankreich, von wo alles ausgegangen war, musste die Republik zumindest vorübergehend wieder ihren Platz räumen. Aber was wäre gewesen, wenn die Aufständischen in den deutschen Staaten gesiegt hätten? Hätten sie ein geeintes Deutschland schaffen können? Wohl nicht! Denn die europäischen Nachbarn, besonders England und Russland, hatten deutlich zu verstehen gegeben, dass sie ein starkes Deutschland in Mitteleuropa nicht zulassen wollten. Das heißt: Sie machten Druck, ja, sie drohten sogar mit Krieg! Daran kannst du sehen, dass *ohne* die Zustimmung oder Duldung der großen Nachbarn die deutsche Einigung nicht möglich war!

Wirtschaftliches Zusammenwachsen

Die deutschen Bürger waren zutiefst enttäuscht. Diese Entwicklung zeigte ihnen, dass weder Freiheit noch Einheit, und schon gar nicht beides zusammen, gegen die mächtigen Fürsten durchzusetzen waren. Ernüchtert zogen sie sich in ihr Privatleben zurück und kümmerten sich wieder um ihre Familien und die Geschäfte. Wenn eine Veränderung kommen sollte, dann wohl nur »von oben«, dachten sie. Aber vorerst herrschte »oben« wenig Lust dazu. Der preußische König Friedrich Wilhelm IV., auf den es (noch) ankam, und seine Berater dachten nicht daran, etwas zu ändern. Warum sollten sie den Bürgern entgegenkommen, wo doch die erlauchten Fürsten »von Gottes Gnaden« wieder fest im Sattel saßen?

Diese ignorante Sturheit am Königshof in Berlin empfanden die Menschen umso stärker, als in ihrem Alltag das geeinte Deutschland immer mehr Wirklichkeit wurde. Eine andere, in ganz Europa überaus erfolgreiche Revolution hatte das zustande gebracht: die »industrielle Revolution«. Sie hatte von England aus seit den 1830er-Jahren auf die deutschen Staaten übergegriffen. Durch die Erfindung der Dampfmaschine konnte immer mehr mühsame Handarbeit durch maschinelle Herstellungsverfahren ersetzt werden. Vielerorts entstanden Fabriken, in denen Maschinen Tag und Nacht massenhaft preiswert produzierten, was eine stark wachsende Bevölkerung dringend brauchte. Zugleich wurden immer neue Eisenbahnstrecken über das Land gelegt. In Deutschland befuhr die erste Lokomotive mit Waggons am 7. Dezember 1835 eine sechs Kilometer lange Strecke von Nürnberg nach Fürth. Im Jahr 1860 umfasste das Schienennetz bereits 11 026 Kilometer; die gute alte Postkutsche und der Pferdewagen hatten als Transportmittel endgültig ausgedient. Die Eisenbahn verband die verstreut im deutschen Wirtschaftsraum liegenden Fabrikstandorte und brachte die Menschen zusammen. Eine ähnlich große

Veränderung bewirkte der Telegraf – eine weitere technische Erfindung des »Maschinenzeitalters«. Mit dem Telegrafen konnte man zum Beispiel vom Seehafen Hamburg aus nach Leipzig oder Essen rasch drahtlose Nachrichten, Depeschen oder Telegramme genannt, versenden; das war eine echte Revolution im Nachrichtenwesen, denn das Telefon gab es ja noch nicht, und an Handys war noch lange, lange nicht zu denken. Außerdem gab es – seit 1834 – im Norden Deutschlands den »Deutschen Zollverein«. Ihm gehörten unter Führung Preußens immerhin 18 deutsche Staaten an. Diese hatten sich darauf verständigt, die Zölle, die den Warenverkehr behinderten und verteuerten, untereinander aufzuheben und so einen für alle vorteilhaften Binnenmarkt zu schaffen. Du kannst dir also gut vorstellen, warum viele Deutsche, besonders Unternehmer und Fabrikherren, die deutsche Einheit mit wachsender Ungeduld erwarteten. Doch wann würde es endlich so weit sein? Diese Frage bedrückte sie.

Der »Reichsgründer« Bismarck

Manchmal ist es wirklich so in der Geschichte: Da taucht wie aus dem Nichts eine besondere Person auf – und alles kommt in Bewegung. Hier war dieser Jemand ein gewisser Otto von Bismarck. Sicher hast du schon von ihm gehört oder gelesen, denn er ist wohl der bekannteste deutsche Politiker oder Staatsmann des 19. Jahrhunderts. Die Zahl der Denkmäler, die an ihn erinnern, ist groß, und wer in Hamburg wohnt, kann dort sogar an jedem Tag ein wuchtiges Monument zum Gedenken an den »Reichsgründer« ansehen.

Geboren wurde Otto von Bismarck am 1. April 1815 in Schönhausen an der Elbe. Das war in der preußischen Altmark, einem beschaulichen Landstrich etwa zwischen Magdeburg und Berlin. Er stammte aus einer alt-adeligen Gutsbesitzerfamilie und studierte nach seinem Abitur in Berlin Rechtswissenschaften. Nach dem Jurastudium musste er eine praktische Ausbildung machen, die ihn nach Potsdam und Aachen führte. Der später so berühmte und fleißige Bismarck empfand aber die Arbeit mit verstaubten Akten als sehr langweilig. Deshalb schwänzte er schon mal den Dienst, war manchmal unpünktlich und nicht selten schlecht gelaunt. Schließlich schmiss der eigenwillige junge Mann kurzerhand alles hin und ging zurück aufs Land. Dort, wo er eine Zeit lang die elterlichen Gutshöfe bewirtschaftete, waren Landadelige mit Großgrundbesitz wie er von jeher kleine Könige! Die einfachen Bauern sahen sie auf jeden Fall oft so, und auch sie selber gefielen sich wohl in der Rolle als »väterliche« Bestimmer über das angeblich auf Führung angewiesene Landvolk. Kein Wunder also, dass Bismarck die althergebrachte Ordnung und die Monarchie sowie den König unbedingt verteidigen wollte. Leuten von einer Zeitung erklärte er später einmal, durch seine Familie und seine Erziehung sei er »vor allem der Mann des Königs«. Die Revolution der Bürger von 1848/49 war für ihn eine unerhörte

»Kinderei«. Und für die Liberalen, die »Freiheitlichen« also, die den Umsturzversuch angezettelt hatten und die alte Ordnung angriffen, hatte er deshalb lange nur Verachtung und beißenden Spott übrig.

In der Revolutionszeit kam Bismarck mit der »großen Politik« in Berührung. Und zwar so: In Preußen hatte sich der König – damals noch Friedrich Wilhelm IV. – dazu herabgelassen, dem Land eine Verfassung zu gewähren. Eine Verfassung ist eine Art Vertrag zwischen Herrscher und Beherrschten, und die darin festgelegten Regeln zu den Rechten von Regierung und Volk müssen von beiden Seiten eingehalten werden. Diese Verfassung von 1849 sicherte zwar die Vormacht des Königs, aber sie sah zugleich auch ein preußisches Parlament vor, das allerdings keine echte Volksvertretung war, weil nach dem dazu gehörigen Wahlrecht nur Männer mit Einkommen und Besitz das Recht hatten, zu wählen – wer arm war blieb genauso außen vor wie alle Frauen. In dieses »Parlament« wurde nun Bismarck hineingewählt. Er hatte sich für die konservative Partei aufstellen lassen. Das war die Partei der Königstreuen, in der er sich bald als wortgewaltiger Redner hervortat. Es war vorauszusehen, dass seine Karriere damit noch nicht zu Ende war. Sein weiterer Weg führte ihn in den diplomatischen Dienst des Landes. Das war eine wichtige Aufgabe, denn Diplomaten vertreten ein Land nach außen. 1859 wurde Bismarck also preußischer Gesandter in Sankt Petersburg, der damaligen Hauptstadt Russlands, und im Mai 1862 Botschafter Preußens in Paris.

Ein Botschafter zu sein – das ist schon was, könnte man denken. Aber für den ehrgeizigen Bismarck war das nicht genug. Er empfand regelrecht Widerwillen bei dem Gedanken, eine Politik nur auszuführen. Er wollte *bestimmen!* Die ersehnte Gelegenheit dazu kam im Spätsommer 1862. In Preußen hatte vier Jahre zuvor Friedrich Wilhelm IV. seinen Thron abgegeben. Er war »gemütskrank« geworden, hieß es. Neuer König wurde sein Bruder Wilhelm I.

Dieser Wilhelm I. war nun 1862 in eine üble Zwickmühle geraten. Denn ihm war es damals sehr wichtig, die Armee zu verstärken und sie außerdem ganz auf sich, den Monarchen, einzuschwören. Er war zwar König, aber trotzdem ging das alles nicht so einfach, weil sein Vorhaben Geld kostete – das Steuergeld des Volkes. Das Problem bestand darin, dass die Bewilligung dieses Geldes nach der Verfassung Sache des preußischen Parlaments war; dieses besaß das sogenannte Haushaltsrecht. Der Haushalt, das ist die Staatskasse, die mit den Einnahmen aus den Steuergeldern der Menschen gefüllt wird. Zum Leidwesen Wilhelms I. hatten jedoch in dem zuständigen Parlament die Liberalen die Mehrheit. Das waren in vielen Fällen Männer aus dem reichen Großbürgertum, die ihr Vermögen auf Leistung und Geschäftserfolg gründeten, was sie besonders den Adeligen gegenüber stolz und selbstbewusst machte. Einem »Königsheer« misstrauten sie, und deshalb blockierten sie das Ansinnen des Königs. Der Streit spitzte sich schließlich so zu, dass der König in seiner Verzweiflung sogar an Rücktritt dachte.

Doch bevor es dazu kam, hatte jemand aus seinem Beraterkreis die Idee, es doch einmal mit dem furchtlosen Bismarck zu versuchen. Was war schon zu verlieren? Wilhelm I. stimmte widerstrebend zu (er mochte Bismarck anfangs nämlich nicht), und am 24. September 1862 ernannte er ihn zum preußischen Ministerpräsidenten und Außenminister. Der als »Retter in der Not« geholte Bismarck war also endlich da, wo er lange schon hinwollte: Jetzt konnte *er* die Politik Preußens entwerfen und umsetzen!

Otto von Bismarck: Er bestimmte die Politik Preußens und später, ab 1871, Deutschlands über mehrere Jahrzehnte.

Bei fast allem, was Bismarck von nun an unternahm, ging es ihm darum, Preußen größer und mächtiger zu machen. Das war auch der Grund, weshalb er den König gedrängt hatte, dem Parlament gegenüber standhaft zu bleiben. Denn Preußen war durch ein starkes Militär und zahlreiche Kriege überhaupt erst groß geworden. Also brauchte es in Bismarcks Augen auch weiterhin eine schlagkräftige Armee, um seinen Aufstieg fortzusetzen. Nach Bismarcks Willen sollte Preußen nämlich in Deutschland die unumstrittene Nummer eins werden. Danach wollte er Deutschland *unter Führung Preußens* vereinen und zu einer echten Großmacht in Europa machen – eine Großmacht so wichtig wie Frankreich, England und Russland! Das waren wirklich ehrgeizige Ziele. Und diese wollte Bismarck sich von den widerspenstigen Abgeordneten nicht gefährden lassen. Den Streit mit dem Parlament »löste« er dadurch, dass er die Verstärkung des Militärs einfach *ohne* die Zustimmung der Volksvertreter durchführen ließ. Das war dreist, denn es war *gegen* die Verfassung. Aber Bismarck war ein kühl denkender Machtmensch. Er meinte, ein Politiker müsse sich immer durchsetzen und dürfe bei der Wahl seiner Mittel nicht allzu viele Bedenken haben. »Nicht durch Reden und Majoritätsbeschlüsse *(Beschlüsse der Mehrheit, L. G.)* werden die Fragen der Zeit entschieden – das ist der Fehler von 1848 und 1849 gewesen – sondern durch Eisen und Blut«, erklärte er den Abgeordneten seine Einstellung.

»Deutscher Krieg« von 1866

Jetzt weißt du, wie Bismarck dachte und dass er immer auch zum Streit bis zum Äußersten bereit war. Gegenüber anderen Staaten – in der Außenpolitik also – konnte das notfalls eben Krieg heißen. Denn mit »Eisen und Blut« waren natürlich Kanonen und kämpfende Soldaten gemeint, die auf den Schlachtfeldern für Preußen ihr Leben verloren. Das klingt für uns heute sehr fremd. Es ging ja immerhin um das Leben vieler junger Männer. Aber fast alle Staatsmänner dieser Zeit dachten genauso wie Preußens führender Minister. Für sie war der militärische Kampf nichts anderes als die »Fortsetzung der Politik mit anderen Mitteln«. Und die Vorherrschaft in Deutschland ließ sich für Bismarck nur durch Krieg mit der anderen großen Macht im Deutschen Bund erreichen: mit dem Kaiserreich Österreich. Man nehme sich gegenseitig die Luft zum Atmen, klagte Bismarck einmal. Ihm schien klar, dass einer der beiden Gegner »weichen oder gewichen werden« müsse, und dass das für ihn nur Österreich sein konnte, versteht sich nach allem wohl von selbst!

Aber Bismarck war klug. Er wusste, dass die großen Nachbarn in Europa argwöhnisch darauf achteten, was in Deutschland geschah. Also wartete er auf einen günstigen Augenblick, um den Krieg zu beginnen. Und der war im Frühsommer 1866 da: Die große Seemacht England mit ihren Kolonien rund um den Globus kümmerte sich gerade um ferne Gegenden, besonders um Asien. Der riesige Nachbar im Osten – das Reich des Zaren von Russland – musste ihm auch keine Sorgen bereiten, denn Russland war schon seit Längerem mit Österreich zerstritten. Bismarck hatte das in den Jahren zuvor zu nutzen gewusst und dem Zaren einige Gefallen getan, wodurch sich beide Mächte angenähert hatten. Es blieb noch Frankreich, das inzwischen wieder ein Kaiserreich geworden war. An dessen Spitze stand Napoleon III., ein Verwandter des berühmten Napoleon Bonaparte, von dem schon die Rede war. Dieser Napoleon III. wollte seinem Volk gefallen und war auf Landgewinn aus. Am besten, so dachte er, würde sich sein Reich bei dem nahenden Krieg in Deutschland heraushalten und dafür am Ende vom Sieger einen Preis erhalten. Das Saarland zum Beispiel oder Luxemburg schien ihm als Belohnung angemessen zu sein. Das wusste Bismarck und ließ ihn durch vage Andeutungen in dem Glauben, dass seine Rechnung aufgehen könnte. Also wartete Napoleon III. ab – und Bismarck hatte freie Bahn.

Einen Auslöser für den Krieg hatte er schnell gefunden, und so begann der Kampf am 15. Juni 1866. Die vielen Kriegsgegner in Deutschland sprachen von »Bruderkrieg« und machten dem preußischen Ministerpräsidenten heftige Vorwürfe. Denn jetzt kämpften ja Deutsche gegen Deutsche! Die meisten deutschen Staaten stellten sich dabei auf Österreichs Seite, das um Unterstützung gebeten hatte. Vor allem die süddeutschen Staaten wie Bayern und Württemberg, aber auch Hannover im Norden oder Sachsen zählten zu den Gegnern Preußens, das als aggressiv und machthungrig galt. Dieser sogenannte »Deutsche Krieg« dauerte aber nicht lange.

Die preußische Armee handelte rasch. Sie besetzte Hannover und Sachsen und marschierte von dort aus in Böhmen (das ist eine Landschaft im Norden des heutigen Tschechien) ein, wo am 3. Juli nahe Königgrätz im nebeligen Morgengrauen die entscheidende Schlacht stattfand. Die preußischen Truppen waren dabei moderner ausgerüstet und besser organisiert und – weil sie das neue Transportmittel Eisenbahn wirkungsvoll nutzten – außerdem beweglicher. So siegten sie überraschend klar über die österreichische Armee, die 44 000 Soldaten in dem blutigen Kampf verlor.

Nach dem schnellen preußischen Sieg strotzten König Wilhelm I. und seine Generäle nur so vor Stolz. Deshalb kostete es Bismarck große Mühe, den König und die Generäle von einem milden Frieden für Österreich zu überzeugen. In der damaligen Zeit war es nämlich üblich, den Besiegten mit Gebietsverlusten – also dem Wegnehmen von Land – oder hohen Geldzahlungen zu »bestrafen«. Aber Bismarck dachte schon weiter. Er hatte bemerkt, dass Preußens unerwarteter Triumph in Frankreich und anderswo in Europa Misstrauen und Sorge auslöste. Da fand er es wichtig, maßvoll zu bleiben. Außerdem meinte er, es sei doch klüger, den geschlagenen Gegner nun zu schonen, um ihn für eine unsichere Zukunft vielleicht als Verbündeten zu gewinnen. Im Augenblick des Erfolgs seine Gefühle zu zügeln und auf eine Demütigung des Unterlegenen zu verzichten – das war schon stark von Bismarck!

Die Schlacht von Königgrätz und ihr Ausgang sind heute bei vielen vergessen. Und doch war dieses Ereignis ein wichtiger Schritt auf dem Weg zur deutschen Einigung, der Einigung *ohne* Österreich. Denn weil Bismarck es so wollte, musste der Kriegsverlierer nun dem Sieger das Feld in Deutschland *allein* überlassen. Das Königreich Österreich schied somit aus dem Deutschen Bund aus, der sich nun auflöste. Derweil breitete sich Preußen in ganz Norddeutschland aus. Es verleibte sich die meisten Kriegsverbündeten Österreichs gewaltsam ein – »annektierte« sie – und führte dazu noch weitere norddeutsche Staaten 1867 zu einem »Norddeutschen Bund« zusammen. Dieser Bund war nichts anderes als ein vergrößertes Preußen. Zumindest nördlich des Flusses Main bei Frankfurt war damit Deutschland praktisch geeint, geeint durch Druck und Militärgewalt zwar, aber geeint!

Bismarck hatte somit 1866/67 Tatsachen geschaffen, welche die Deutschen sich lange kaum hatten vorstellen können. Vor allem die Menschen in Preußen waren beeindruckt und stolz. Das Königreich war mit einem Mal sehr viel mächtiger geworden, und darüber hinaus schien Deutschlands Einheit, von der noch immer die meisten träumten, endlich greifbar nahe zu sein. Viele schwärmten bereits von »herrlichen Zeiten«, die man miterleben dürfe, und vom großen »Genie« Bismarcks. Auch die Liberalen oder zumindest viele von ihnen sahen Bismarck plötzlich ganz anders. Sie feierten ihn und seinen Erfolg und stellten sich fortan auch im Parlament hinter ihn. Und als Bismarck auf sie zuging und sie darum bat, entschieden sie, ihm sogar den dreisten Verfassungsbruch von 1862 zu entschuldigen. Es stimmt also wohl: Dem Sieger wird am Ende fast alles verziehen!

Deutsch-Französischer Krieg 1870/71 und Reichsgründung

Aber Bismarcks Werk war noch nicht vollendet. Es fehlte noch immer der Zusammenschluss des preußisch beherrschten Nordens mit den deutschen Staaten *südlich* der sogenannten Mainlinie. Dass die süddeutschen Staaten wie Bayern, Württemberg und Baden bisher ihre Unabhängigkeit behalten hatten, war eine Bedingung, die der französische Kaiser gestellt hatte. Dieser hatte nur widerstrebend die neuen Tatsachen in Deutschland hingenommen. Der allzu rasche Friede nach dem preußischen Sieg hatte seine Erwartungen auf Landgewinn und stärkeren Einfluss in Deutschland durchkreuzt. Napoleon III. und seinem stolzen Volk gefiel das überhaupt nicht; Frankreich war immerhin eine ruhmreiche Großmacht! Zu dem Unmut in Paris kam die Sorge, dass jenseits des Rheins ein gefährlicher Konkurrent heranwuchs. Ein weiteres Vordringen Preußens über die Mainlinie hinaus nach Süden wollte Napoleon III. deshalb auf keinen Fall zulassen. Und so lief alles auf einen weiteren Krieg hinaus!

Einen solchen Krieg gegen Frankreich hielt Bismarck schon länger für unvermeidlich. Und deshalb hatte er gleich nach dem Sieg über Österreich mit den süddeutschen Fürsten geheime Bündnisverträge abgeschlossen. Diese sollten für den Fall gelten, dass Frankreich gegen einen der deutschen Staaten einen Krieg beginnen sollte. Dann würden sich alle zusammentun, um einen solchen Angriff mit vereinten militärischen Kräften abzuwehren. Es waren also reine *Verteidigungs*bündnisse. Bei einem eigenen Angriff – etwa wenn Preußen Frankreich angreifen würde – galten diese Verträge folglich nicht! So war es für Bismarck wichtig, dass Frankreich den bewaffneten Kampf begann. Und da er ihn wollte, fehlte nur noch ein geeigneter Anlass. Der bot sich dann im Sommer 1870, als diese wirklich verwickelte Lage entstand:

In Spanien, dem westlichen Nachbarn Frankreichs, wurde ein neuer König gebraucht. Der Kandidat, an den man dachte, kam aus der fürstlichen Großfamilie der Hohenzollern. Nun waren aber auch die preußischen Könige Hohenzollern, was die Dinge kompliziert machte. Wenn du versuchst, das Ganze aus französischer Sicht zu sehen, schien es so, als würden bald sowohl im Westen als auch in der östlichen Nachbarschaft Frankreichs »preußische« Könige herrschen. Das war für die Franzosen ein Albtraum! Es war also eine heikle Sache, die kritisch wurde, als sich Wilhelm I. in Bad Ems zu einer Erholungskur befand. Er glaubte dabei, es sei schon alles vernünftig und im Guten erledigt, denn er und sein Verwandter – der Kandidat für Spanien – hatten bereits erklärt, auf alle Thronansprüche dort zu verzichten. Aber Frankreichs erregter Öffentlichkeit und Napoleon III. reichte das alles nicht, sie verlangten mehr. Ihnen ging es darum, Preußen offen zu demütigen.

In Bad Ems erschien also der französische Botschafter und bedrängte Wilhelm I. mit der Forderung, dass er *endgültig* klarstellen müsse, auch in aller Zukunft nicht nach der

Macht in Spanien zu streben. Das fand der preußische König anmaßend und lehnte ab. Zu dem Ganzen sollte eine kurze schriftliche Erklärung geschrieben und als Depesche (ein Telegramm) auch an die französische Presse weitergeleitet werden. Der vorgesehene Text ging zuvor durch die Hand Bismarcks, und der nahm einen Bleistift und kürzte hier und da ein wenig und tauschte an einigen Stellen einzelne Worte aus. Dadurch aber erhielt die berühmte »Emser Depesche« einen viel schrofferen Ton. Es hieß da jetzt zum Beispiel, der preußische König wolle Frankreichs Botschafter nicht noch einmal empfangen und habe ihm ansonsten »nichts weiter zu sagen«. Für die aufgebrachten Franzosen waren das Ohrfeigen mit Worten. Sie und ihr Kaiser fühlten sich nun ihrerseits gedemütigt, ja, in der nationalen Ehre verletzt! Da glaubte die französische Regierung, »entschieden handeln« zu müssen und erklärte Preußen am 19. Juli 1870 den Krieg!

In Deutschland löste die französische Kriegserklärung große Empörung und Begeisterung zugleich aus. Ja, wirklich auch Begeisterung! Dabei war es weniger der Krieg an sich, der vielen Deutschen in Baden, Preußen oder Bayern so gut gefiel. Es war die empfundene große Einigkeit, die sie so sehr begeisterte. Denn jetzt fühlten sich *alle* Deutschen angegriffen – angegriffen durch den äußeren Feind, gegen den das ganze Volk zusammenstehen wollte. In vielen Städten meldeten sich in Scharen Freiwillige, auch ganz junge Leute, um das Vaterland zu verteidigen.

Das Kriegsgeschehen schritt rasch voran. Die französische Kriegserklärung hatte die Verteidigungsbündnisse der süddeutschen Staaten mit Preußen in Gang gesetzt. Wenig später marschierten drei deutsche Armeen unter dem Kommando der obersten preußischen Generäle in Frankreich ein. Die Franzosen waren da noch gar nicht richtig vorbereitet, und auf Verbündete konnten sie – die Angreifer – nicht rechnen: England und Russland blieben neutral, Österreich ebenso. Nach nur wenigen Wochen war Frankreich praktisch besiegt. Die entscheidende Schlacht hatte am 2. September 1870 bei Sedan nahe Luxemburg stattgefunden. Mit mehr als 100 000 Soldaten geriet dabei auch Kaiser Napoleon III. in Gefangenschaft. Die eigentlich schon geschlagenen Franzosen wollten dennoch nicht aufgeben. Sie erklärten sich wieder zur Republik und stellten neue Armeen auf. Das zwang die deutschen Truppen, bis auf Paris vorzurücken, das wochenlang belagert und mit schweren Kanonen beschossen wurde. Erst am 28. Januar 1871 kam es zum Waffenstillstand.

Noch während der Belagerung von Paris bereitete Bismarck den letzten Schritt zur Einigung Deutschlands vor. Es galt, die süddeutschen Fürsten zu überzeugen, denn diese mussten dem Zusammenschluss mit den norddeutschen Staaten zustimmen. Bismarck wollte ein solches geeintes Reich nämlich durch einen freien Vertrag *der Fürsten* zustande bringen – als eine Einigung »von oben«. Das Volk, die Deutschen, waren dabei nur als Zuschauer gedacht. Und so passte es, dass die Verhandlungen fernab in Frankreich stattfanden: im deutschen Hauptquartier in Versailles bei Paris. Bismarck musste hier sein ganzes Verhandlungsgeschick einsetzen. Denn die Fürsten waren ja sehr eigenwillig und wollten nur ungern auf ihre gewohnte Selbstständigkeit verzichten. Vor allem der bayerische König sträubte sich lange. Aber Ende November 1870 war alles geregelt, nachdem Bismarck den Süddeutschen ein paar Sonderrechte wie eine eigene Post und eigene Uniformen erlaubt hatte. Der König von Bayern bekam außerdem insgeheim viel Geld; er hatte nämlich teure Schlösser gebaut und war dadurch in Schwierigkeiten geraten. Es ist kaum verwunderlich, dass Bismarck kein Problem damit hatte, notfalls mit Bestechung zu arbeiten. Selbst das war für ihn normal in der Politik. Er hatte mit dem bayerischen König auch ausgemacht, dass dieser es sein sollte, der im Namen der »Ersten« – der deutschen Fürsten also – dem preußischen König Wilhelm I. die Kaiserkrone anbieten würde. Die Erwählung durch »seinesgleichen« war für Wilhelm I. nämlich die Voraussetzung von allem. Wer hätte ihn auch sonst (er-)wählen können? Das Volk etwa? Da hätte Bismarcks königlicher Chef empört abgelehnt und wohl schon die Idee als »Ungeheuerlichkeit« abgetan!

Schließlich war es am bitterkalten 18. Januar 1871 so weit. Dies war der Tag, an dem im prunkvollen Spiegelsaal des Versailler Schlosses, dem Schloss der französischen Könige, kurz vor Mittag Wilhelm I. zum deutschen Kaiser ausgerufen wurde. Anwesend waren vor allem zahlreiche hohe Militärs und Beamte – und natürlich Bismarck. Man ließ »Kaiser Wilhelm« mehrmals hochleben und sang voller Inbrunst »Heil dir im Siegerkranz«. Das war eine alte preußische Hymne, ein Loblied auf den angeblich so glanzvollen Kaiser. Die Zeremonie selbst wurde in ernster Ergriffenheit vollzogen. Manchem der Anwesenden erschien sie allerdings »herzlos« und »großtuerisch«.

Dennoch waren die allermeisten Deutschen begeistert, als sie die ersehnte Nachricht von der Gründung des neuen Reichs in den Zeitungen lasen oder aus den eilig gedruckten Extra-Blättern erfuhren. Denn sie lebten von jetzt in ei-

Der 18. Januar 1871 im Spiegelsaal des Schlosses von Versailles. Die deutschen Fürsten riefen hier, auf französischem Boden, den preußischen König Wilhelm I. zum deutschen Kaiser aus. Das deutsche Volk blieb außen vor.

nem *gemeinsamen* Staat, der ein Bundesstaat war – eine Art »Vereinigte Staaten von Deutschland«. Nach langen Jahrzehnten war die Einigung der Deutschen also endlich wahr geworden. Nur noch einige wenige erinnerten sich allerdings daran, dass der große Traum von 1848 mit der Einheit auch die Freiheit zum Ziel hatte. Und selbst die Liberalen, die »Freiheitlichen«, sprachen zu dieser Zeit kaum mehr von der Freiheit. Sie hatten inzwischen andere Wünsche: Ihnen lag jetzt eher daran, wirtschaftlich erfolgreich zu sein und ähnlich wie der führende Adel Einfluss und Ansehen in der Gesellschaft des Kaiserreichs zu gewinnen.

Großmachtgetue in Stein

Über die Gründung des deutschen Kaiserreichs von 1871 wird in allen Geschichtsbüchern ausführlich berichtet, denn es war ein sehr wichtiges Ereignis in der Geschichte Deutschlands und Europas. Das empfanden auch die meisten Deutschen damals schon so. Ihnen war bewusst, dass etwas Bedeutendes passiert war und dass sie daher in »geschichtlichen Zeiten« lebten. Aber wir Menschen vergessen schnell. Und so kommen nun Denkmäler ins Spiel. In wohl jeder Stadt gibt es welche, und weil wir sie täglich sehen können, beachten wir sie oftmals nicht mehr. Der Name sagt schon, wozu sie geschaffen wurden: Durch sie soll man dazu gebracht werden, so oft wie möglich an vermeintlich »große« Taten und »große« Personen aus vergangenen Zeiten zu denken und sich stets von Neuem daran zu erinnern. Beim Erinnern soll es aber nicht bleiben! Der Betrachter soll sich nämlich in einer *bestimmten* Weise erinnern – und zwar so, dass die Größe der Taten und die Bedeutsamkeit der Menschen, die auf dem Denkmal zu sehen sind, einen festen Platz in seinem Gedächtnis erhalten. Und dann, ja dann bleibt einem eigentlich nichts Anderes übrig, als sich vor lauter Ehrfurcht und Dankbarkeit klein zu fühlen. Und desto größer erscheinen dann wiederum diejenigen, deren »geschichtliche« Taten gerühmt werden. *So* ist das mit den Denkmälern meistens gedacht!

Nun kannst du dir sicher erklären, warum es in den Jahren nach der Reichsgründung in Deutschland, das ja aus großen Siegen des preußischen Militärs hervorgegangen war, stark in Mode kam, solche mächtigen Erinnerungswerke zu schaffen. Das Bismarck-Denkmal in Hamburg-St. Pauli habe ich schon erwähnt. Es wurde einige Jahre nach Bismarcks Tod im Juli 1898 errichtet und zeigt den Reichsgründer als riesenhaften Helden, geradezu als unbezwingbaren Übermenschen. Das war er natürlich nicht, und manchmal denke ich, Bismarck selbst wäre es vielleicht sogar ein wenig peinlich gewesen, so übertrieben dargestellt zu werden. Aber wer weiß das schon; der erste Minister des neuen Deutschen Reichs (das wurde er natürlich) war auch eitel und hätte sich vielleicht in der Heldenrolle höchst zufrieden gesonnt.

Ein anderes Beispiel ist das Hermannsdenkmal. Es steht nahe der Stadt Detmold im Teutoburgerwald und wurde 1875 mit allerlei Pomp eingeweiht. Als ich vor einigen Jahren dort war, erzählte gerade eine Lehrerin ihrer Schulklasse die spannende Geschichte, wie »Hermann, der Cherusker« im Jahre 9 nach Christus angeblich dort am Teutoburgerwald die römischen Legionen des Feldherrn Varus gründlich besiegte und so die fremden Römer aus dem freien Teil Germaniens für immer vertrieb. So gesehen war der germanische Stammesfürst ein Held und Freiheitskämpfer – auch wenn die Römer ihn mit heutigen Worten wohl als verschlagenen »Terroristen« bezeichnen würden. Du wunderst dich, wie man so viele Jahrhunderte später auf die Idee kam, diesem uralten Germanen ein großes Denkmal zu errichten? Ganz einfach: Das Deutsche Reich war erst wenige Jahre zuvor Wirklichkeit geworden, in einer Zeit voller Umbrüche und Veränderungen. Und da sollten nun die Deutschen an eine altbekannte »deutsche« Heldenfigur erinnert werden, die ihnen aus der Vergangenheit heraus zu Selbstgewissheit und Zusammenhalt verhelfen sollte! Der germanische Sieger von einst forderte sie auf, untereinander einig zu sein, und mit dieser Einigkeit als Grundlage, so die Botschaft, konnten die Deutschen auch in *ihrer* Gegenwart jedem äußeren Feind widerstehen!

Das dritte Beispiel ist die »Siegessäule« in Berlin. Sie steht im Großen Tiergarten im Stadtzentrum und ragt dort fast 70 Meter in die Luft; sie ist also kaum zu übersehen. Auf mich wirkt die Säule von 1873 wie ein riesiges Ausrufezeichen aus einer kriegerischen Vergangenheit. In ihrem Sockel sind erbeutete feindliche Kanonen aus den

»Einigungskriegen« von 1866 und 1870/71 eingebaut. Die Spitze wiederum bildet die vergoldete Figur der römischen Siegesgöttin Viktoria, die am Ende ihres ausgestreckten rechten Arms einen Lorbeerkranz (ein altertümliches Siegeszeichen) triumphierend in die Luft hebt. Dieses Denkmal strotzt nur so vor Überlegenheits- und Siegesgefühl,

Die riesenhafte Siegessäule in Berlin. Wer sie sah, sollte tief beeindruckt sein von preußisch-deutscher Größe und Macht.

und es war auch kein Zufall, dass es am 2. September 1873 – dem dritten Jahrestag des großen militärischen Erfolgs über Frankreich bei Sedan – feierlich eingeweiht wurde. Ich gebe zu, dass mir diese protzigen Denkmäler aus den Jahren nach 1871 nicht allzu gut gefallen. Aber andererseits bin ich mit den Geschichtsforschern froh, dass es sie noch gibt. Denn sie geben uns einen Einblick, wie »man« in jener Zeit vielfach dachte und empfand, was der vorherrschende »Zeitgeist« war. Und in diesem Fall war das die Vorstellung von preußisch-deutscher Unbesiegbarkeit und sich entfaltender glanzvoller Größe!

Wie das Deutsche Reich den Weg in den Ersten Weltkrieg nahm

Das Kaiserreich: ein Obrigkeitsstaat

Nach der Reichsgründung von 1871 wurde Deutschland von Denkmälern solcher Art beinahe überschwemmt. Im Lauf der Jahre entstanden allein über 300 Bismarck-Monumente!

Man könnte meinen, dass es auch darum ging, die Deutschen mit immer neuen Denkmälern darüber hinwegzutäuschen, dass sie weiterhin unfrei waren und politisch kaum mitreden konnten. Denn das neue Reich war ja kein Volksstaat, keine Demokratie! In einer Demokratie wählen die Menschen ihre Vertreter für ein Parlament, und die Mitglieder eines solchen Parlaments – die Abgeordneten – wählen und kontrollieren dann die Regierung. Die Macht liegt in einer Demokratie somit bei den Menschen, die wählen dürfen. Das Kaiserreich funktionierte anders. Es war ein *Staat der Fürsten*. Die Herrscher »von Gottes Gnaden« hatten sich in Versailles unter Ausschluss des Volkes zu einem Bund zusammengeschlossen und den preußischen König zu ihrem Oberhaupt bestimmt. Der war jetzt also beides: Herrscher im größten und mächtigsten der deutschen Einzelstaaten, in Preußen, und *zugleich* deutscher Kaiser. Und somit hatte *er* fast allein das Sagen.

So sah es zumindest die Verfassung des neuen Reichs vor, die Bismarck sich ausgedacht hatte. Danach setzte der Kaiser die Regierung und den Reichskanzler ein und bestimmte, welche Politik gemacht wurde. Die Ausführung übernahm der Reichskanzler, den der Kaiser, wenn es ihm gefiel, jederzeit entlassen konnte. Auch in der Außenpolitik lag die letzte Entscheidung beim Kaiser. Er schloss Verträge oder Bündnisse mit ausländischen Staaten, und ihm war sogar das Recht vorbehalten, über Krieg oder Frieden zu bestimmen! Das war ein Recht von ungeheurer Tragweite. Ich kann mir keine schicksalhaftere Frage für ein Volk vorstellen als diese; denn ein Krieg bedeutet immer große Zerstörung, Gewalt und Tod für viele Menschen. Nun braucht man zum Kriegführen eine gut gerüstete, große Armee. Insofern lag es nahe, dem Kaiser auch die alleinige Befehlsgewalt über die Truppen aus Heer und Marine zu überlassen. Und er ließ sich auch nicht dreinreden, es war »seine« Armee. Sie wurde von adeligen Offizieren geführt und war einer Kontrolle durch das Parlament praktisch entzogen. Bei uns heute untersteht die Armee dem Volk, im Grunde uns Wählern; sie ist eine Parlamentsarmee! Das finde ich wirklich beruhigend.

Das Parlament, die Volksvertretung, das war damals der Reichstag, der aus allgemeinen, gleichen, freien und geheimen Wahlen hervorging. Die gewählten Abgeordneten gehörten dabei verschiedenen Parteien an. Solche Parteien sind Zusammenschlüsse von Menschen, die ihre ähnlichen oder gleichen Anliegen in der Politik *gemeinsam* durchsetzen wollen. Das geht ja leichter, wenn man sich zusammentut. Die Parteien oder ihre vereinsartigen Vorläufer waren in der Revolution von 1848 entstanden. Grob gesagt, gab es im Kaiserreich nach 1871 drei Parteirichtungen, die man nach der Sitzordnung im Parlament als »rechts«, »links« oder als Parteien der »Mitte« einteilt:

Rechts saßen die Konservativen. Ihnen ging es darum, die Verhältnisse, wie sie waren, zu »konservieren«, also zu bewahren. Sie waren oft landadelige Großgrundbesitzer und standen der Monarchie nahe. Auf der linken Seite fanden sich die Sozialdemokraten, die für die immer zahlreicher werdenden Industriearbeiter und andere lohnabhängige Kleinverdiener wie Landarbeiter, Dienstboten oder Mägde sprachen. Für sie war wichtig, die bedrückenden Lebensumstände der unteren Gesellschaftsschichten zu verbessern. Dazwischen waren die politischen Zusammenschlüsse der »Mitte« platziert. Dazu gehörten vor allem die liberalen Parteien, von denen du schon gelesen hast. Sie vertraten die Interessen des mittleren und gehobenen Bürgertums einschließlich der reichen Großbürger, die Banker oder Fabrikbesitzer waren. Schließlich rechnete man die »Zentrumspartei« zur Mitte. Im Zentrum fanden sich kirchentreue Katholiken aus *allen* Schichten der Bevölkerung zusammen, um sich im mehrheitlich protestantischen (evangelischen) Reich zu behaupten.

Die Abgeordneten dieser Reichstagsparteien wurden für fünf Jahre gewählt und hatten sich für ihre Zeit im Parlament sicher viel vorgenommen. Aber ihre Mitwirkungsmöglichkeiten beschränkten sich darauf, dem Reichshaushalt zuzustimmen sowie Gesetze zu beschließen. Neue Gesetze kamen allerdings nur zustande, wenn auch die Vertreter der Fürsten aus den einzelnen deutschen Ländern zustimmten. Diese gehörten dem »Bundesrat« an, in dem Preußen das Sagen hatte. Das Parlament konnte also *gegen* den Willen der Fürsten so gut wie nichts ausrichten. Da half auch das im Vergleich mit anderen europäischen Ländern sehr fortschrittliche Reichstagswahlrecht nicht. Und so blieb den gewählten Volksvertretern oft kaum etwas anderes übrig, als die Politik der Regierung in den öffentlichen

Aussprachen – den Debatten – im Reichstag zu kritisieren. Dies kam auch oft vor und interessierte die Presse und die Öffentlichkeit; aber das musste den Kurs von Kaiser und Reichskanzler noch lange nicht beeindrucken! Du siehst also: Dieses Reich trug seinen Namen zu Recht. Es war das *Kaiser*-Reich. Alle wichtigen politischen Entscheidungen wurden »oben« bestenfalls »für das Volk« und eben nicht »unten« und damit »vom Volk« getroffen. Einen solchen Staat nennt man einen Obrigkeitsstaat. Die Menschen darin waren *Untertanen* – eine Art Befehlsempfänger, für die andere über so wichtige Dinge wie »Krieg oder Frieden?« entschieden.

Eine schwer einschätzbare neue Großmacht

»Was ist das für ein Staat, dieses deutsche Kaiserreich?«, fragten sich im Frühjahr 1871 auch viele staunende Beobachter im europäischen Ausland. In dieser Frage schwang Neugierde mit – und Sorge. Denn mit dem preußischen Deutschland war in nur wenigen Jahren in der Mitte des Kontinents eine neue Großmacht entstanden, die Frankreich, England und Russland in nichts mehr nachstand. Die neue Macht reichte von der Nordsee bis zu den Alpen und in ost-westlicher Richtung von Königsberg im heutigen Russland bis nach Köln. Auch große Teile des heutigen Polens wie Pommern und Posen gehörten zum deutschen Reichsgebiet. Und in diesem riesigen Gebiet wuchsen die

Über die Zwischenstufe des Norddeutschen Bundes von 1866/67 entstand das deutsche Kaiserreich von 1871. Es nahm ein riesiges Gebiet ein und reichte im Osten sogar bis ins heutige Russland.

Bevölkerungszahl und die Wirtschaftskraft rasant. Lebten dort zur Zeit der Reichsgründung knapp 41 Millionen Menschen, waren es im Jahr 1900 bereits 56 Millionen. Und die Wirtschaftskraft sowie die Bevölkerungsgröße waren die Grundlage für Einfluss und Macht, die wiederum durch militärische Erfolge in Kriegen mit den Nachbarn errungen wurden. Die Staatsmänner oder Monarchen in den europäischen Hauptstädten wie London oder Sankt Petersburg fragten sich daher, welchen Weg dieser noch schwer berechenbare deutsche Kraftprotz wohl nehmen würde. Würde ihn der Aufsehen erregende Aufstieg zum militärischen Übermut verleiten? Du kannst dir vorstellen, wie sehr sie von nun darauf schauten, was dieses Reich künftig tat und wie es auftrat!

Tatsächlich war es also so, dass die äußeren Umstände für das neu entstandene Deutsche Reich *nicht* sehr günstig waren. Es lag mitten in Europa und war umgeben von älteren starken Mächten, die seine Entstehung weniger mit Freude als mit Argwohn betrachteten. Nicht nur England (Großbritannien) und Russland, sondern auch Österreich war alles andere als begeistert über den Aufstieg Preußens und Deutschlands, aus dem es ja 1866 gewaltsam ausgeschlossen worden war. Es hatte sich daraufhin mit dem Königreich Ungarn zum Kaiserreich Österreich-Ungarn zusammengetan und wollte selbst zur Großmacht werden. Nicht zu vergessen Frankreich! Die preußisch-deutschen Armeen hatten Frankreich 1870/71 in wenigen Monaten besiegt. Für die Franzosen war diese Kriegsniederlage eine unermessliche Schmach, geradezu eine »nationale Katastrophe«. Das war auch Bismarck klar. Trotzdem widersetzte er sich nicht, als die preußischen Generäle harte Friedensbedingungen verlangten. Man dürfe Frankreich nicht schonen, meinten sie, und müsse sicherstellen, dass es künftig von »Raubzügen« nach Süddeutschland abgehalten werde.

Die Garantie dafür sollte Elsass-Lothringen sein, das von deutscher Seite beansprucht wurde. Das ist ein großer Landstrich im Westen Frankreichs, der unmittelbar an den Rhein und an Deutschland grenzt. Du findest ihn leicht auf einer Karte, wenn du dort nach Städten wie Straßburg und Metz suchst. Sie liegen in ebendiesem grenznahen Elsass-Lothringen, das von den deutschen Militärs als ein Sicherheitspuffer gedacht war. In der deutschen Öffentlichkeit fand diese Gebietsforderung große Zustimmung, denn der Landstrich hatte etwa 200 Jahre zuvor schon einmal zu Deutschland gehört und war seinerzeit auf Veranlassung eines berühmten französischen Königs besetzt worden. Jetzt erwarteten viele im Reich, dass dieses Gebiet wieder »deutsch werden« sollte. Im Grunde bedeutete es aber, früherem »geschichtlichem Unrecht« neues Unrecht entgegenzusetzen.

Das konnte nicht gutgehen, und vielleicht ahnte Bismarck das wohl selbst. Aber für ihn stand schon länger fest, dass Frankreich ein dauerhafter Gegner – ein »Erbfeind« – sein würde. Für einen »milden« Frieden bestand daher in seinen Augen kein Grund. So blieb es bei der gewaltsamen Übernahme Elsass-Lothringens *und* einer Kriegsentschädigung in Höhe von fünf Milliarden Francs (das war damals die französische Währung), die Frankreich als Strafzahlung aufgebürdet wurden – eine für die damaligen Verhältnisse gewaltige Summe. Erst viele Jahre später gestand Bismarck ein, dass er damit einen schweren politischen Fehler begangen hatte. Denn von da an musste die deutsche Politik mit anhaltenden Rachegefühlen der Franzosen rechnen. »Nicht davon sprechen, aber immer daran denken!«, hieß es nämlich seither unter den entschlossenen Franzosen. Es ist so: Mit diesen überharten Friedenbedingungen vom Mai 1871 hatte Bismarck dem jungen Deutschen Reich *keinen* guten Dienst erwiesen!

»Krieg-in-Sicht-Krise« 1875

Vielleicht hat man damals in Deutschland gedacht, dass sich die anderen Länder schon wieder beruhigen würden. Doch die alteingesessenen Großmächte in Europa waren in diesem Punkt empfindlich. Das zeigte sich deutlich im Frühjahr 1875. Das Reich war bei Ausbruch der »Krieg-in-Sicht-Krise« also bereits vier Jahre alt. Die Krise entstand, nachdem im März jenes Jahres das Parlament in Frankreich beschlossen hatte, die Zahl seiner Soldaten kräftig zu erhöhen. Diese Pläne wurden in Deutschland aufmerksam zur Kenntnis genommen. Man war alarmiert, und schnell kamen Gedankenspiele auf, die Franzosen *vorbeugend* erneut anzugreifen. Oder sollte man etwa warten, bis Frankreich wieder so stark war, dass es Deutschland an Kampfkraft ebenbürtig sein würde? Die Rede war also von einem Angriffskrieg zum Zweck der Verteidigung – das Fremdwort dafür ist »Präventivkrieg«. Eine Zeitung titelte damals kurz und bündig: »Ist der Krieg in Sicht?«. So kam es also zum Namen der Krise, die zu einem Zeitpunkt auftrat, als die

Stimmung im deutschen Reich nicht allzu gut war. Denn nach einem wirtschaftlichen Aufschwung in den ersten Jahren nach der Reichsgründung war es 1873 zu einem starken Abschwung gekommen. Die Wirtschaftsdaten und die Aktienkurse wiesen steil nach unten; auch Banken brachen zusammen. Auf die blühenden ersten »Gründerjahre« war ein gewaltiger wirtschaftlicher Rückschlag gefolgt.

In solchen Zeiten herrschen oft Angst und Nervosität in der Bevölkerung. Die Mutmaßungen und Diskussionen, die in den damals gängigen öffentlichen Medien, den Zeitungen, geführt wurden, hatte Bismarck wohl mit angestoßen. Er wollte testen, wie England und Russland einen deutschen Präventivkrieg gegen Frankreich aufnehmen würden. Die Rückmeldung kam unverzüglich und war eindeutig: Beide Mächte machten klar, dass sie das nicht zulassen würden. Ihre Sorge war, dass ein siegreicher deutscher Schlag eine dauerhafte Schwächung Frankreichs bewirken und das Gleichgewicht der Mächte in Europa empfindlich stören könnte. Du erinnerst dich: Die Idee des Kräftegleichgewichts war, dass es auf dem Kontinent mehrere etwa gleichrangige Staaten geben sollte, die – eben weil sie ähnlich stark waren – sich praktisch gegenseitig vom Kriegführen und von Vorherrschaftsplänen abhielten. Von diesem Modell wollten England und Russland also weiterhin nicht abweichen. Bismarck hatte die Botschaft sofort verstanden und wies im Juni 1875 öffentlich alle Kriegsideen von sich. Damit war alles gesagt. Diese »Krieg-in-Sicht-Krise« hatte nur wenige Monate gedauert, doch sie hatte gezeigt, in welcher grundsätzlichen Klemme das Deutsche Reich noch Jahre nach seiner Gründung steckte.

Dass die anderen Staaten misstrauisch auf das Deutsche Reich schauten, machte Bismarck große Sorgen. Ein Blick auf die europäische Landkarte von damals macht klar, was seine schlimmsten Befürchtungen waren. Am meisten quälte ihn der Gedanke, das Reich könnte mit gegnerischen Staaten in direkter Nachbarschaft zu tun haben. Vielleicht würden sie sich allein schon aus Angst oder Missgunst gegen Deutschland zusammentun?! Nicht auszudenken, wenn etwa Frankreich, Russland und Österreich-Ungarn sich verbündeten! Dann wäre Deutschland durch eine starke Verbindung von Gegnern – durch eine feindliche Koalition – fast umzingelt, und übler konnte es ja wohl kaum kommen. Aber auch wenn man nicht gleich das Schlimmste annahm, gab es noch immer Grund genug zur Sorge. Was wäre, wenn sich Frankreich im Westen und Russland im Osten zusammenschlössen? Dann müsste das Reich im Kriegsfall an *zwei* Fronten gegen zwei starke Feinde kämpfen. Auch das wäre eine höchst gefährliche Situation. Wie man es auch drehte und wendete, es blieb die Erkenntnis, dass das deutsche Reich wegen seiner Mittellage in Europa ständig in Gefahr war.

Politik der Selbstbeschränkung

Was war also zu tun? Für Bismarck war die Sache klar. Zweierlei musste geschehen: Zum einen musste das feindlich eingestellte Frankreich in Europa auf sich allein gestellt bleiben. Er wollte es also isolieren. Niemand sollte auf die Idee kommen, sich mit Frankreich zu verbünden. Zugleich musste zum anderen alles getan werden, um die anderen wichtigen Mächte von Bündnissen gegen Deutschland abzubringen. Das war leicht gedacht, aber natürlich nicht so leicht zu erreichen. Der Schlüssel dazu bestand in Bismarcks Augen darin, Vertrauen in die deutschen Absichten zu schaffen. Die großen Staaten in Europa sollten Deutschland künftig als eine Friedensmacht wahrnehmen – als eine Macht, der das Erreichte genug war. Und so sprach Bismarck von jetzt an immer wieder von Frieden, von Gleichgewicht und davon, dass das Reich keinen weiteren Landerwerb anstrebe. Es sei gesättigt – »saturiert« – und für niemanden eine Bedrohung. Auf einen kurzen Nenner gebracht hieß dies: Durch Mäßigung zu Vertrauen, und durch Vertrauen zu mehr Sicherheit für Deutschland. Aber allein auf das Vertrauen der anderen wollte sich Bismarck nicht verlassen. Es konnte doch nur von Nutzen sein, so dachte er, wenn die weiteren Großmächte möglichst oft miteinander Reibereien hätten, und zwar am besten am Rande Europas oder sogar noch weiter weg von der Mitte des Kontinents. Dann wären sie dort, weit weg von Deutschland, abgelenkt oder würden ihn, Bismarck, vielleicht sogar als unparteiischen Vermittler brauchen.

Im Jahre 1878 war das dann tatsächlich der Fall. Damals hätte es beinahe einen europäischen Krieg um den Balkan gegeben. Der Balkan, das ist der große Raum zwischen dem Adriatischen Meer im Westen und dem Schwarzen Meer im Osten oder zwischen Österreich im Norden und Griechenland im Süden. Um diese Region in Südosteuropa stritten sich Russland, Österreich-Ungarn und England. Und auch das Osmanische Reich – die Türkei – war in den Streit verwickelt, da die Türken damals noch große Teile des mittleren und südlichen Balkan besetzt hielten. Auf einer Zusammenkunft der europäischen Staatsmänner in Berlin im Sommer 1878 Jahres war es Bismarck gelungen, das heikle Problem durch Verhandlungen unter seiner Führung zu entschärfen. Das trug ihm persönlich und dem ganzen Deutschen Reich eine große Portion Anerkennung ein. Und Anerkennung durch die anderen zahlt sich aus, denn wer geachtet wird, hat weniger Feinde, und wer weniger Feindschaft oder Neid auf sich zieht, muss sich weniger Sorgen um seine Sicherheit machen. Immer vorausgesetzt, dass man sich bei Auseinandersetzungen um Land oder Einflussgebiete in Europa oder anderswo auf der Welt heraushielt, wie es Bismarck vorhatte!

Gute Vorsätze und ein guter Ruf – das würde aber nicht genügen, wenn es hart auf hart kam. Also mussten nach Bismarcks Auffassung Bündnisse und Verträge mit anderen Großmächten geschlossen werden. Als Erstes kam ihm dabei Österreich-Ungarn in den Sinn, das er 1866 ja in weiser Voraussicht geschont hatte und das selbst auch nicht ohne Schutz dastehen wollte. Die beiden Kaiserreiche schlossen sich auf sein Betreiben 1879 zusammen und gründeten den »Zweibund«. Man versprach sich darin gegenseitige militärische Hilfe, falls ein Land von außen angegriffen würde; es war also ein reines Verteidigungs- oder Defensivbündnis. Dem Bund trat wenige Jahre später – 1882 – Italien bei, sodass daraus ein »Dreibund« wurde. Mit diesem »Dreibund« im Rücken ließ sich aus deutscher Sicht schon besser schlafen, aber es blieb noch immer die Sorge um das Verhalten Russlands. Für Bismarck war es sehr wichtig, das riesige Russland und den herrschenden Zaren – den dortigen »Kaiser« – auf seiner Seite zu haben. Das war der Grund, weshalb er im Jahr 1887 auch mit dem Zarenreich einen Vertrag schloss. Beide Seiten, Russland und Deutschland, versicherten sich in dem streng geheim gehaltenen Vertrag, bei einem Krieg mit einer dritten Macht sich jeweils herauszuhalten. Würde also etwa Frankreich auf die Idee kommen, Deutschland zu überfallen, musste das Russische Reich neutral bleiben! Würde umgekehrt Russland zum Beispiel von Österreich-Ungarn oder England *angegriffen*, war Deutschland verpflichtet, sich nun seinerseits aus den Kämpfen herauszuhalten. Damit hatten sich beide Staaten gegenseitig für den Fall eines Angriffs von außen »rückversichert«. Dieser Vertrag mit Russland heißt deshalb in den Geschichtsbüchern »Rückversicherungsvertrag«; auf den werde ich später noch einmal zurückkommen müssen.

Bismarck hatte also viel getan, um das gefährdete junge Reich in der Mitte Europas sicherer zu machen. Deutschland musste sich nur zurückhalten, meinte er, und es brauchte *Verteidigungs*bündnisse vor allem mit Österreich-Ungarn *und* Russland, die bis 1887 auch zustande gebracht waren.

Außerdem bemühte er sich noch um freundschaftliche Beziehungen zur großen Seemacht England. Auch darin war er einigermaßen erfolgreich. Das Wichtigste aber war, dass das feindliche Frankreich weiterhin ohne Bündnispartner dastand. Als die »Ära Bismarck« ihrem Ende zuging, schien die Gesamtlage für Deutschland nicht schlecht zu sein. Besonders der gefürchtete Zweifrontenkrieg war, wenn alles so blieb, so gut wie ausgeschlossen. Das außenpolitische Werk des »Reichsgründers« war gelungen; weniger erfolgreich war er in der Innenpolitik, aber das steht auf einem anderen Blatt. Nur wenige Jahre später aber – nach Bismarcks Ausscheiden aus der Politik im Frühjahr 1890 – begannen sich die Dinge für das Reich bedrohlich zu ändern. Dazu kommen wir jetzt.

Wilhelm II.

Tatsächlich hatte für Deutschland eine »neue Zeit«, eine neue Ära, begonnen: das Zeitalter Wilhelms II. Er hatte am 15. Juni 1888 die Throne Preußens und Deutschlands bestiegen. Wenige Monate zuvor war zunächst der greise Kaiser Wilhelm I. gestorben, nur 99 Tage später dessen krebskranker Sohn und Nachfolger Friedrich III. Entsprechend der Erbfolge kam also nun Wilhelm II. an die Reihe. Der neue Herrscher aus dem Hause der preußischen Hohenzollern war da gerade einmal 29 Jahre alt, also noch ziemlich jung für einen regierenden Monarchen. Uns ist Wilhelm II. heute in keiner allzu guten Erinnerung. Er regierte 30 Jahre lang, nämlich bis 1918. Und er stand damit an Deutschlands Spitze, als das Reich im Sommer 1914 in den Ersten Weltkrieg »hineingeriet«. Für viele war und ist er hauptverantwortlich für diese Katastrophe.

Der eitle Kaiser Wilhelm II. Er zeigte sich besonders gern in Soldatenuniform und achtete sehr darauf, auf Bildern überlegen und tatkräftig zu wirken.

Wenn ich an diesen Wilhelm II. denke, kommen mir sofort die schwarz-weißen Fotografien von ihm aus meinen alten Schulbüchern in den Sinn. Da sieht man den eitlen Kaiser meistens in einer prachtvollen Soldatenuniform, aus der er mit forschem Blick sehr selbstbewusst in die Welt schaut. Natürlich waren diese Fotos gestellt, aber ein wenig von seinem wahren Charakter geben sie doch wieder. Wir – die Geschichtsforscher – wissen zudem, dass Wilhelm II. am liebsten Uniform trug und sich stark zum preußischen Militär hingezogen fühlte. Die glanzvollen militärischen Siege von 1866 und 1871 hatten ihn schon als Kind extrem beeindruckt. Und nun war er selbst oberster Befehlshaber dieser ruhmreichen Armee!

Im Umgang war er eher schwierig. Zwar konnte Wilhelm II. auch freundlich und gewinnend sein – wenn man ihm respektvoll entgegentrat und Widerworte vermied. Doch oft war er unberechenbar und launisch, aufbrausend und prahlerisch. Außerdem wirkte er ständig nervös. Für seine Berater, stelle ich mir vor, muss er wirklich anstrengend gewesen sein. Manche Forscher meinen, vor allem seine Geltungssucht, die sich auch bis in seine Politik auswirkte, hätte damit zu tun, dass er bei der Geburt eine Schädigung an seinem linken Arm erlitt; der Arm war seither verkrüppelt. Er habe diese Behinderung später als Erwachsener durch allzu großspuriges Auftreten wettzumachen versucht. Ich weiß nicht, ob das stimmt, aber es ist durchaus denkbar.

Dieser innerliche zerrissene junge Mann war nun Deutschlands neuer Herrscher geworden. Und zum Herrschen fühlte er sich wirklich »berufen«. *Wer* ihn eigentlich dazu »berufen« hatte – auf diese Frage hätte auch er uns zweifellos den Allerhöchsten genannt. Es ist schon so: Du kannst in der Geschichte hinschauen, wo du magst; eigentlich immer haben sich politische Führer mit dem Hinweis auf Gott aus der Affäre zu ziehen versucht. Wilhelm II. machte da keine Ausnahme. Die Idee oder Vorstellung vom »Gottesgnadentum« ist ja auch zu praktisch, denn wer wollte sich schon Gottes Weisheit widersetzen?! Wer so denkt, kann und will natürlich nicht glauben, dass seine Macht in irgendeiner Weise eingeschränkt sein könnte. Eingeschränkt zum Beispiel durch eine Verfassung. Du erinnerst dich, dass in einer Verfassung niedergeschrieben steht, was ein Herrscher oder eine Regierung soll und darf, und was nicht. Eine Verfassung setzt den Regierenden bewusst Grenzen, und das macht sie für freiheitlich eingestellte Bürger so überaus wichtig! Für Wilhelm II. war das aber alles nur lästiger Unfug. »Ich kenne keine Verfassung. Ich kenne nur das, was *ich* will!«, soll er einmal in seiner selbstherrlichen Art gesagt haben. Auf dem »Staatsschiff« sei er der *alleinige* Steuermann, meinte er.

Du ahnst bestimmt schon, dass sich der eigenwillige junge Kaiser nicht damit abfinden wollte, einen weiteren »Steuermann« vorzufinden. Für jemanden wie Bismarck konnte es da dauerhaft keinen Platz geben. Noch nicht lange auf dem Thron, sagte Wilhelm II. über seinen in die Jahre gekommenen Kanzler, er werde »dem alten Herrn« noch einige Monate »zum Verschnaufen« geben; dann werde er

»selbst regieren«. Bismarcks Entlassung am 20. März 1890 hatte bestimmt mehrere Gründe. Es war nicht nur so, dass sich der junge Thronfolger mit »dem Alten« einfach nicht vertragen konnte oder wollte. Beide hatten nämlich auch in politischer Hinsicht in manchen Bereichen unterschiedliche Meinungen. So zum Beispiel bei der Frage, wie weit man der immer größer werdenden Arbeiterschaft entgegenkommen solle. Bismarck wollte nämlich die Arbeiterpartei SPD – die Sozialdemokraten – noch härter bekämpfen. Für ihn waren sie nichts anderes als Umstürzler. Der Kaiser sah sich dagegen eine Zeit lang als »Arbeiterfreund« und tat so, als würde er sich für sie einsetzen wollen (was aber nur eine seiner vorübergehenden Einbildungen war). Tatsächlich ging es bei dem Streit der beiden schlicht um eines: um die Macht – darum also, wer das Sagen hatte. Und die Macht beanspruchte Wilhelm II. nun einmal für sich. Er wollte ein »persönliches Regiment« führen. Darunter verstand er, dass seine Beamten und Minister für ihn nur noch eine Art Diener sein sollten. Nur auf ihn allein sollte es in »seinem« Reich künftig ankommen!

Du hast jetzt einen recht brauchbaren Eindruck von dem neuen Kaiser. Er war jung, voller Tatkraft und »frischer« Ideen. Und er war stolz, ja sogar oft überheblich – ein Angeber, der den großen Auftritt suchte und von allen Bewunderung forderte. Aber nicht nur er war so. Wenn es um ihr Land, das Deutsche Reich, ging, empfanden die meisten oder doch viele Deutsche damals ganz ähnlich. Sie passten insofern gut zu ihrem kaiserlichen Oberhaupt, und umgekehrt passte er sehr gut zu ihnen! Uns mag es heute fremd vorkommen oder irgendwie eigenartig, aber der Hang zum übermäßigen Stolz und zur Großspurigkeit lag in der Zeit. Für die »Wilhelminische« Ära von 1890 bis 1918 waren das wirklich bezeichnende Eigenschaften! Wie kam das aber? Du musst dazu bedenken, dass die Deutschen daran gewöhnt waren, in einem mächtigen und reichen Land zu leben. An Misserfolge oder Rückschläge für Deutschland konnte sich kaum noch jemand erinnern. Man war eine Großmacht geworden, hatte eine im Ausland gefürchtete Armee – und man feierte in der Wissenschaft und auf dem Gebiet der Wirtschaft einen Erfolg nach dem anderen. Vielleicht kennst du das ja: Allzu viele Erfolge in kurzer Zeit können einem einfach zu Kopfe steigen. Man wird überheblich und blind für die Sorgen anderer. Ganz ähnlich ist es mit Nationen oder Völkern.

Wirtschaftsgroßmacht

Es war ein Zufall – nicht mehr: Fast zeitgleich mit dem Wechsel hin zu dem neuen Kaiser setzte Deutschland zu einem wirtschaftlichen Höhenflug an. Tatsächlich begann in der Mitte der 1890er-Jahre eine lang anhaltende Hochkonjunktur. Darunter verstehen die Wirtschaftsleute Jahre, in denen die Unternehmen sehr viele Aufträge haben, weshalb die Maschinen rund um die Uhr laufen und die Arbeiter vollbeschäftigt sind. Ein anderes Wort für Hochkonjunktur ist »Boom«, und die Grundlagen für diesen »Boom« waren in den Jahrzehnten seit etwa 1830 gelegt worden.

Der entscheidende Schub war vom Bau der Eisenbahn ausgegangen. Das lässt sich leicht erklären, wenn man daran denkt, was dabei alles nötig ist: Man braucht Eisenbahnschienen, Lokomotiven und Waggons, aber auch Bahnhöfe, Tunnel und Brücken, um Flüsse oder Täler zu überwinden. Deswegen gab es Aufträge in Hülle und Fülle für die Eisen und Stahl erzeugenden Unternehmen, den Maschinenbau sowie für die Bauwirtschaft. Und weil man zur Eisenerzeugung große Mengen an Kohle benötigt, erfasste der »Boom« auch die Bergbaubetriebe an Rhein und Ruhr, an der Saar oder in Oberschlesien. Die Unternehmen dieser Wirtschaftszweige stellten immer mehr Arbeiter ein, ohne die es trotz aller Maschinen nicht ging. Im Jahr 1873 zum Beispiel waren allein beim Bau und Betrieb der Eisenbahn bereits mehr als 700 000 Menschen beschäftigt. Diese Leute bekamen für ihre harte Arbeit natürlich Löhne, für die sie etwas kaufen konnten.

Stell dir einfach mal die Summe all dieser Löhne von 700 000 Beschäftigten im Eisenbahnwesen vor. Zwar waren die Löhne damals noch sehr (sogar empörend) gering; aber zusammengenommen stellten sie eine erhebliche Kaufkraft dar. Und wer kauft, fragt Waren oder Dienstleistungen nach, und durch diese Nachfrage wird wiederum die Produktion angeregt. Die Leute konnten jetzt zum Beispiel mehr Kleidung, Kochgeschirr oder Nahrungsmittel einkaufen. Du siehst also, welche weitreichende Wirkung der Eisenbahnbau hatte, wie sehr er auch andere Wirtschaftsbereiche anstieß und belebte.

Was da in Deutschland in der Mitte des 19. Jahrhunderts geschah, war wirklich eine Revolution! Du weißt schon: Wenn sich die Dinge in kurzer Zeit stark verändern, nennen die Geschichtsforscher das eine Revolution. Und diese – die Industrielle Revolution – veränderte die Wirtschaft und das Leben der Menschen von Grund auf. Das Rhein-Ruhrgebiet entwickelte sich ab den 1870er-Jahren zum wichtigsten deutschen Industriestandort. Nur 50 Jahre zuvor hatte es hier eine Reihe kleinerer, verträumter Landstädte gegeben. Die Menschen hatten da noch von der Landwirtschaft, von Handel und Handwerk gelebt und ihr Tagesablauf hatte sich oft nach den Vorgaben der Natur sowie dem Glockenschlag der Kirchturmuhr gerichtet. Mit dieser Beschaulichkeit war es um 1880/90 längst vorbei. Jetzt prägten die Fördertürme der Bergwerke, gewaltige Hochöfen und große Fabrikhallen das Bild. Dazu kamen die neuen Verkehrswege: Eisenbahnstrecken und Kanäle für die Dampfschiffe. Über diese Wege wurden Rohstoffe und Waren schnell und billig herangeschafft oder abtransportiert. Derweil wandelten sich die dorfähnlichen Kleinstädte im Ruhrgebiet in rasantem Tempo zu richtigen Großstädten! Die Einwohnerzahlen schossen regelrecht nach oben, denn aus vielen Gegenden Deutschlands wanderten Menschen zu Tausenden zu. Viele davon waren beschäftigungslose Handwerker oder – noch öfter – Bauernsöhne aus den östlichen Gebieten Preußens. Sie alle suchten und fanden Arbeit im Bergbau oder bei den

Eisen- und Stahlbetrieben. Von denen gab es hier inzwischen eine ganze Menge, weil sich die Betriebe dort ansiedelten, wo die Verkehrswege ausgebaut waren und sich die Rohstoffe ganz in der Nähe im Boden fanden.

Du denkst, diese Industrialisierung sei »irgendwie so« passiert? Nein. Alles, was geschah, war das Ergebnis menschlichen Wollens und Handelns und dauerte seine Zeit. Oft spielten einzelne Menschen und ihre Beharrlichkeit die entscheidende Rolle. Genauso wie heute. Bill Gates – der Begründer von »Microsoft« – zum Beispiel hat zusammen mit einem Partner als eifriger Tüftler in der heimischen Garage begonnen. Aus diesen Anfängen entwickelte sich sein US-Weltkonzern für Computer-Software. Damit vergleichbar sind im 19. Jahrhundert die Ursprünge des riesigen Stahlunternehmens Krupp aus Essen. Gegründet hatte ihn der Schmiedemeister Friedrich Krupp im Jahr 1812. Nach jahrelangem Forschen und Probieren war es ihm gelungen, harten und zugleich gut formbaren Stahl herzustellen, wie es ihn damals nur in England gab. Sein Sohn Alfred übernahm später den Betrieb. Auch er forschte und experimentierte. Und im Jahr 1854 erfand er ein besonders festes Eisenbahnrad aus Gussstahl, das zum Verkaufsschlager wurde. Aus dem In- und Ausland kamen haufenweise Aufträge. In der Folge wuchs das Unternehmen, und die Zahl der Beschäftigten steigerte sich sprunghaft: von 47 im Revolutionsjahr 1848 auf 20 000 im Jahr 1887; bis 1907 wurden es sogar 64 000.

Die vielen Arbeiter produzierten an den sechs (!) Arbeitstagen der Woche inzwischen nicht mehr nur für die

Eisenbahn. Denn zu diesem ersten Standbein der Firma war ein zweites gekommen: der Bau von Kanonen. Schon beim deutschen »Bruderkrieg« von 1866 zwischen Preußen und Österreich lieferte das Unternehmen die Kanonen – und zwar an *beide* Seiten. Der Stahlkonzern Krupp wurde nach 1871 zur »Waffenschmiede« auch des Reichs. Es war also nicht irgendein Konzern. Der Kaiser persönlich besuchte den Firmensitz in Essen mehrfach. Und wenn er dort war, sprach Wilhelm II. mit dem Konzernlenker Alfred Krupp am liebsten über seinen Traum von einer starken Flotte, zu der ihm Krupp verhelfen sollte.

Ich stelle mir manchmal vor, wie sich der junge Kaiser in seinem Schloss in Potsdam bei Berlin die Hände rieb, wenn er an das kräftige Wachstum der deutschen Industrie dachte. Es war so: Wilhelm II. interessierte sich sehr für moderne Technik und wusste, wie wichtig für ein Land eine starke Wirtschaft war. Und »seine« Wirtschaft drängte jetzt in Europa und der Welt mächtig voran. Zwischen 1895 und 1913 verdoppelte sich die Gesamtproduktion von Deutschlands Industrie und Handwerk. Der Steinkohlebergbau sowie die Eisen- und Stahlindustrie liefen weiterhin glänzend. Gleiches galt für den Maschinenbau. Die Verkäufe ins Ausland – die Exporte – wuchsen immer stärker. Deutsche Erzeugnisse waren preiswert und hatten inzwischen eine hohe Qualität, und gute Waren zu günstigen Preisen schätzten die Käufer im In- und Ausland auch damals schon. Jetzt kamen aber noch neue Industrien hinzu. Das waren die Elektroindustrie und die Chemie, denen die Zukunft gehörte. Die Deutschen wurden darin sogar führend auf der Welt! Das hatten sie vor allem den gut ausgebildeten Forschern an den Hochschulen und in den Laboren der großen Unternehmen zu verdanken. Ihre Erfindungen oder Entdeckungen setzten, zum Beispiel in der Chemischen Industrie, Firmen wie »Bayer« in Leverkusen um in Produkte wie Arzneimittel, künstlichen Dünger oder Fotomaterial – oder auch in Treibstoff und Sprengstoff. Aus »Bayer« wurde so ein riesiger Konzern. Und das war kein Einzelfall, auch der Elektrokonzern Siemens beispielsweise wurde in der damaligen Zeit groß.

Bis zum Beginn des Ersten Weltkriegs 1914 war Deutschland also zu einem starken und modernen Exportland geworden. Am Ende hatte es sogar England eingeholt, teilweise sogar überholt! Klar, dass in Großbritannien bald Sorge und auch ein wenig Angst vor dem ehrgeizigen Konkurrenten entstanden. Für die Deutschen selbst war ihr eindrucksvoller Aufstieg hingegen nur ein weiterer Grund zum Stolz. Sie hatten sich angestrengt und deshalb ging es ihnen immer besser; das schien ihnen der gerechte Lohn für harte Arbeit. Sie meinten außerdem, die Engländer könnten es nur nicht ertragen, dass sie wirtschaftlich eingeholt wurden. Sie seien eben neidisch. Du siehst: Was auf dem Gebiet der Wirtschaft geschah, belastete schließlich die Beziehungen Englands und Deutschlands zueinander. Man sah sich zuletzt als wirtschaftliche Rivalen – als Gegner, die voreinander auf der Hut sein mussten.

Aggressives Denken

Aber die Deutschen wurden nicht nur wirtschaftlich immer stärker, sondern auch immer stolzer. Und als sich ihr Stolz schließlich in Hochmut wandelte, wurden sie dazu noch aggressiv. Zunächst war das nur eine Sache des Denkens und Fühlens und galt sicher nicht für alle Menschen im Land – aber eben doch für eine wachsende Zahl von Deutschen, besonders solche aus dem kaisertreuen Bürgertum. Das eigene Volk, die eigene »Nation«, sahen sie als etwas ganz Besonderes an. Es erschien ihnen erfolgreicher und besser zu sein und damit auch wertvoller und »größer« als andere Völker. Nicht wenige kamen jetzt auf den Gedanken, das seien sie, die Deutschen, schon immer gewesen, und folglich sei das eine Einrichtung der Natur oder gar Gottes Wille!

Bei einem solchen Denken dreht sich alles um die eigene Nation und darum, dass sie angeblich anderen überlegen sei. Unter den Völkern gebe es also eine Art Rangfolge. Mit an deren Spitze stünden die Deutschen. Für eine solche Vorstellung vom angeblich höheren Wert der eigenen Nation verwendet man das Fremdwort »Nationalismus«.

Der Nationalismus war zu Beginn des 19. Jahrhunderts in den Köpfen der Menschen entstanden, zu einer Zeit also, als der französische Eroberer Napoleon über die deutschen Länder herrschte und diese unterdrückte. Die Deutschen begannen sich in dieser Lage darauf zu besinnen, eine gemeinsame Sprache, ähnliche Gewohnheiten und Feste sowie eine gemeinsame Vergangenheit zu haben – eben *eine*

»Nation«, *ein* Volk zu sein. Und mit dieser mächtigen Idee im Kopf führten sie 1812/13 den Kampf um die Befreiung des gemeinsamen »Vaterlandes« von dem äußeren Feind. Der Freiheitskampf gegen Napoleon schweißte die Deutschen zusammen. Er weckte und stärkte ihr »Wir-Gefühl«! Eigentlich ist es etwas Gutes, sich als Gemeinschaft zu fühlen, als zusammengehörig. Wir tun das ja heute auch – nicht nur, wenn wir bei großen Fußball-Turnieren zu »unserer« Nationalmannschaft halten. Zusammenhalt ist wichtig, um bereit zu sein, füreinander einzustehen und sich gegenseitig zu helfen. Er ist für eine Familie genauso wichtig wie für eine größere Gemeinschaft.

Gegen Ende des 19. Jahrhunderts verstanden die meisten Deutschen unter Zusammenhalt aber etwas ganz anderes. Ihr »Wir-Gefühl« meinte ein: »Wir *gegen* die anderen!« Es richtete sich *gegen* die Nachbarvölker, besonders gegen die Engländer und gegen die Franzosen. Anders als die Deutschen hätten diese einen mindestens zweifelhaften »Volkscharakter«. Sie seien durchweg neidisch oder hochmütig oder hinterhältig oder rachsüchtig oder, oder, oder. Mit anderen Worten: Sie seien einfach schlechter und obendrein den so »aufrechten« Deutschen gegenüber missgünstig, ja sogar feindlich eingestellt! Vielleicht fragst du dich, ob die Deutschen das denn einfach so glaubten, was sie da über andere Völker hörten oder lasen. Dazu musst du berücksichtigen, dass es damals kein Fernsehen oder Internet gab und kaum jemand ins Ausland reisen konnte; Begegnungen mit Franzosen etwa waren für die allermeisten

Deutschen gar nicht denkbar. Deshalb hatten es allgemeine Vorurteile – Urteile aus Unkenntnis – natürlich leicht.

Es war kein Zufall, dass das nationalistische Denken in Deutschland vor allem nach der Reichsgründung von 1871 um sich griff. Man war nun eine Großmacht geworden, und das fühlte sich für viele sehr gut an. Alte Vorurteile mischten sich jetzt mit Gefühlen der eigenen Stärke. Aus dieser Gefühlsmischung von Vorurteilen und Stärkebewusstsein entstand der aggressive Hochmut, der typisch war für die Wilhelminische Zeit von 1890 bis 1918. Schon in der Schule brachten die Lehrer den Kindern bei, dass Deutschland von neidischen Feinden umgeben sei und sich »behaupten« müsse. Und um sich behaupten zu können, müsse man kämpfen. Und für den Kampf brauche man eine starke Armee – und diese Armee sei überhaupt das Allerwichtigste, weil nur sie »Kaiser und Vaterland« vor der Feindseligkeit in Europa und der ganzen Welt schützen könne.

Zu all dem kam die Vorstellung, dass ein Kampf im Grunde unausweichlich sei: In der Geschichte der Völker und Staaten habe es immer wieder Kriege gegeben. Das könne auch gar nicht anders sein, weil Staaten eben zuallererst Konkurrenten seien. Sie stünden in einem ständigen Wettkampf untereinander. Es gehe dabei um Macht und Größe. Nur die stärksten und entschlossensten Staaten würden am Ende bestehen. Die Grundlage dieses Denkens stammte von einem englischen Wissenschaftler, dem Biologen Charles Darwin. Er hatte Mitte des 19. Jahrhunderts den erbarmungslosen Überlebenskampf in der Natur beschrieben.

Unter den Tieren überlebe nur der Kräftigste; die Schwachen würden gefressen. Das sei ein natürlicher Vorgang der »Auslese«. Nun meinten viele damals – um 1900 –, dieser Grundsatz gelte auch für menschliche Gesellschaften, für soziale Gruppen. Dieses Denken nennt man »Sozial-Darwinismus«. Auch Adolf Hitler hing solchen Ideen an – aber davon berichte ich später. Wer an den ständigen Überlebenskampf unter den Staaten und Völkern glaubte, ging davon aus, dass Kriege in regelmäßigen Abständen wiederkehren müssten. Für dauerhaften Frieden war in dieser Vorstellung kein Platz. Er wurde zur Sache weltfremder Träumer oder Weichlinge erklärt.

Imperialismus

Es überlebte also angeblich nur der Stärkere, der Mächtigere. Wenn das so war, musste man alles daran setzen, eben beides zu werden. Aber wie kam ein Staat – oder ein Volk – zu Stärke und Macht? Auf diese Frage hättest du zu jener Zeit sicher in ganz Europa dieselbe Antwort erhalten: Kein Land durfte sich ausruhen und in Sicherheit wiegen. Es musste wachsen, um stärker zu werden. Gemeint war, dass es sein Staatsgebiet oder seinen Einflussbereich vergrößern musste. Das hieß: Es musste Land erobern oder fremde Gebiete unter seine Kontrolle bringen. Das Ziel war ein möglichst großes Herrschaftsgebiet oder Reich. Das lateinische Wort für beide Begriffe ist »Imperium«. Darum bezeichnen die Geschichtsforscher das Streben nach der Herrschaft über andere Länder und Völker als »Imperialismus«.

Begonnen hatte das im Grunde schon im 15. Jahrhundert mit der Entdeckung Amerikas durch Kolumbus. Der berühmte Seefahrer war für das spanische Königshaus unterwegs, und für ihn bestand kein Zweifel, dass der »neue« Kontinent von jetzt an zu Spanien gehörte. Für ihn war Amerika ein ferner Anhang des »Mutterlandes«. Es war eine »Kolonie«. Dem Beispiel Spaniens folgten bald auch andere europäische Länder wie Portugal, England und Frankreich. Das verstärkte sich im 19. Jahrhundert, und da vor allem in der Zeit zwischen etwa 1880 und 1914. Ob in China, Indien oder in Afrika – überall, wo es angeblich »herrenlose« Gebiete gab, tauchte damals eine der europäischen Mächte auf und beanspruchte diesen oder jenen Flecken Erde für sich. Das galt besonders für die Engländer und Franzosen, und außerhalb Europas außerdem für die USA und Japan.

Es ging dabei um Einfluss und um wirtschaftliche Bedürfnisse. In Europa hatte die Industrialisierung große Fortschritte gemacht. In den dortigen Fabriken liefen die Maschinen und produzierten rund um die Uhr. Die Erzeugnisse reichten von Eisen und Stahl über Kleidung und Besteck bis hin zu Kopftöpfen, Konserven und Gummireifen. Für viele dieser Produkte brauchte man Rohstoffe, um sie herstellen zu können, und man brauchte Absatzmärkte, um sie massenhaft verkaufen zu können. Da schienen die fernen Gebiete die Lösung aller Probleme zu sein. Hier gab es allerlei Rohstoffe und außerdem noch viele Menschen, welche die vielen Waren abnehmen konnten. So war zumindest die Idee. Man machte sich also daran, überall, wo es in Übersee möglich war, Kolonien zu gründen. Die nichtweiße einheimische Bevölkerung wurde natürlich nicht gefragt. Warum auch? Gab es da etwa Fabriken, Universitäten, Telegrafen oder Kanonen und Maschinengewehre? Nein? – Ja, dann war die Sache für die weißen Imperialisten aus Europa schon entschieden. Sie hatten, wie sie glaubten, das »Recht des Stärkeren« auf ihrer Seite. Außerdem musste Gott sie zu den Herren der Erde auserwählt haben, weil er sie sonst ja nicht mit so viel Überlegenheit ausgestattet hätte. So oder ähnlich versuchten sie, ihr rücksichtsloses Vorgehen zu rechtfertigen. Ein schlechtes Gewissen oder irgendwelche Bedenken kamen ihnen nicht. Manchmal erstaunt es mich noch heute, wie anmaßend und überheblich die weißen Europäer damals dachten. Und ich bin mir nicht sicher, ob dieses Denken heutzutage ganz verschwunden ist.

Deutsche »Weltpolitik«

Die Deutschen waren bei all dem zunächst nur Zuschauer. Bis 1871 gab es ja kein Deutsches Reich, und nach der Reichsgründung hatte der vorsichtige Bismarck »koloniale Abenteuer« lange abzuwenden versucht. Sein Hauptziel war es ja, das junge Deutschland aus Streit mit den anderen europäischen Großmächten herauszuhalten. Er meinte, mit ihnen um irgendwelche fernen Gebiete in Asien oder Afrika zu streiten, wäre die Sache nicht wert. Deutschland habe dabei mehr zu verlieren als zu gewinnen, und seine Sicherheit gehe doch über alles. Aber Bismarck musste im Frühjahr 1890 gehen, und nicht wenige waren froh, den verbrauchten »Alten« loszuwerden. Es schien ihnen, dass der vorsichtige Bismarck der neuen Großmacht in Europa nur Fesseln anlegte. Warum sich beschränken, wenn man stark war? Warum sollte sich das stolze und mächtige Deutschland zurückhalten, wenn ihm doch die Welt offen stand?

Auch der junge Kaiser war dieser Meinung. Er hatte im Zeitalter des Imperialismus den Thron bestiegen und passte sehr gut in diese Zeit. Die ewigen Bedenken des »Alten« wischte Wilhelm II. kurzerhand vom Tisch. Die Zeit hatte sich grundlegend verändert. Sie erforderte in seinen Augen Tatkraft, Mut und den Willen zum Aufbruch. Für ihn ging es darum, nicht länger abseits zu stehen, sondern »Weltpolitik« zu machen, in großen Maßstäben zu denken. Wo er nur konnte, verkündete der Kaiser dies mit markigen Sprüchen. Man konnte doch nicht einfach zusehen, wie die europäischen Konkurrenten die Welt unter sich aufteilten und dadurch immer größer und mächtiger wurden. Man brauchte ja nur auf die Engländer zu schauen: Überall auf dem Globus besaßen sie Kolonien, Handelsstützpunkte oder Stützpunkte für ihre Flotte. Seit Längerem herrschten sie bereits über ein weit gespanntes Weltreich, das britische »Empire«.

Dazu gehörten Indien, Australien und Kanada sowie große Teile Süd- und Ostafrikas, und besonders in Afrika breiteten sich die Briten seit den 1880er-Jahren weiter aus. Schaute man auf die Franzosen, sah die Sache nicht viel anders aus. Sie hatten sich einige Gebiete in Ostasien gesichert sowie große Landstriche im Nordwesten Afrikas, darunter Algerien und Tunesien. Und auch die Franzosen machten keine Anstalten, sich damit zufriedenzugeben. Sollten sich die Deutschen da etwa mit ein paar Krümeln vom Kuchen abspeisen lassen? Diese »Krümel«, das waren Ostafrika, Kamerun, Togo und Südwestafrika, die Deutschland 1884/85 (eigentlich gegen den Willen Bismarcks) »erworben« hatte. Die Antwort auf diese Frage war ein trotziges: »Nein!« Auch Deutschland und den Deutschen stehe ein angemessener »Platz an der Sonne« zu. Das sagte ein hoher deutscher Politiker 1897 vor dem Reichstag, und der Beifall der Abgeordneten war sehr groß! Er sprach damit nur aus, was viele Unternehmer und Professoren sowie ein Großteil der Bevölkerung inzwischen meinten.

Mit jeder neuen Kolonie, in der die schwarz-weiß-rote Flagge des Kaiserreichs wehte, sollte Deutschland reicher und angesehener werden. Die Deutschen und ihr ehrgeiziger Kaiser strebten ja nach »Weltgeltung«. Sie wollten sich mit den alten europäischen Großmächten Frankreich, England und Russland »auf Augenhöhe« fühlen können. Nicht wenige träumten dabei von einem *deutschen* Weltreich, einem *deutschen* »Empire«. Das galt auch für Wilhelm II., der eng mit dem englischen Königshaus verwandt war. Seine Mutter war die älteste Tochter der damaligen Queen Victoria; er selbst war somit Halb-Engländer. Und auf die britische Flotte und das große britische Weltreich schaute Wilhelm II. immer schon mit einer Mischung aus Bewunderung und Neid. Das Problem war nur, dass Deutschland eben spät dran war. Um 1900 gab es nämlich kaum mehr »weiße Flecken« auf der Weltkarte, die nicht schon von anderen beansprucht wurden. Wie es schien, waren nur noch China und Teile Afrikas übrig, um das damals zwischen den europäischen Mächten heftig gestritten wurde. Auch Deutschland versuchte, bei diesen Rangeleien jetzt kräftig mitzumischen. Das war nicht überraschend denn das imperialistische Denken hatte ja *alle* Großmächte gleichermaßen erfasst. Du kannst dir aber vorstellen, dass sich die Deutschen damit keine Freunde machten. Nicht bei den Franzosen – den »Erbfeinden« –, aber auch nicht bei den Briten, die überhaupt nicht daran dachten, den Deutschen zum Beispiel im Süden oder Osten Afrikas freiwillig Platz zu machen!

Flottenrüstung

Die stolzen Deutschen und ihr Kaiser waren empört. Die Stimmung im Lande gegenüber den angeblich »arroganten« Engländern verschlechterte sich. In den deutschen Zeitungen war von Missgunst und wirtschaftlichem Neid die Rede. Man fühlte sich zurückgesetzt und böswillig übergangen. Für Wilhelm II. stand fest, dass den Engländern nur beizukommen war, indem man sie unter Druck setzte. Man musste sie zum Entgegenkommen *zwingen*. Das ging aber nur, wenn man dem etwas entgegensetzte, was die Grundlage ihrer Macht darstellte. Und das war bekanntlich die überlegene britische *See*macht. So kamen Wilhelm II. und seine Berater im Jahr 1897 auf die Idee, eine starke deutsche Flotte zu bauen. Sie sollte die Engländer mächtig beeindrucken und dazu bringen, die deutschen Interessen in der Welt ernst zu nehmen. Außerdem sollte sie die Seewege zu den deutschen Kolonien sichern. Nach Afrika, China oder in die Südsee kam man ja nicht mit der Eisenbahn, und Flugzeuge gab es noch nicht. Weil ihnen die Sache so wichtig war, setzten der Kaiser und die Marineführung alles daran, auch die Bevölkerung von dem Vorhaben zu überzeugen. Dazu wurde eine große Werbekampagne ins Leben gerufen. Es gab Vorträge, Plakatwerbung und jede Menge Zeitungsanzeigen, die behaupteten, ohne eine eindrucksvolle Flotte sei Deutschland keine echte Weltmacht. Die Mehrheit des Volkes war schnell überzeugt. In der Bevölkerung herrschte bald sogar eine richtige Marinebegeisterung! Alle schwärmten geradezu für Kriegsschiffe und die Matrosen, die auf ihnen Dienst taten. Die gewählten Abgeordneten im Reichstag machten da keine Ausnahme. Es wurden in den folgenden Jahren Unsummen an Steuergeldern für den Flottenbau gebraucht – und von diesen Abgeordneten, die darüber mitzuentscheiden hatten, auch bewilligt.

Einkreisung

Die meisten Deutschen standen also fest hinter dem Flottenbau, und jedes neue stählerne Großkampfschiff, das zum Beispiel in Kiel mit Militärmusik und Sekt vom Stapel gelassen wurde, machte sie stolzer. Wenn du und ich damals im kaiserlichen Deutschland gelebt hätten, dann hätten wir bestimmt ähnlich empfunden. Im Ausland aber war das natürlich anders – besonders jenseits der Nordsee, in Großbritannien. Für die Briten und ihre Politiker war das deutsche Flottenbauprogramm nämlich eine Provokation, eine ungeheure Herausforderung! Sie dachten, dass die aufstrebenden Deutschen und ihr großmäuliger Kaiser einen Plan hätten, um die Engländer von ihrem ersten Platz in der Welt zu verdrängen. Auf dem Gebiet der Wirtschaft beziehungsweise der Industrie hatten sie es ja fast schon geschafft; die deutschen Exporte in alle Welt bedrohten Großbritanniens wirtschaftliche Stellung schon länger. Und nun begannen sie auch noch, moderne Großkampfschiffe zu bauen, deren mächtige Kanonen gegen England und sein »Empire« gerichtet waren. Die Deutschen bedrohten, so dachte man in London, die britischen Lebensinteressen.

Die dortigen Politiker mussten also etwas tun. Aber was? Eine Zeit lang überlegten sie, ob sie vielleicht mit Deutschland zusammengehen sollten. Sie dachten dabei an eine Art lockeres Bündnis mit den Deutschen, die im Gegenzug dafür den Flottenbau verringern sollten. Aber Wilhelm II. und seine Berater lehnten fast beleidigt ab. Sie meinten, sie bräuchten die Engländer nicht. Sie könnten auch ohne sie »Weltpolitik« betreiben und müssten auf niemanden Rücksicht nehmen. Und einen besseren Bündnispartner als Deutschland würden die Briten sowieso nicht finden.

Das war leichtfertig und überheblich gedacht – und rächte sich schon bald. Denn die Engländer meinten jetzt erst recht, dass es die Deutschen auf ihr »Empire« abgesehen hätten. Und da entschieden sich die Politiker in London kurz nach der Jahrhundertwende, auf Deutschlands »Erbfeind« – auf Frankreich – zuzugehen. Das hatte niemand in Europa bis dahin für denkbar gehalten. Es war geradezu eine außenpolitische Sensation! Dazu musst du wissen, dass sich Engländer und Franzosen in den zurückliegenden Jahren und Jahrzehnten auf der Welt immer wieder arg in die Quere gekommen waren. Sie waren alte Rivalen, wenn es um den Erwerb von Kolonien ging. In Afrika hatte es noch im Jahr 1898 zwischen ihnen beinahe Krieg gegeben; es war dabei um den Sudan und Ägypten gegangen. Aber die Engländer dachten sehr praktisch. Der gefährlichere Gegner, meinten sie, seien auf lange Sicht doch die ehrgeizigen Deutschen. Da lag es nahe, sich mit den Franzosen in Afrika zu einigen. Dass diese nicht lange umworben werden mussten, ist klar. Das Ergebnis war eine Vereinbarung, die im April 1904 zwischen England und Frankreich zu Stande kam. Sie trug die Bezeichnung »Entente Cordiale«, was so viel wie »herzliches Einvernehmen« heißt – sie stellte Einvernehmen darüber her, wer von den beiden Mächten welche Gebiete in Afrika für sich beanspruchen konnte. Die

Vereinbarung war mehr als eine lose Absprache; sie war der erste Schritt hin zu einem Bündnis.

Die Nachricht von der »Entente Cordiale« schlug daher in Berlin wie ein Bombe ein. Der Kaiser und die Leute um ihn herum verstanden die Welt nicht mehr. Sie hatten die ganze Zeit über geglaubt, Engländer und Franzosen würden wegen Afrika und der Kolonien wohl ewig Feinde sein. Stattdessen näherten sie sich nun einander an und gingen eine Verbindung ein, die gegen Deutschland gerichtet schien – und es auch war. Das war aus deutscher Sicht nicht nur besorgniserregend, sondern höchst alarmierend!

Zum besseren Verständnis gehe ich noch einmal ins Jahr 1890 zurück. In diesem Jahr war Bismarck entlassen worden und Wilhelm II. hatte die deutsche Außenpolitik übernommen. Der junge Monarch wollte einen »Neuen Kurs«. Die Außenpolitik sollte unter seiner Führung klarer werden und neu ausgerichtet sein. Das betraf auch das Verhältnis zu Russland im Osten. Für Wilhelm II. waren gute Beziehungen zu dem Zarenreich damals nicht mehr so wichtig. Deshalb entschloss er sich, den »Rückversicherungsvertrag« mit Russland aufzukündigen. Diesen Vertrag kennst du schon: Bismarck hatte ihn im Jahr 1887 abgeschlossen, um sicherzustellen, dass Russland sich heraushielt, falls Frankreich im Westen einen Angriff auf Deutschland starten würde. Die russische Führung hatte noch versucht, Wilhelm II. umzustimmen; aber der fand, dass sich Deutschland nur auf Österreich-Ungarn verlassen sollte. Man könne nicht mit *beiden* Mächten zugleich ein Bündnis haben, weil diese doch immer wieder auf dem Balkan in Streit miteinander gerieten. Jeder wusste ja, dass sowohl Österreich-Ungarn als auch Russland den Südosten Europas – den Balkan – jeweils als *ihr* Interessengebiet ansahen.

Mit der Aufkündigung des »Rückversicherungsvertrags« hatte die deutsche Führung 1890 also den Zaren und das große Russland grob zurückgewiesen. Klar, dass Russland seitdem auf Deutschland keine Rücksicht mehr nehmen wollte. Die Folge war, dass Russland sich kurz darauf Frankreich annäherte, das lange auf diese Möglichkeit gewartet hatte. Seit 1894 waren Frankreich und Russland für den Kriegsfall sogar miteinander verbündet. Wenn du das bedenkst, ist dir klar, warum die »Entente Cordiale« – das englisch-französische Zusammengehen von 1904 – in Berlin Bestürzung auslöste. Denn jetzt drohte eine gegen Deutschland gerichtete Dreier-Verbindung aus England, Frankreich und Russland.

Nur der alte Streit zwischen England und Russland um Einfluss in Asien schien dem noch im Wege zu stehen. Aber auch an diese Hoffnung konnten sich Wilhelm II. und seine Berater nicht lange klammern. Für die Engländer – die Briten – war inzwischen nämlich nichts wichtiger, als das Deutsche Reich, das sie als aggressiv betrachteten und von dem sie sich bedroht fühlten, in die Schranken zu weisen. Und so einigten sie sich im Sommer 1907 auch mit Russland und legten ihre Streitigkeiten im Fernen Osten mit einem Abkommen bei. Auch das hatte niemand in Berlin bis dahin für möglich gehalten. Wieder war der Schock in der deutschen Hauptstadt groß!

Was bedeutete all das, was da geschehen war? Das wird schnell deutlich, wenn du in die Zeit vor 1890 zurückblickst. Wenn du noch einmal an Bismarck zurückdenkst. Der alte Kanzler hatte auf gute Beziehungen zu England Wert gelegt, und er hatte Verteidigungsbündnisse mit Österreich-Ungarn *und* mit Russland abgeschlossen; der »Draht nach Sankt Petersburg« war ihm dabei stets sehr wichtig gewesen. Seine Außenpolitik zielte ja darauf, das »rachsüchtige« Frankreich in Europa auf sich allein gestellt zu halten. Er meinte, solange die Franzosen ohne jeden Bündnispartner dastanden, war Deutschland sicher. Und es war in seinen Augen umso sicherer, je fester die Verbindung mit dem Zarenreich im Osten war. Nur rund 20 Jahre später – im Jahr 1907 – sah die außenpolitische Lage aber grundlegend verändert aus. Jetzt war Frankreich nicht mehr isoliert, sondern im Gegenteil mit England und Russland praktisch verbündet. Und wer auf eine Europakarte schaute, musste den Eindruck haben, dass nun Deutschland von Gegnern umringt war. Es schien von seinen Feinden geradezu »eingekreist«. Damit aber war eingetreten, was Bismarck zu seiner Zeit als seinen schlimmsten Alptraum angesehen hatte!

Wettrüsten

Wenn du ins Europa von damals zurückreisen könntest, würde dir die Stimmung der Jahre um 1900/1910 wahrscheinlich etwas beklemmend vorkommen. Denn anders als

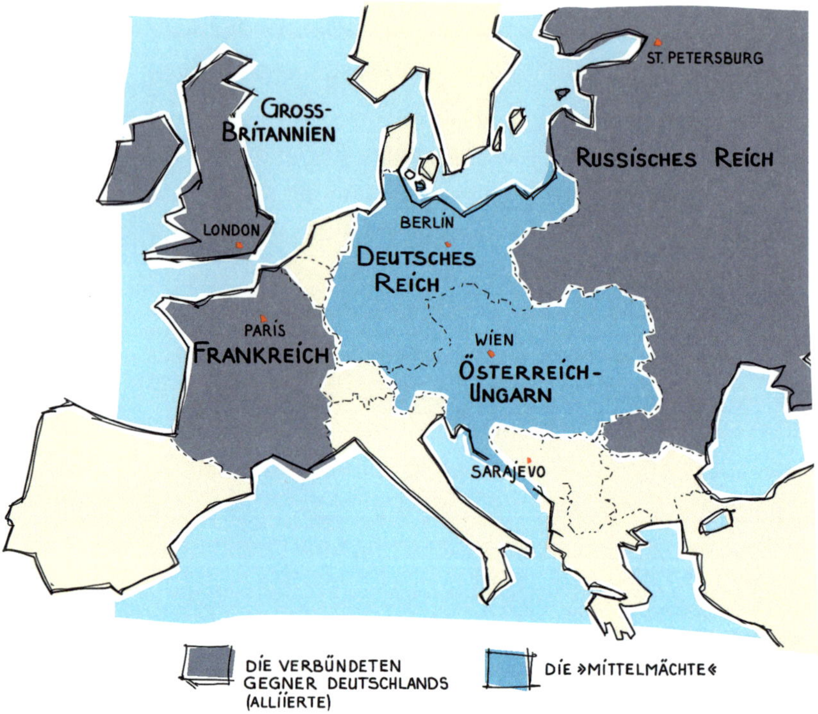

Die Bündnisblöcke in Europa bei Kriegsbeginn 1914

heute herrschte zwischen den Völkern und Staatslenkern zu dieser Zeit tiefes Misstrauen. Man beargwöhnte einander und erwartete von dem jeweils Anderen nur Schlechtes. Das war in gewisser Weise logisch; man verstand sich ja als feindliche Konkurrenten um ferne Gebiete und Rohstoffe sowie um Macht und weltweites Ansehen. Über kurz oder lang, so glaubten viele, müsse es also zu einem großen Krieg kommen, und dafür Vorsorge zu treffen, erschien dringend nötig. Das allgemeine Misstrauen und die Bedrohungsgefühle gaben den Anstoß, das eigene Militär stärker zu machen, also aufzurüsten! Zunächst waren die Deutschen vorgeprescht, indem sie eine große Flotte aufbauten. Die Engländer begannen nun, noch schlagkräftigere Kampfschiffe herzustellen. Daraufhin trieben die Deutschen ihren Flottenbau nochmals schneller voran. Das aber konnten die Briten nicht auf sich beruhen lassen, wenn sie ihren großen Vorsprung zur See nicht gefährden wollten. Kurzum: Es war ein Wettlauf im Aufrüsten in Gang gekommen – ein Wettrüsten zur See, das sehr viel Geld kostete und das gegenseitige tiefe Misstrauen nur noch größer machte.

Die anderen Staaten in Europa schauten derweil gebannt darauf, was da geschah. In ihren Augen zeigte die deutsche Flottenrüstung einmal mehr, dass Deutschland aggressiv war. Daraus zogen sie den Schluss, dass auch sie mehr Soldaten und mehr und schwerere Waffen brauchten. Sie rüsteten also ebenfalls auf, und das jetzt vor allem zu Lande. So schaukelte sich das Wettrüsten immer weiter auf. Eigentlich konnte einem nur angst und bange werden! Manchen wurde es das auch. Das waren die sogenannten Pazifisten – Menschen, die meinten, dass jeder Friede einem Krieg vorzuziehen sei. Aber diese Menschen und ihr Anliegen fanden damals kaum Gehör. Denn Pazifisten waren für die meisten nur »Spinner«; sie wurden oft beschimpft und sogar verdächtigt, die Sache der anderen – der Feinde nämlich – zu besorgen. Im Nachhinein muss man den Eindruck haben, viele in Europa sehnten um 1910 einen großen Krieg geradezu herbei. Sie hatten einen Krieg und seine Grausamkeit selbst oft nicht miterlebt, und da fiel es ihnen leichter, sich ihn zu wünschen. Nicht wenigen erschien ein großer Kampf sogar notwendig zu sein, um die aufgeladene Spannung in Europa mit einem Schlag aufzuheben. Ein Krieg würde wie ein reinigendes Gewitter wirken, meinten sie. Ich bin mir sicher: In dieser – verstörend einseitigen – Vorstellung vom Krieg tauchten Tote, Verstümmelte, trauernde Hinterbliebene sowie zerstörte Orte und Landschaften nicht auf.

Warum 1914 der Erste Weltkrieg ausbrach und wie er verlief

»Pulverfass« Balkan

Stell dir folgende Situation vor: Auf dem Schulhof oder vor der Disco stehen sich zwei schon lange befeindete Gruppen Jugendlicher gegenüber. Die Stimmung ist gereizt, Beleidigungen fliegen hin und her, die Fäuste sind geballt. Drumherum stehen weitere Jugendliche, die ihre jeweiligen Freunde anfeuern. Jetzt fehlt nur ein Funke, irgendeine vielleicht unbedeutende Kleinigkeit, und schon würden sie aufeinander losgehen. So war es in gewisser Weise in Europa 1914, am Vorabend des Ersten Weltkriegs. Da standen sich hochgerüstete Gruppen von Staaten – Bündnisblöcke – gegenüber, und die Atmosphäre war aufgeladen. Es fehlte nur noch der letzte Funke, der die Prügelei – den Krieg – auslösen würde. Dieser Funke war ein Aufsehen erregendes Mordattentat im bosnischen Sarajevo, auf dem Balkan.

Warum nahm der Krieg gerade hier seinen Ausgang? Lass mich zunächst ein wenig über diese Gegend und die damalige Lage auf dem Balkan erzählen: In den Jahrzehnten vor 1914 hatte das Osmanische Reich – die spätere Türkei – diesen Großraum zwischen Griechenland im Süden und Österreich-Ungarn im Norden lange Zeit besetzt gehalten. Weil aber das Osmanische Reich immer schwächer geworden war, musste es sich schrittweise von dort zurückziehen. Dadurch entstand im Südosten Europas eine Art Machtvakuum, also ein Gebiet ohne erkennbare Herrschaft durch eine der Großmächte. Nach der Logik des damaligen imperialistischen Denkens war der Balkan nun ein »freier« Raum. Das hieß: Er stellte für die Großmächte eine Einladung zum Beutemachen dar!

Österreich-Ungarn und Russland waren zwei imperialistische europäische Großmächte, und beide wollten die Gelegenheit zur Machterweiterung nutzen. Für Österreich-

Ungarn lag der Balkan unmittelbar »vor der Haustür«, und der Kaiser in Wien war natürlich daran interessiert, seine direkte Nachbarschaft zu beherrschen. Ein erster Schritt war schon gemacht, als sich die Österreicher 1908 das kleine Bosnien einverleibt hatten. Aber auch der Zar in Sankt Petersburg beanspruchte den Balkan als sein Interessengebiet. Auf dem Balkan lebten zahlreiche slawische Völkerschaften, etwa die Serben. Auch die Russen waren Slawen. Weil die Russen aber besonders mächtig waren, glaubten sie dazu berufen zu sein, die »Brüdervölker« unter ihrer Führung zu sammeln. So sollte ein großer slawischer Machtbereich entstehen.

Hinzu kamen aber noch weitere Überlegungen, die den Bosporus betrafen. Das ist die kleine Meerenge beim heutigen Istanbul, die das Schwarze Meer vom Mittelmeer trennt. Die Herrschaft der Osmanen beziehungsweise Türken über den Bosporus störte die Russen schon lange, denn die Meerenge dort war die einzige Möglichkeit für russische Kriegsschiffe, von der Halbinsel Krim am Schwarzen Meer in das Mittelmeer zu gelangen. Einen Mittelmeerzugang zu haben war dem Zar in Sankt Petersburg und seinen Beratern damals sehr wichtig. Über das Mittelmeer sollte der Weg nämlich in die entfernten Weltmeere führen.

Auf dem Balkan kamen sich also die Großmächte Russland und Österreich-Ungarn in die Quere. Ich hatte es schon weiter vorn angesprochen: Die sogenannte Donaumonarchie (so wurde das Kaiserreich Österreich-Ungarn auch genannt, denn die Donau fließt durch Österreich und Ungarn) war damals ein *Vielvölkerstaat,* in dem sehr viele unterschiedliche Sprachen gesprochen wurden. Dort lebten zum Beispiel Ungarn, Tschechen, Slowaken, Ukrainer, Slowenen und viele Serben. Es war natürlich schwierig, diese verschiedenen Völker in einer Zeit zusammenzuhalten, in der die Menschen vom Fieber des Nationalismus erfasst waren. Jedes Volk, so lautete ja die Grundvorstellung aller Nationalisten, sollte in einem *eigenen* Staat leben. Für das Kaiserreich Österreich-Ungarn sah es also nicht allzu rosig aus. Ich kann mir gut vorstellen, mit welchen Sorgenfalten der österreichische Herrscher aus dem Hause Habsburg – der schon alte Kaiser Franz Joseph – damals in die nähere Zukunft schaute. Bei jeder nationalistischen Regung irgendwo im Land musste er damit rechnen, dass sie den Zerfall seines bunt zusammengewürfelten Reichs auslöste!

Die größten Sorgen bereitete ihm der serbische Nachbar im Süden, denn die Serben waren überaus ehrgeizig und machthungrig. Sie hielten ihr Volk für so wichtig und wertvoll, dass sie in einem Staat leben wollten, der *alle* Serben auf dem Balkan mit einschloss. Auch jene Serben in Österreich-Ungarn. Die serbischen Nationalisten konnten diese Ziele also nur *gegen* die Habsburger-Monarchie erreichen. Aus österreichischer Sicht war Serbien damit eine große Gefahr. Wenn die Serben Erfolg hätten, würde dies das Auseinanderbrechen des österreichischen Vielvölkerstaats bedeuten. Serbien mochte vergleichsweise klein erscheinen, aber es benahm sich äußerst aggressiv – und es war ein enger Verbündeter des großen Russland, was die Sache ungemein heikel machte.

Nun ist klar, warum der Balkan um 1914 in Europa als ein Pulverfass angesehen wurde. Dort, im Südosten des europäischen Kontinents, hatte sich enormer Konfliktstoff angesammelt. Das war höchst gefährlich in einer Zeit, in der die europäischen Großmächte gegeneinander aufrüsteten und sich zunehmend feindlich gegenüberstanden. Es war wohl tatsächlich so, dass im Frühsommer 1914 ein großer Krieg in Europa irgendwie in der Luft zu liegen schien.

Und in diesem angespannten Klima ereignete sich nun der Mord von Sarajevo, der die Katastrophe *auslöste*. Der Hergang des tödlichen Attentats ist schnell erzählt: Am 28. Juni 1914 kamen der österreichische Thronfolger Franz-Ferdinand und seine Frau Sophie in die bosnische Hauptstadt Sarajevo zu einem offiziellen Besuch. Bei sonnig-warmem Wetter fuhren sie mit offenem Verdeck im Auto durch die von Passanten gesäumten Straßen der Stadt. Die Sicherheitsvorkehrungen waren lasch, ernsthafte Zwischenfälle schien niemand zu erwarten. So hatten die Attentäter, darunter der 19-jährige Gymnasiast Gavrilo Princeps, leichtes Spiel. Der junge Mann – ein Bosnier *serbischer* Herkunft – erschoss das Thronfolgerpaar aus nächster Nähe, ehe er von Sicherheitskräften überwältigt werden konnte. Mit seinem Anschlag wollte er dagegen protestieren, dass Bosnien 1908 von den Österreichern besetzt worden war. Der junge Attentäter und seine Hintermänner, die aus dem serbischen Geheimdienst kamen, meinten nämlich, Bosnien »gehöre« zu Serbien, das ein »Groß-Serbien« werden sollte!

»Julikrise« und Kriegsbeginn

In Wien war die Empörung über den Mordanschlag groß. In der österreichischen Hauptstadt nahm man an, dass die serbische Regierung den Auftrag dazu gegeben hatte. Vor allem die Militärs – die Generäle an der Spitze – wollten das so sehen, denn sie hatten schon länger vor, die »serbische Gefahr« kurzerhand mit Gewalt zu beseitigen. Aber ein Krieg gegen Serbien war eine heikle Sache, weil es eben auch noch Russland gab. Allein vorzugehen traute sich die kaiserliche Regierung in Wien nicht. Also wandte sie sich nun an den großen Bündnispartner in Berlin. Damit kam es jetzt auf Kaiser Wilhelm II. und seine Berater an.

Und auch für die deutsche Führung um Wilhelm II. war das Attentat von Sarajevo *vor allem* eine günstige *Gelegenheit*. Sie dachte nämlich so: Deutschland war von mächtigen Feinden umringt. England, Frankreich und Russland hatten sich zusammengetan, um das stolze Deutsche Reich an seinem weiteren Aufstieg zu hindern. Als einziger starker Bündnispartner stand nur Österreich-Ungarn an seiner Seite; Italien schien nicht allzu verlässlich. Weil aber ein großer Krieg in Europa so gut wie sicher kommen würde, müsse alles getan werden, damit Österreich-Ungarn nicht geschwächt wurde. Sein Zerfall wäre eine Katastrophe, dann stünde Deutschland ohne jede Unterstützung da und wäre zum Untergang verurteilt. Nun ist dir klar, zu welchem Schluss die Verantwortlichen in Berlin kamen: Auch sie meinten, Österreich solle »jetzt oder nie« Serbien angreifen und bestrafen. Damit würde Österreich-Ungarn gestärkt, und Russland würde seinen wichtigsten Verbündeten auf dem Balkan verlieren. Somit wäre dann zugleich das Zarenreich – einer der großen Gegner Deutschlands – geschwächt. Wenn alles so lief (ja, *wenn!*), dann würden Deutschland und sein Partner an der Donau als Gewinner aus der Krise hervorgehen. Wilhelm II. versicherte der kaiserlichen Regierung in Wien daher am 6. Juli 1914, sie könne sich ohne jedes Wenn und Aber auf Deutschlands Bündnistreue verlassen. Das wurde in Österreich-Ungarn als »grünes Licht« zum Losschlagen aufgefasst – und genau so war es auch gemeint.

Was man sich da in Berlin dachte, war unglaublich leichtsinnig! Jeder wusste, dass Serbien das große Russland hinter sich hatte. Trotzdem entschieden Kaiser Wilhelm II. und seine Berater, die verbündete Regierung in Wien zum Krieg quasi zu ermuntern. Sicher, in Berlin hoffte man, Russland und seine Verbündeten im Westen würden es wegen des kleinen Landes Serbien nicht auf einen großen Krieg ankommen lassen. Dass es jedoch auch anders kommen könnte, darüber waren sich Wilhelm II. und die Politiker und Militärs um ihn herum aber auch im Klaren. Aber es schreckte sie nicht! Am wenigsten die Generäle. Sie hatten sich jahre- oder sogar jahrzehntelang auf den »Ernstfall« vorbereitet. Und nun wollten sie ihn auch. Sie meinten: »Irgendwann kommt der Krieg sowieso – dann doch lieber früher als später!«

Mit der deutschen Rückendeckung für Österreich-Ungarn vom 6. Juli 1914 war der Weg in den Krieg beschritten. Die Regierung in Wien befahl die Mobilmachung, das heißt, sie bot ihre Soldaten auf und brachte sie in Stellung. Dann erklärte sie am 28. Juli der serbischen Regierung den Krieg, und schon wenige Stunden später nahmen österreichische Truppen die serbische Hauptstadt Belgrad unter Beschuss. Die Russen reagierten, indem sie einen Teil ihrer Armee in Kriegsbereitschaft versetzten. Wenige Tage später, am 30. Juli, erweiterten sie diesen Schritt zu einer *allgemeinen* Mobilmachung. Das kam damals einer Kriegserklärung gleich. Diese »Kriegserklärung« wollten die Russen auch nicht zurücknehmen – denn sie hatten zuvor von den Franzosen die Zusicherung erhalten, dass Frankreich im Kriegsfall an ihrer Seite stehen würde.

Die russische allgemeine Mobilmachung werteten wiederum die Verantwortlichen in Berlin als Bedrohung für Deutschland und seinen Verbündeten. Also machte am 1. August auch das Deutsche Reich mobil, und noch am selben Tag erklärte es zunächst Russland, am 3. August auch Frankreich den Krieg, das sich geweigert hatte, neutral zu bleiben. Nun drohte Deutschland der gefürchtete Zweifrontenkrieg. Für diesen Fall hatten die Militärs vor Jahren einen Plan vorbereitet. Dieser Plan war nach dem General Alfred von Schlieffen benannt, der ihn sich ausgedacht hatte. Der Schlieffen-Plan sah vor, dass die deutsche Streitmacht zuerst den Kriegsgegner im Westen – Frankreich – in einem überfallartigen Schlag niederwerfen sollte. Dazu sollten deutsche Armeen zunächst rasch durch Belgien marschieren, was noch am 3. August geschah. Nun war aber Belgien ein neutrales Land, das den Schutz Englands besaß. Der deutsche Einmarsch in Belgien zog damit automatisch die englische Kriegserklärung an Deutschland am 4. August nach sich. Damit war der große europäische Krieg endgültig Wirklichkeit geworden!

Kriegsbegeisterung

Der vielbeschworene Krieg war jetzt da – und fast überall in Europa waren die Menschen begeistert! Noch vor Kurzem habe ich mir Fotografien aus Berlin, London und Paris aus den Tagen von Anfang August 1914 angesehen. Sie waren entstanden, nachdem die Zeitungen in Extrablättern den Beginn des Kriegs bekannt gegeben hatten. Man sieht junge Männer zwischen vielleicht 18 und 25 Jahren. Sie lachen, sehen gelöst und tatendurstig aus, als ginge es in ein ersehntes Abenteuer. Auch scheinen sie etwas zu rufen, etwas, das ihrer offensichtlichen Genugtuung und Freude Ausdruck gibt, vielleicht: »Endlich! Jetzt geht's los! ... Wir werden's dem Feind schon zeigen!« Solche Fotos sind aufschlussreiche Quellen dieser Zeit. Diese Bilder und andere Zeugnisse wie Tagebuchaufzeichnungen oder Zeitungsberichte belegen die Stimmung jener Augusttage.

Unter den Fotografien von damals ist auch eine, die den Odeonsplatz in München zeigt. Man sieht eine große Menschenmenge, es sind fast ausschließlich Männer, die voller Freude ihre Hüte schwenken. Ein vergrößerter Ausschnitt zeigt: Mitten unter Tausenden jubelnder Männer steht der junge Österreicher Adolf Hitler. Auch er nimmt die Nachricht vom Kriegsbeginn begeistert auf. Dieser junge Mann aus Braunau an der österreichisch-deutschen Grenze meldet sich bald darauf in Bayern freiwillig zum Kriegsdienst.

Auch wenn es in jenen Tagen Anfang August 1914 in Deutschland nicht nur Jubel gab und vor allem in der Arbeiterschaft Zweifel und Sorge herrschten – die Begeisterung überwog. Sie war weit verbreitet, und sie war echt. Heute kann man das kaum verstehen, aber wenn du versuchst, dich daran zu erinnern, wie die Menschen damals über ihr Land, ihre Nation sowie die Nachbarländer und -völker dachten, kannst du es dir vielleicht erklären. Man war fest überzeugt, den anderen Völkern wirtschaftlich überlegen zu sein und auch in Literatur, Kunst, Wissenschaft und überhaupt auf allen Feldern menschlichen Schaffens die »bessere« Nation zu sein. Die eigene Größe schien bewiesen, und der eigene höhere Wert sowieso. Was war von den neidischen Nachbarn anderes zu erwarten, als dass sie irgendwann zur Gewalt greifen würden? Viele Deutsche dachten so. Sie dachten nationalistisch, in diesem Denken und Empfinden waren sie groß geworden.

Fast alle glaubten also, einen gerechten Kampf zur *Verteidigung* des Vaterlandes zu führen. Die Verantwortung für den Krieg hatten ihrer Meinung nach die anderen – die Feindmächte der »Entente«, also Russland, Frankreich und

England. Wer daran zweifelte, musste ja nur daran erinnert werden, dass nicht Deutschland, sondern Russland zuerst mobil gemacht hatte. Das Deutsche Reich hatte sich doch nur gewehrt. Das war es auch, was der Kaiser seinem Volk in jenen Tagen erklärte. Er behauptete, Deutschland sei »mitten im Frieden« von seinen kriegswilligen Feinden »überfallen« worden! Dass die Deutschen maßgeblich an dieser Katastrophe beteiligt waren, davon war keine Rede. Du weißt inzwischen, dass Wilhelm II. sein Volk mit solchen Erklärungen belog. Aber auch die Zeitungen verbreiteten dieselbe verzerrte Sicht von den Dingen. Und so glaubten die allermeisten Deutschen, sie führten einen reinen *Verteidigungskrieg.*

Der Kriegsverlauf bis zur Kriegswende 1917

Die meisten dachten im August 1914 dabei an einen kurzen Krieg. Zunächst würde Frankreich im Westen und dann, wenn das rasch erledigt war, Russland im Osten besiegt werden. Alles sollte so »laufen« wie bei dem glanzvollen deutschen Sieg gegen Frankreich von 1870/71. Bis Weihnachten, hieß es, würden die deutschen Soldaten wieder bei ihren Familien sein – als gefeierte Helden und Retter des bedrohten Vaterlandes. Das war die sichere Erwartung; sie speiste sich aus Überheblichkeit und Sorglosigkeit, nicht aus den Tatsachen. Denn die sprachen von Anfang an *gegen* Deutschland und Österreich-Ungarn, die in der Mitte Europas eine Art

Mit Eisenbahnwaggons wurden im August 1914 die deutschen Soldaten zur Front im Westen gebracht. Ihre Siegesgewissheit war riesengroß. Und doch war es für viele von ihnen eine Fahrt in den Tod …

Block bildeten und wegen dieser Lage »Mittelmächte« genannt wurden. Die Mittelmächte gingen mit 3,7 Millionen Soldaten in den Kampf. Ihnen standen 5,8 Millionen Soldaten der »Entente« oder »Alliierten« (aus dem Französischen für: »Verbündete«) gegenüber. Auch bei der Bevölkerungszahl bestand ein starkes Übergewicht zugunsten von Russland, Frankreich und England. Mehr Menschen zu haben, bedeutete ja normalerweise auch, über mehr Soldaten zu verfügen. Hinzu kam, dass Großbritannien – England – auf ein weltweites »Empire« mit schier unerschöpflichen Rohstoffquellen zurückgreifen konnte. Auch die wirtschaftliche Stärke Deutschlands konnte die ungünstige Ausgangslage der Mittelmächte nicht ausgleichen. Und je länger der Krieg dauerte, desto weniger war das möglich.

Aus deutscher Sicht verlief der Krieg nur in den ersten Wochen und Monaten einigermaßen erfolgreich. *Im Westen* hatten sich deutsche Armeen den Weg durch Belgien brutal freigeschossen. Dann waren sie, wie im Schlieffen-Plan vorgesehen, rasch in den Nordosten Frankreichs einmarschiert. Doch aus dem sicher geglaubten »Blitzsieg« über den angeblichen Erbfeind wurde nichts. Denn der Vormarsch kam schon in den ersten Septembertagen 1914 am Fluss Marne etwa 140 Kilometer vor Paris ins Stocken. Inzwischen waren englische Soldaten den Franzosen zu Hilfe gekommen. Gegen die gebündelten Kräfte der Alliierten gab es für die Deutschen kein Vorwärtskommen mehr. Das war an allen Abschnitten der Front – der direkten Kampfzone – von Nordfrankreich bis hinunter zur Schweizer Grenze so. Der Schlieffen-Plan war also gescheitert. Und aus dem Bewegungskrieg wurde jetzt ein »Grabenkrieg«. Das heißt: Die Soldaten auf beiden Seiten der Frontlinie hoben dort, wo sie waren, Gräben aus und bauten Unterstände in die Erde. Davor zogen sie Stacheldraht – der jedoch nur einen trügerischen Schutz bot. Aber was sollten sie anderes tun? Sie kamen ja nicht mehr voran, sooft sie es auch unter meist entsetzlich großen Verlusten versuchten. Von vorn kam tödliches Maschinengewehrfeuer, und von oben regnete es Granaten, die von riesigen Kanonen im Hinterland abgefeuert wurden.

Besonders grausam und mörderisch waren die Kämpfe bei dem kleinen Ort Verdun zwischen Februar und Juni 1916. Dort wurden insgesamt etwa 800 000 Soldaten getötet! Es war ein regelrechter Schlachthof für junge Menschen. Möglich machten das die damals neuartigen Tötungsmittel: Artilleriegranaten, Maschinengewehre, Minen, Bombenflugzeuge oder auch das besonders hinterhältige Giftgas, das ein deutscher Wissenschaftler im Dienst der Militärs erfunden hatte. Für die einfachen Soldaten waren die Überlebenschancen in dieser »Hölle von Verdun« gering. Viele überlebten dort nicht einmal ihre erste Woche.

Wenn du mehr darüber erfahren möchtest, wie das Leben an der Front im Westen für die Soldaten in den Schützengräben war, kann ich dir den Roman »Im Westen nichts Neues« empfehlen. Er ist aus dem Jahr 1929 und wurde geschrieben von dem Schriftsteller Erich Maria Remarque. Das Buch wurde auch verfilmt. Der amerikanische Film kam 1930 in die deutschen Kinos und erregte großes Aufsehen. Manche der ehemaligen Frontkämpfer brachen während der Vorführung in Tränen aus; sie hatten oft vergeblich versucht, das Erlebte zu verdrängen und zu vergessen. Die Nationalsozialisten – die zu dieser Zeit schon recht zahlreich waren – versuchten vielerorts zu verhindern, dass der Film gezeigt wurde. Sie drangen zum Beispiel in ein Kino ein und warfen Stinkbomben oder sie blockierten die Eingänge. Als sie im Jahre 1933 in Deutschland an die Macht kamen, verboten sie den Film sofort. Sie wollten ja Kampf und Krieg, da passte ihnen ein Film *gegen* den Krieg natürlich nicht ins Konzept!

Im Osten, an der Front mit Russland, waren die Kämpfe anfangs ganz anders als im Westen verlaufen. Die deutschen Militärs hatten geglaubt, dass Frankreich schon besiegt sein würde, bis die Truppen des Zaren überhaupt kampfbereit waren. Stattdessen rückten die russischen Soldaten in den ersten Kriegswochen in das damals deutsche Ostpreußen ein. Sie machten dort große Geländegewinne, ehe sie Ende August/Anfang September 1914 bei dem kleinen Ort Tannenberg (etwa 250 Kilometer nördlich von Warschau) und an den Masurischen Seen gestoppt wurden. Die bei diesen Kämpfen erfolgreichen deutschen Truppen wurden von den Generälen Paul von Hindenburg und Erich Ludendorff befehligt. Sie hatten nach den ersten Niederlagen das Oberkommando im Osten übernommen und wurden nun in Deutschland als große »Sieger von Tannenberg« gefeiert. Aber auch sie konnten danach keinen entscheidenden Sieg erringen. Zwar rückten nun deutsche Truppen ihrerseits bis weit in russisches Gebiet vor, aber Russland ist so riesig groß, dass damit keine Entscheidung erzwungen war. Und so erstarrten auch hier im Lauf des Jahres 1915 die Kämpfe.

Trotzdem musst du dir besonders den Namen Paul von Hindenburg merken. Er taucht später noch öfter auf, weil er nach dem Krieg auch in der Politik eine wichtige Rolle spielte. Die Deutschen hatten nämlich seit »Tannenberg« so viel Vertrauen zu ihm, ja sie verehrten ihn geradezu, dass sie ihn 1925 zum Reichspräsidenten wählten. In diesem Amt ernannte dieser von Hindenburg 1933 den ehemaligen Gefreiten Hitler zum Reichskanzler.

Der Krieg von den Gräben aus – der Stellungskrieg – hatte sich 1915 und 1916 festgefressen. Es schien, als ob das fürchterliche Sterben hier wie dort ewig so weitergehen würde, denn keine Seite konnte auf einen schnellen Sieg hoffen. Daran änderte auch der Frontenwechsel Italiens nichts, das sich 1915 den Alliierten anschloss. Weil der gegenseitige Hass inzwischen weiter zugenommen hatte, kam niemand auf die Idee, Frieden zu schließen. Was hätte man der eigenen Bevölkerung dann sagen sollen, warum und wofür all das geschehen war? Und so brach das vierte Kriegsjahr an – das Jahr 1917, das die Kriegswende einleitete.

Entscheidend dafür war, dass die Alliierten im Westen – England und Frankreich – im Frühjahr des Jahres einen weiteren, sehr starken Verbündeten hinzugewannen: die große Industriemacht USA. Die Amerikaner hatten von Anfang an die ihnen nahe stehenden Engländer mit Lebensmitteln und kriegswichtigem Material versorgt, auch mit Waffen und Munition. Sie lieferten die Güter mit Schiffen über den Atlantischen Ozean. Für die Engländer war diese Hilfe überlebenswichtig – und genau darum wollten die deutschen Militärs sie verhindern. Sie meinten, die Engländer dann in die Knie zwingen und den Krieg für sich entscheiden zu können. Jedes Mittel war ihnen dazu recht.

An die deutschen Unterseeboote ging daher der Befehl, *alle* Schiffe anzugreifen, die englische Häfen ansteuerten.

Das konnten auch Passagierschiffe mit vielen Hundert Zivilisten sein, die mit dem Krieg nichts zu tun hatten und zum Beispiel Verwandte in England besuchen wollten. Bei den U-Boot-Angriffen mit Torpedos sollten keinerlei Beschränkungen gelten. Diese Art, Krieg zur See zu führen, nennt man daher unbeschränkten U-Boot-Krieg. Die Deutschen begannen ihn im Februar 1917. Aber er führte nicht zu dem Ergebnis, das die obersten deutschen Befehlshaber (seit 1916 waren das die Generäle von Hindenburg und Ludendorff) erwartet hatten. Denn zu den Opfern der deutschen U-Boote gehörten auch amerikanische Zivilisten: Männer, Frauen und Kinder, die nach solchen Angriffen im kalten Atlantikwasser ertranken. Du kannst dir denken, wie empört man in den USA darüber war. Daraufhin trat die amerikanische Regierung am 6. April 1917 offen auf der Seite der Alliierten in den Krieg ein. Für die Amerikaner war es ein Kampf *für* Demokratie und Freiheit und *gegen* eine deutsche Vorherrschaft in Europa. Auch wenn es sich erst einige Monate später zeigte – mit den übermächtigen USA als Gegner war der Krieg, der so zum *Welt*krieg geworden war, für die Mittelmächte praktisch verloren.

Russische Revolution von 1917

Daran änderte auch nichts, dass Ende 1917 das riesige Russland aus dem Krieg ausschied. Das kam so: Die Menschen in Russland litten sehr unter dem Krieg. Besonders die Einwohner in den großen Städten wie Petrograd (bis 1914: Sankt Petersburg) hungerten und in den kalten russischen Wintern froren sie erbärmlich. Dazu kamen nur schlechte Nachrichten von der Front, wo die Deutschen vordrangen. Warum sollten sie also weiterkämpfen und hungern?, fragten sich viele Russen, die den Zaren und seine unbarmherzige Alleinherrschaft für die bittere Not verantwortlich machten. Die Stimmung im Lande wandte sich immer mehr gegen den Zaren, der schließlich im März 1917 abdanken musste – also zurücktrat und seine Herrschaft abgab. Es folgte für einige Monate eine bürgerliche Regierung. Aber die hatte nichts Besseres zu tun, als den erfolglosen Krieg gegen Deutschland fortzusetzen. Genau das wollte die zermürbte Bevölkerung aber nicht mehr.

Und so erhielten jene immer mehr Zulauf, die mit dem Versprechen von »Brot und Frieden« lautstark für sich warben. Das war eine kleine Gruppe radikaler Kommunisten, die aus der russischen Sozialdemokratie hervorgegangen war und sich »Bolschewiki« nannte. Das heißt übersetzt »Mehrheitler«; sie beanspruchten nämlich für sich, die Mehrheit der russischen Sozialdemokraten zu vertreten. Der Anführer dieser »Bolschewiki« war ein gewisser Wladimir Iljitsch Uljanow. Er ist besser bekannt unter dem Namen *Lenin*. Ende Oktober 1917 rissen nun Lenin und seine Leute mithilfe bewaffneter Arbeiter und Soldaten in der russischen Hauptstadt Petrograd die Macht an sich. Am Abend dieser Revolution hielten sich dort im Winterpalast des Zaren Minister der bürgerlichen Regierung auf; sie wurden verhaftet und für abgesetzt erklärt. Bald darauf wehten überall rote Fahnen. Es waren die alten Fahnen der Arbeiterbewegung. Sie bildeten auch die Erkennungszeichen der Umstürzler, deren Werk als die Russische Oktoberrevolution in die Weltgeschichte einging.

Als sie an der Macht waren, wollten die Revolutionäre um Lenin aus Russland ein ganz anderes Land machen – ein kommunistisches Land. Wie das genau sein sollte, hatten sie den Ideen von Karl Marx und Friedrich Engels entnommen. Diese deutschen Denker waren nämlich die Erfinder des Kommunismus! Die kommunistische Lehre war *ihre* Antwort auf die schlimmen sozialen Missstände in der frühen Zeit der Industrialisierung. Marx und Engels hatten in der Mitte des 19. Jahrhunderts hautnah mitbekommen, wie schlecht es den schwer schuftenden Arbeitern in den seelenlosen Fabriken ging. Ihrer Meinung nach gab es dafür nur eine Erklärung: Schuld daran war das maßlose Gewinnstreben der reichen Unternehmer, denen die Fabriken und die Maschinen gehörten. Diese besitzenden Unternehmer – die Kapitalisten – nutzten schamlos aus, dass es so viele verzweifelte Menschen gab, die nichts als ihre Arbeitskraft besaßen (Marx nannte sie »Proletarier«) und selbst für geringste Löhne arbeiten mussten. Was aber war gegen diese Ausbeutung und die ungleiche Verteilung von Besitz zu tun? Für Marx und Engels war die Sache klar: Sie meinten, man müsse den Fabrikbesitzern die Fabriken und die Maschinen einfach wegnehmen und den Privatbesitz überhaupt abschaffen. Natürlich würden die Besitzenden damit nicht einverstanden sein. Also mussten sich alle Arbeiter zusammentun und die ungerechten Verhältnisse mit Gewalt ändern. Eine Revolution durch die vereinten »Proletarier« war notwendig. Danach würde alles besser sein: Aller Besitz, gerade auch die Fabriken und alles Land, würde den arbeitenden Menschen *gemeinschaftlich* gehören. Gemeinschaftlich heißt im Lateinischen »communis«; von diesem Wort stammt das Wort »Kommunismus« ab. In einer solchen kommunistischen Gesellschaft sollte es den Gegensatz zwischen Besitzenden und Nichtbesitzenden – zwischen Arm und Reich – nicht mehr geben. Das Ziel war eine Gesellschaft gleicher Menschen, die in gerechter Verteilung vom Ertrag aus dem gemeinschaftlichen Eigentum lebten.

Lenin und seine Leute hielten sich nach der Revolution an diese Lehre: Sie begannen sofort damit, die großen Grundbesitzer – meist Fürsten oder Kirchen und Klöster – zu enteignen und das Land an die Kleinbauern zu verteilten. Die Fabriken unterstellten sie erst der Kontrolle durch die Arbeiter, dann wurden sie den privaten Besitzern weggenommen und zu Eigentum des Volkes erklärt. Gleichzeitig begannen die Kommunisten, auch den Staat von Grund auf zu verändern. An der Spitze sollte künftig eine »Räteregierung« stehen. Sie sollte von den Vertretern der Arbeiter und Bauern – diese Vertreter hießen »Räte«, russisch: »Sowjets« – aus dem ganzen Land gewählt werden. So jedenfalls war die Idee. Aber in solche Räte konnten bald nur noch Bolschewisten gewählt werden. Damit regierte in Russland also allein die kommunistische Partei. Lenin nannte das eine »Diktatur des Proletariats«, die für eine unbestimmte Zeit nötig sei – bis die neue, ideale Gesellschaft gesichert und vollendet sei, die Menschen sich also an die neuen Gegebenheiten angepasst hatten und alles perfekt nach den Ideen der Kommunisten laufen würde.

Mit der Diktatur, der gewaltsamen Alleinherrschaft, war es den Kommunisten bitter ernst. Nicht-bolschewistische Parteien oder Zeitungen wurden verboten, andere Meinungen, ja sogar Kritik an der Partei durfte es nicht mehr geben. Dafür sorgte auch eine von den Kommunisten eingerichtete Geheimpolizei, die »Tscheka« hieß. Diese verfolgte in Russland alle, von denen sie wusste oder auch nur vermutete, dass sie ihre Gegner waren, gnadenlos. Meistens wurden diese sogenannten »Volksfeinde« kurzerhand erschossen oder in eines der vielen Straflager im fernen Sibirien verbannt. Man weiß nicht genau, wie viele Menschen dem Terror der »Tscheka« zum Opfer fielen; es waren sicher viele Zehntausende. Nach einem langen Bürgerkrieg von Mitte 1918 bis 1921 konnten sich die Kommunisten in Russland endgültig durchsetzen.

Du kannst dir vorstellen, dass die spektakulären Vorgänge in Russland auch in Westeuropa und in Deutschland großes Aufsehen erregten. Schließlich hatten die Kommunisten angekündigt, die Revolution auch in andere Länder zu tragen, vor allem in die Industrieländer Westeuropas. Wer politisch eher links eingestellt war und der Arbeiterbewegung nahe stand, war oft wie elektrisiert; er bejubelte, was in Russland geschah. Die dortige Revolution hatte die

Fürstenherrschaft und die »ausbeuterische« kapitalistische Wirtschaftsweise in kurzer Zeit regelrecht hinweggefegt. Davon hatten viele Linke im Westen lange geträumt, denn die »Kapitalisten« und deren Geldgier waren ja, so sahen sie es, mit für den Krieg verantwortlich.

Wer dagegen politisch eher konservativ oder rechts eingestellt war, blickte mit Schaudern und Angst nach Osten. Die Unterdrückung der Kirchen und Klöster sowie die Verfolgung all jener, die durch Fleiß und Sparsamkeit zu Reichtum oder Ansehen gekommen waren, schockierte viele. Mit »viele« meine ich vor allem die Angehörigen des deutschen Bürgertums. Das Bürgertum war, wie schon erwähnt, eine Gesellschaftsschicht, die in der Mitte zwischen den Adeligen »oben« und den lohnabhängigen Arbeitern »unten« stand. Es setzte sich aus ganz unterschiedlichen Gruppen wie Unternehmern, Fabrikanten oder zum Beispiel Professoren, Ärzten, Kaufleuten und selbstständigen Handwerkern zusammen. Sie gehörten zu den besitzenden Schichten, denen die Kommunisten ja den Kampf angesagt hatten. Somit herrschte in ihren Reihen große Furcht davor, dass es auch in Deutschland irgendwann zu einer kommunistischen Revolution kommen könne, wofür die Gefahr in Krisenzeiten besonders hoch war. Um das zu verhindern, suchten die Menschen des deutschen Bürgertums nach einer Kraft, die ihnen Schutz vor den Bolschewisten versprach. Nach dem Krieg waren das vor allem die radikalen Nationalisten – die Leute um Adolf Hitler, die sich als die Todfeinde der Kommunisten darstellten und es tatsächlich auch waren.

Not in der Heimat

Ich hatte bereits über die schlechte Versorgungslage in Russland vor der großen Revolution berichtet. Aber die Lage war nicht nur dort so, sondern auch in Deutschland wurde die Versorgung der Bevölkerung ab 1915/16 immer mehr zum Problem. Auf einen langen Krieg hatte sich ja niemand vorbereitet, und das rächte sich mit zunehmender Dauer des Kriegs. Die Versorgung durch Geschäfte, in denen man Lebensmittel kaufen konnte, die von den vielen Bauern im Land – den Erzeugern von Grundnahrungsmitteln wie Fleisch, Kartoffeln, Eier oder Milch – hergestellt oder aus dem Ausland importiert wurden, klappte nur in Friedenszeiten reibungslos. Aber jetzt herrschte Krieg, deswegen fehlten zum Beispiel auf dem Land die Arbeitskräfte; die Bauern und deren Söhne waren oft zum Militär einberufen worden und standen an der Front. Wer sollte also die Felder bestellen oder abernten? Da kamen nur die Frauen und Kriegsgefangene in Frage. Außerdem fehlte es an Zugtieren wie Pferden, denn auch diese wurden beim Militär gebraucht. So kam es, dass die Ernte*mengen* in den Kriegsjahren ständig geringer wurden – auch, weil nicht genügend Kunstdünger zur Verfügung stand. Der Mangel an Kunstdünger hatte wiederum mit einer Kriegslist der Briten zu tun. Die Engländer waren schon zu Kriegsbeginn auf die Idee gekommen, ihre Gegner – die Mittelmächte – von allen Zufuhren an Rohstoffen und Nahrungsmitteln abzuschneiden. Ihre Methode dazu war eine Blockade zur See. Die Briten errichteten weit draußen in der Nordsee mithilfe ihrer starken Flotte einen Sperrriegel, den auch die deutschen U-Boote nicht aufbrechen konnten. Deshalb erreichten Schiffe aus neutralen Staaten, die zum Beispiel Versorgungsgüter geladen hatten, Deutschland nicht mehr.

Je länger der Krieg dauerte, desto mehr litten die Menschen in der Heimat Not. Oft mussten die Frauen für ein bisschen Butter oder Brot stundenlang anstehen – vielfach vergeblich. Die Frustration in der Bevölkerung wuchs immer mehr.

Die Folgen waren bald spürbar. Der Winter 1916/17 war besonders entbehrungsreich. Längst gab es nicht mehr genügend Heizmaterial, kaum Kleidung, kein Licht und wirklich wenig zu essen. Und die vorangegangene Kartoffelernte im Herbst war sehr dürftig ausgefallen. Die Lebensmittel, die trotzdem noch vorhanden waren, wurden inzwischen rationiert, also in abgezählten Mengen an die hungernden Verbraucher weitergegeben. Dazu erhielten die Menschen sogenannte Lebensmittelkarten, auf denen aufgedruckt war, wie viel Kartoffeln, Rüben, Brot und so weiter sie jeweils bekommen durften. An den Ausgabestellen standen die Frauen oft stundenlang in der Kälte an für ein Stückchen Brot oder ein paar Kohlrüben. Diese Kohlrüben dienten eigentlich als Futter für die Schweine. Jetzt aber, wo es kaum noch Kartoffeln gab, waren sie das Hauptnahrungsmittel. Auf diese Weise kam der berüchtigte »Kohlrübenwinter« 1916/17 zu seinem Namen. So hatte sich natürlich niemand den Krieg vorgestellt. Die Kälte und der nagende Hunger ließen die Nerven blank liegen und machten viele Menschen auch körperlich krank. Häufig kam es zu Fällen der oft tödlich verlaufenden Lungentuberkulose. Sie war eine Folge der Mangelernährung. Nach Schätzungen starben im Ersten Weltkrieg, zwischen 1914 und 1918, in Deutschland etwa 750 000 Menschen an den Folgen von Hunger und Unterernährung!

Die Menschen in den deutschen Großstädten am Ende dieses »Kohlrübenwinters« 1916/17, so stelle ich mir vor, waren sicher niedergeschlagen und zermürbt. Der Hunger und die ständige Sorge um das alltägliche Überleben mussten einfach jeden frustrieren. Gleichzeitig herrschte oft großer Zorn. Man ärgerte sich über die Bauern, denen es besser ging als den vielen Menschen in den Städten, und man schimpfte über diejenigen, die an der Not der anderen noch verdienten, weil sie dringend benötigte Nahrungsmittel zurückhielten und unter der Hand teuer verkauften. Die Erfahrung zeigte, dass die Folgen des Kriegs eben nicht alle gleich hart trafen, und dass weniger schlimm dran war, wer nur an sich dachte. Daher war es nur eine Frage der Zeit, wann es zu den ersten größeren Protesten kommen würde. Tatsächlich brachen in den Frühjahrswochen 1917 vielerorts in Deutschland Hungerstreiks aus.

In Berlin legten am 16. April die Metallarbeiter der Rüstungsbetriebe die Arbeit nieder. Zuvor war bekannt geworden, dass ihre Brotzuteilungen verringert werden sollten. Auch in Leipzig, Braunschweig, Magdeburg oder im Ruhrgebiet fanden in diesen Wochen ähnliche Ausstände – also Streiks – statt, an denen Zehntausende von Arbeitern teilnahmen. Noch verlangten sie »nur« mehr Brot und einen möglichst raschen Frieden. Aber schon ein Jahr später, im Januar 1918, streikten große Teile der deutschen Arbeiterschaft erneut. Jetzt wurden Forderungen laut, die deutlich weiter gingen; es ging nicht mehr nur um »Brot und Frieden«, sondern auch um den kaiserlichen Obrigkeitsstaat an sich – darum, dass die Streikenden einen anderen, einen »demokratischen« Staat mit Mitwirkungsrechten der Arbeiter forderten. An den Parolen – den Sprüchen, mit denen die Streikenden ihre Forderungen kundtaten – merkte man, dass die Russische Revolution vom Herbst 1917 die vielen zehntausend Streikenden in Berlin, Hamburg und anderswo im Reich stark beeinflusst hatte. Die kaiserlichen Behörden waren zu Recht alarmiert. Nur mit Hilfe von Polizei und Militär gelang es ihnen, die Streiks, die damals gegen das Gesetz waren, mit brutaler Gewalt nach einer Woche einzudämmen.

»Verständigungsfriede« oder »Siegfriede«?

Die meisten Menschen in Deutschland sehnten sich inzwischen wirklich nach Frieden. Sie hatten die Entbehrungen und die ständige Angst um die Männer, Söhne oder Brüder an der Front gründlich satt! Es sollte einfach nur bald alles vorbei sein – fast egal, um welchen Preis. Auch viele Politiker im Reichstag – dem Parlament des Kaiserreichs – kannten die kriegsmüde Stimmung ihrer Wähler, vor allem der Arbeiterschaft, und dachten wie sie. Im Juli 1917 einigten sich daher die Abgeordneten von SPD, des bürgerlich-katholischen Zentrums (eine Partei ähnlich der heutigen CDU) sowie einer liberalen Partei darauf, im Reichstag einen »Verständigungsfrieden« zu verlangen. Gemeint war damit ein Friede, bei dem der Gegner von allzu großen Gegenleistungen verschont sein sollte. Hohe Geldforderungen oder zwangsweise Gebietsabtretungen, Annexionen genannt, waren mit einem solchen Friedensschluss unvereinbar. Der

Reichstag hatte im Kaiserreich aber nicht sehr viele Rechte. Über Krieg und Frieden entschieden der Verfassung nach allein der Kaiser und die Fürsten. Tatsächlich bestimmten jedoch die Militärs, genauer: die führenden Generäle von Hindenburg und Ludendorff. Sie bildeten die »Oberste Heeresleitung«, kurz: OHL, der damals niemand hineinzureden wagte. Von einem Abbruch der Kämpfe wollten sie nichts wissen. Allein diese Idee machte sie zornig, und so blieb die öffentliche Forderung der Reichstagsparteien nach einem erträglichen Frieden für alle Seiten nur ein Stück Papier.

Wenige Monate später war der Friedensvorstoß der Parteien von links und der Mitte sogar für eine Weile vergessen. Denn bald, im Oktober 1917, gab es in Russland die Revolution, und mit dem Umsturz in Russland kam unverzüglich das russische Friedensangebot. Lenin und seine Leute brauchten Frieden, um sich gegen die Gegner im Inneren Russlands durchzusetzen. Das hatten die Militärs in Deutschland gehofft. Jetzt waren sie und ihr ziviler Anhang, die extremen Rechten, obenauf. Die extremen Rechten waren stark nationalistisch eingestellte Leute vor allem aus dem Bürgertum. Für sie war der Krieg ein Kampf um das Überleben des deutschen Volks. Sie verlangten so viele Eroberungen – Annexionen – wie nur möglich. Was die extremen Rechten wollten, war ein sogenannter »Siegfriede«, bei dem es für den unterlegenen Feind keine Schonung gab. Einen »Verständigungsfrieden« nannten sie schwächlich. Für sie war er ein Verrat an den Interessen Deutschlands und des deutschen Volks.

Militärischer Zusammenbruch

Es war also klar, dass die russische Führung bei ihrem Wunsch nach Frieden wenig Entgegenkommen zu erwarten hatte. Nach wochenlangen Verhandlungen kam es am 3. März 1918 zum Frieden im Osten. Dieser wurde in der Stadt Brest-Litowsk im heutigen Weißrussland geschlossen und war ein harter »Siegfriede«. Russland musste riesige Gebiete abtreten, darunter zum Beispiel Polen und die Ukraine. Das waren oft fruchtbare Landstriche oder Gegenden mit Bodenschätzen. Die russische Führung um Lenin unterschrieb den Vertrag daher nur unter Protest; ihr blieb aber nichts anderes übrig, wenn sie nicht ihre Macht im Inneren aufs Spiel setzen wollte. Dieser Gewaltfriede war so richtig nach dem Geschmack der deutschen Militärs und der Rechten im Lande. Sie fantasierten nun offen von einem »großen Sieg« auch im Westen. Man konnte ja jetzt Hunderttausende deutsche Soldaten vom Osten an die Westfront – nach Frankreich – verlegen. Mit Hilfe dieser frischen Verstärkungen würde der endgültige militärische Erfolg hier nicht lange auf sich warten lassen. So jedenfalls dachten sie. Aber Franzosen, Engländer und besonders die Amerikaner waren besser ausgerüstet und kampfkräftiger als die Russen. Und so kam es mal wieder anders, als es sich die deutschen Generäle unter von Hindenburg und Ludendorff ausgemalt hatten.

Die große Frühjahrsoffensive der Deutschen in Nordfrankreich fing zwar erfolgreich an. Nach einigen Wochen aber lief sie sich fest, und im August 1918 gingen die Alliierten – die westlichen Verbündeten – auf breiter Linie zum Gegenangriff über. Dabei setzten sie auch eine neuartige, furchterregende Waffe ein, die »Tanks« oder Panzer, die wie stählerne Ungeheuer scheinbar unaufhaltsam auf die deutschen Stellungen zurollten. Die deutschen Soldaten waren erschöpft, teils hungerten sie, und an einen Kampferfolg glaubten viele von ihnen nicht mehr. Ganze Einheiten gaben auf, sie kapitulierten. So war es nur eine Frage der Zeit, wann die Front vollständig zusammenbrechen würde.

Die Generäle der Obersten Heeresleitung hatten alles auf eine letzte Karte gesetzt – und waren gescheitert. Das war ihnen auch schnell klar. Was machten sie jetzt? Man müsste erwarten, dass sie vielleicht kleinlaut zurücktraten. Sie redeten ja immer von soldatischer »Ehre«, von »Disziplin« und von »Verantwortung«. Aber nun, als es darauf ankam, war von alldem nichts zu bemerken. Denn die Verantwortung für die bevorstehende Niederlage wollten sie auf keinen Fall übernehmen! Die Armee und sie selbst, entschieden sie, mussten mit sauberer Weste aus dem ganzen Schlamassel herauskommen. – General Ludendorff wusste auch genau, wie er das anstellen wollte. Als es nicht mehr anders ging, weil die Nachrichten von der Front stündlich bedrohlicher wurden, stellte er sich Ende September 1918 hin und forderte, nun sollten diejenigen, »die Suppe essen, die sie uns eingebrockt haben«.

Du bist sicher überrascht und fragst dich: »Hä – was und wen meint er eigentlich?« Ganz einfach: Für Ludendorff war die sich ankündigende militärische Katastrophe nicht *sein*

Werk oder das Werk der Militärs. Er fand, die Schuld hätten vielmehr die demokratisch eingestellten Parteien, die im Juli 1917 im Reichstag öffentlich einen »Verständigungsfrieden« verlangt hatten. Sie, die Politiker von SPD, Zentrum und linken Liberalen, hätten mit ihrem Gerede vom Frieden den Durchhaltewillen der Deutschen in der Heimat geschwächt. Diese hätten dann die tapfer kämpfenden Soldaten an der Front nicht mehr genügend unterstützt. Und deshalb sollten jetzt bitteschön die demokratischen Politiker die Alliierten um einen sofortigen Waffenstillstand bitten. Das war eine gerissene Lüge – um einen Sündenbock für die Niederlage Deutschlands im Ersten Weltkrieg zu finden. Der Sündenbock sollten die demokratischen Politiker und Parteien sein, die den deutschen Militärs und den Rechten immer schon ein Dorn im Auge waren. *Ihnen* wollte er die Niederlage anhängen!

Kriegsende

Erstaunlicherweise ging Ludendorffs Plan auf! Er ging auch deshalb auf, weil die Politiker von SPD, Zentrum und Liberalen im September/Oktober 1918 angesichts der Kriegsniederlage bereit waren, Verantwortung zu übernehmen. Man könnte sagen, dass das naiv war, und vielleicht war es das auch – aber ihnen ging es in dieser schwierigen Lage um das Wohl des Landes. Schon seit Jahren hatten sie verlangt, dass Deutschland von *gewählten* Politikern im Auftrag des

Volkes regiert werden solle, und nicht allein vom Kaiser oder von den Militärs. Diese Möglichkeit schien ihnen nun greifbar nahe. Anfang Oktober 1918 bekam Deutschland also auf Druck der Militärs eine neue Reichsregierung. Der Chef dieser Regierung wurde der als liberal und ehrenwert angesehene Prinz Max von Baden. Unter ihm als Kanzler traten Vertreter der demokratischen Parteien von Links und aus der Mitte mit in die Regierung ein. Es handelte sich zwar immer noch um eine *kaiserliche* Regierung; aber die demokratischen Politiker bekamen jetzt immerhin politische *Mit*verantwortung – sie konnten *mit*entscheiden und nicht mehr nur zuhören und zur Kenntnis nehmen.

Diese neue Regierung unter Max von Baden schickte in der Nacht zum 4. Oktober dem US-amerikanischen Präsidenten Woodrow Wilson ein dringendes Telegramm mit der Bitte, einen Waffenstillstand zu vermitteln. Von dem US-Präsidenten erhoffte man sich in Berlin nämlich einen milden Frieden. Schon am nächsten Tag kam die sensationelle Nachricht in die Zeitungen. Und Zeitungen waren damals die einzige Möglichkeit, etwas Genaueres über das Geschehen an der Front oder über Politik und Wirtschaft zu erfahren. Die Zeitungen des Kaiserreichs hatten aber bis dahin nur geschönte Meldungen gebracht. Sie waren »zensiert«; sie durften nicht offen berichten. Das änderte sich jetzt, und plötzlich erfuhren die Menschen in Deutschland, wie es wirklich um die militärische Lage stand und dass der Krieg wohl verloren sei. Die Deutschen fielen buchstäblich aus allen Wolken! Alle Leiden der schweren Kriegsjahre schienen also vergebens gewesen zu sein. Wenn das wirklich so war – ja, dann sollte sofort Schluss mit allem sein, dachten sie. Das sehnsüchtige Verlangen nach Frieden brach sich jetzt machtvoll Bahn.

Matrosenaufstand

Wer damals vielleicht aus dem Ausland nach Deutschland kam, konnte es nicht übersehen: Es roch in jenen Tagen nach Umsturz, nach Revolution. Das Kaiserreich stand im Herbst 1918 nur noch auf wackeligen Füßen. Seinen Zusammenbruch leiteten ausgerechnet Teile der kaisertreuen Militärs ein: die hohen Offiziere der Marine, die Wilhelm II. einstmals so wichtig war. Die teuren Kampfschiffe der Flotte hatten fast während des gesamten Kriegs in den deutschen Seehäfen von Nord- und Ostsee untätig vor Anker gelegen. Das ärgerte oder beschämte die Seekriegsleitung. So kam sie Ende Oktober auf die Idee, die Schiffe in eine letzte große Schlacht gegen die Engländer zu schicken. Ein solches Gefecht war zwar militärisch aussichtslos und außerdem sinnlos geworden. Aber den Admirälen – den höchsten Offizieren der Marine – ging es nicht darum, dem Krieg vielleicht eine Wende zu geben. Sie wollten, dass die Schiffe ausliefen, um die »Ehre« der kaiserlichen Flotte zu retten. Dafür, für die »Ehre«, waren sie bereit, den Tod der jungen Matrosen ohne zu zögern in Kauf zu nehmen. Das Schicksal des einzelnen Soldaten zählte für die Offiziere der Seekriegsleitung in dem Moment also nur wenig!

Die einfachen Matrosen sahen aber überhaupt nicht ein, dass sie kurz vor Ende des Kriegs noch einmal ihr Leben riskieren sollten. Sie beschlossen, zu meutern. Es begann im größten Marinestandort, in Wilhelmshaven. Rasch sprang der Funke der Meuterei auch auf die anderen Hafenstädte über, zuerst auf Kiel, dann auch auf Hamburg, Lübeck und Bremen. Überall liefen die Dinge ähnlich ab: Die streikenden Matrosen hissten an den Schiffen die rote Fahne – das Zeichen der Revolution – und verbündeten sich mit den örtlichen Soldaten an Land und mit den Arbeitern. Dann bildeten sie gemeinsame Ausschüsse aus gewählten Arbeitern (in den Fabriken) und Soldaten (in den Kasernen), die sich »Räte« nannten: »Arbeiter- und Soldatenräte«, wie man sie aus der Russischen Revolution vom Vorjahr kannte. Und wie in Russland beanspruchten diese Arbeiter- und Soldatenräte jetzt vor Ort die Macht für sich. Sie besetzten Rathäuser, Post- und Bahnhofsgebäude und andere wichtige Plätze oder Einrichtungen in den Städten und erklärten sich zur neuen Stadtregierung. Über ihre weiteren Ziele waren sie sich nicht immer einig. Aber so viel war klar: Sie wollten, dass es einen sofortigen Waffenstillstand gab und grundlegende politische Freiheiten wie Rede- und Pressefreiheit.

In den Geschichtsbüchern sind diese dramatischen Vorgänge meist unter der Überschrift »Kieler Matrosenaufstand« vermerkt. Oft werden sie ziemlich kurz abgehandelt, weil die darauffolgenden Ereignisse im November 1918 vielleicht noch dramatischer waren. Doch es wäre schade zu unterschätzen, wie mutig und wichtig das Tun dieser Ma-

Matrosen war. Zum ersten Mal habe ich das gedacht, als ich ein Schwarz-Weiß-Foto aus Wilhelmshaven betrachtet habe, das in den letzten Oktobertagen oder Anfang November 1918 aufgenommen wurde. Es zeigt eine Gruppe von etwa 20 jungen Männern, aufgestellt wie bei einem Mannschaftsfoto im Fußball. Alle tragen die blauen Uniformen der Matrosen, sie stehen aber nicht militärisch streng, sondern eher locker da. Ihr Alter schätze ich auf etwa Anfang 20 Jahre. Und wenn man genau hinsieht – auf die Gesichter schaut – erkennt man, wie zufrieden, ja, stolz sich die jungen Matrosen in diesem Augenblick fühlten. Und das, obwohl auf Befehlsverweigerung im Kaiserreich die Todesstrafe stand! Diese jungen Männer hatten also viel riskiert und großen Mut bewiesen. Sie konnten ja nicht sicher sein, dass alles für sie gut ausgehen würde; eigentlich mussten sie sogar mit dem Gegenteil rechnen. Darüber hinaus konnte ihnen auch nicht klar sein, was sie im Weiteren bewirkten, was also Folge ihres Handelns sein würde. Und das war nicht weniger als das Ende des Kaiserreichs, dem sie – bewusst oder unbewusst – den Todesstoß versetzten. So »schrieben« diese jungen Matrosen von Wilhelmshaven und Kiel damals »große« Geschichte!

Deutsche Novemberrevolution 1918

In den ersten Novembertagen, zwischen dem 4. und 8. November, breitete sich die Umsturzbewegung im ganzen Land aus. Abgesandte der Kieler Matrosen schwärmten mit der Eisenbahn aus und trugen so den Funken des Aufstands von Stadt zu Stadt. Am 7. November erreichte der Umsturz Hannover, Köln, Frankfurt und München. Das Militär, die Polizei, die Beamten des Kaisers – alle wurden von der Wucht der Geschehnisse geradezu überrollt. Sie sahen tatenlos zu, wie Arbeiter- und Soldatenräte, in denen oft Anhänger der SPD das Sagen hatten, die Macht übernahmen. Die Macht vor Ort zu haben, reichte diesen Arbeiter- und Soldatenräten aber nun nicht mehr: Sie forderten offen die Abdankung des Kaisers und einen *demokratischen* Staat. Aus dem anfänglichen Soldatenstreik war damit eine politische Revolution geworden: die »Novemberrevolution«.

Am 9. November erreichte die revolutionäre Welle die Hauptstadt Berlin. Das war ein trüb-nebeliger Samstag. Im Stadtzentrum bildete sich schon morgens ein riesiger Umzug aus heimgekehrten Soldaten, Arbeitern und anderen Menschen, die zum Regierungsviertel und zum Reichstag zogen. Sie trugen Plakate mit Aufschriften wie »Brot und Frieden«, »Brüder! Nicht schießen!« oder: »Alle Macht den Räten!« Manche schwenkten rote Fahnen; einige Gruppen waren bewaffnet. Du musst dir eine sehr beeindruckende Demonstration vorstellen und eine angespannte Stimmung.

Die Mitglieder der Regierung und Reichskanzler Max von Baden bekamen all das hautnah mit. Sie schauten durch die Fenster ihrer Amtsgebäude, und für Max von Baden wirkten die Dinge sehr bedrohlich. Er fürchtete schon seit Tagen, dass es in Deutschland so kommen könnte wie

Bewaffnete Revolutionäre am 9. November 1918 mit roten Fahnen vor dem Brandenburger Tor. Das Kaiserreich war wie ein Kartenhaus zusammengebrochen; Deutschland wurde an diesem denkwürdigen Tag zur Republik.

1917/18 in Russland. Er befürchtete »russische Zustände« – also Gewalt, Hungersnot und blutigen Bürgerkrieg. Das wollte er unbedingt verhindern. In seinen Augen ging das aber nur, wenn Wilhelm II. auf den Thron verzichten würde. Stundenlang hatte er vergeblich auf eine solche Erklärung gewartet. Schließlich tat er etwas, was ihm die Verfassung gar nicht erlaubte: Um 12 Uhr gab er *von sich aus* bekannt, dass der Kaiser abgedankt habe. Das war eigentlich ungeheuerlich, denn dazu hatte ihm Wilhelm II. gar nicht sein Einverständnis gegeben!

Danach bat er die Führer der sozialdemokratischen Arbeiterpartei, Friedrich Ebert und Philipp Scheidemann, zu sich. Die Sozialdemokraten hatten großen Einfluss auf die Arbeiterschaft. Von Baden hoffte, sie würden die politisch aufgewühlten Arbeiter beruhigen können. Also übergab er um 12.30 Uhr das Amt des Reichskanzlers an den SPD-Politiker Friedrich Ebert, der ein besonnener Demokrat war. Er soll ihm gesagt haben: »Herr Ebert, ich lege Ihnen das Deutsche Reich ans Herz!« Ebert nahm an und antwortete: »Ich habe zwei Söhne für dieses Reich verloren!«

Die beiden SPD-Politiker waren wohl gerade wieder zurück im Reichstag, wo sie zu Mittag aßen, da hörten sie das Gerücht, der Kommunistenführer Karl Liebknecht wolle noch am selben Tage in Berlin für ganz Deutschland die »Räte-Republik« ausrufen. Diese Neuigkeit musste die Sozialdemokraten beunruhigen, denn sie waren Gegner eines kommunistischen oder bolschewistischen Räte-Staates. Sie wollten stattdessen eine *demokratische* Republik – eine

Demokratie mit einem frei gewählten Parlament, das die Regierung wählen und kontrollieren würde. Und so stand Philipp Scheidemann spontan vom Mittagessen auf und ging zu einem der Fenster im Saal. Von dort aus verkündete er etwa gegen 14 Uhr, dass das Kaiserreich zu Ende sei und an seine Stelle nun die »Deutsche Republik« trete! So kam er Liebknecht zuvor. Die erwartungsvolle Menge unten vor dem Fenster jubelte. Jetzt war klar: Der kaiserliche Obrigkeitsstaat mit seiner Unfreiheit war überwunden – und die Herrschaft des Kaisers und der Fürsten überall im Land ebenso.

Das musste auch Kaiser Wilhelm II. einsehen, der sich zu dieser Zeit im Großen Hauptquartier im belgischen Spa aufhielt. Noch in der Nacht zum 10. November floh er nach Holland; dort erhielt er politisches Asyl und verbrachte den Rest seines Lebens gut versorgt. Einen Tag später, am 11. November, folgte der lang ersehnte Waffenstillstand, den nicht *er*, der Hauptverantwortliche des Kriegs, sondern der Zentrums-Politiker Matthias Erzberger im Namen der Deutschen unterschrieb. Damit war der Erste Weltkrieg beendet. Er hatte fast 9 Millionen Soldaten, vor allem jungen Männern, das Leben gekostet und mehr als 21 Millionen Verwundete hinterlassen. Zu den Opfern gehörten auch viele traumatisierte Soldaten: Sie hatten zwar überlebt, aber oft schwere seelische und körperliche Schäden erlitten. Für sie endete dieser Krieg eigentlich nie.

Warum nach 1918 Adolf Hitler und die Nationalsozialisten an die Macht kamen

Seit diesem 9. November 1918 war Deutschland also eine Republik – ein Staat *ohne* König oder Kaiser an der Spitze, der sich auf den Willen *des Volkes* gründete. Die Macht in Berlin hatten zunächst die SPD und deren Vorsitzender Friedrich Ebert in Händen. Jetzt hätten die Sozialdemokraten grundlegende Dinge in Politik und Wirtschaft ändern und zum Beispiel beschließen können, die Banken oder große Unternehmen wie die Bergwerke zu verstaatlichen. So war es ja in Russland geschehen: Unternehmen wurden den privaten Besitzern weggenommen und zum Besitz der Allgemeinheit erklärt. Auch viele Sozialdemokraten hätten das wohl gewollt, aber Ebert war es wichtig, dass sich die SPD zurückhielt. Denn er war ein überzeugter Demokrat – die Regierungsgewalt zu nutzen, *ohne* vom Volk dazu bestimmt worden zu sein, kam für ihn nicht in Frage. Das fand er undemokratisch, und deshalb wollte er *die Bürger* entscheiden lassen.

Die dazu nötigen freien Wahlen fanden auf Verlangen der Sozialdemokraten (und gegen den Willen der Linksradikalen; dazu später mehr) daher sehr bald statt, am 19. Januar 1919. Sie ergaben eine deutliche Mehrheit für die SPD und die weiteren demokratischen Parteien des Bürgertums; dazu gehörten das Zentrum oder die neu entstandene liberale »Deutsche Demokratische Partei«. Aus diesen Wahlen, bei denen zum ersten Mal in Deutschland auch Frauen wählen durften, ging eine Volksvertretung – ein Parlament – hervor. Das versammelte sich kurz darauf im thüringischen Weimar unweit von Berlin, um die neue Regierung zu bestimmen. In der Reichshauptstadt Berlin war es zu dem Zeitpunkt zu gefährlich, denn dort gab es noch letzte Kämpfe zwischen Truppen der Regierung und den Linksradikalen, die vergeblich versucht hatten, eine Revolution wie in Russland durchzusetzen. Die Anfang 1919 offiziell gegründete Republik wird daher als »Weimarer Republik« bezeichnet. Sie war der erste wirklich *demokratische* Staat in Deutschland. Dieser bestand rund zwölf Jahre, in denen er oft stark gefährdet war. Mal gingen diese Gefährdungen von den radikalen Linken aus, mehr und mehr aber von ganz rechts; Wirtschaftskrisen und andere Turbulenzen kamen hinzu. Die Weimarer Republik hatte es von Beginn an schwer, zu bestehen. Sie hielt bis zum 30. Januar 1933 – bis zum Tag der Machtübernahme Hitlers und der Nationalsozialisten. Und der Weg dahin war so:

Rechtsradikales Denken am Kriegsende

Die Wahlen von Januar 1919 hatten gezeigt, dass die meisten Menschen in Deutschland das Kaiserreich satt hatten.

Manche wussten nicht genau, was sie stattdessen wollten, viele wünschten aber einen echten Neuanfang in einem freiheitlichen Staat, und sie wollten als freie Bürger politisch mitbestimmen können. Wer so dachte, empfand den 9. November 1918 als einen Freudentag. Es gab aber auch jene, die betrauerten, was geschehen war, die wütend und enttäuscht waren. Das waren die rechten Gegner von Republik und Demokratie.

Diese Rechtsradikalen gab es in allen Altersgruppen und auch in allen Teilen der Bevölkerung, am häufigsten kamen sie allerdings in den bürgerlichen und sogenannten gebildeten Schichten vor. Sie waren nicht auf den ersten Blick zu erkennen, denn sie hatten keine Uniform oder andere gemeinsame äußere Merkmale. Was sie verband, war ihre politische Einstellung oder Mentalität, die im Kaiserreich entstanden war. Zentraler Punkt war dabei der Glaube an die Überlegenheit des deutschen Volks, der deutschen Nation. Diese Überlegenheit begründeten sie damit, dass die Deutschen naturgegeben wertvoller und stärker seien als andere Völker. Wer stärker oder besser war, so meinten sie, habe das Recht und sogar die Pflicht, über andere zu herrschen. Dazu war wiederum der Krieg da. Andere Länder zu erobern und die fremde Bevölkerung zu unterdrücken, empfanden sie als normal und sogar notwendig. Die Deutschen seien ein wachsendes Volk, und ein wachsendes Volk brauche Platz. Es benötige »Lebensraum«, den es sich eben mit Gewalt nehmen müsse. Jetzt kannst du dir vorstellen, warum für radikale Nationalisten und Rassisten wie sie die

Niederlage Deutschlands im Ersten Weltkrieg so unfassbar war. Sie weigerten sich, diese als wahr anzusehen. Sie *konnte* einfach nicht sein – und deshalb erschufen sie sich ihre eigene Erklärung.

Und die lautete folgendermaßen: Der Umsturz, also die Novemberrevolution, hatte zu einem Zeitpunkt stattgefunden, als sich die deutschen Soldaten an der Front kurz vor dem sicheren Sieg befanden. Das sei ja schon daran abzulesen gewesen, dass die deutschen Truppen bei Kriegsende noch mitten in »Feindesland« standen. Kein alliierter Soldat hatte deutschen Boden betreten, also war Deutschland doch auch nicht besiegt, behaupteten sie. Vielmehr hätten im entscheidenden Augenblick die Menschen in der Heimat schlicht die Nerven verloren. Sie seien den demokratischen Weichlingen auf den Leim gegangen, die immer wieder vom Frieden und von Verhandlungen mit dem Feind geredet hätten. Dadurch seien der Siegeswille und der innere Zusammenhalt verloren gegangen. Und so sei es zu dieser unseligen Revolution gekommen, die von den Sozialdemokraten oder von noch weiter links stehenden Kreisen, den Bolschewisten nämlich, im Geheimen vorbereitet worden sei. Das aber sei ein »Verbrechen« gewesen – ein »Verbrechen am deutschen Volk«.

Für die Rechtsradikalen waren der politische Umsturz und die Kriegsniederlage also miteinander verbunden. Die Demokraten und die »Linken« waren ihrer Meinung nach dafür verantwortlich, und außerdem die Juden! Ja, du liest richtig. Das Feindbild der Juden gab es zwar schon lange, aber jetzt erhielt der schlummernde Hass auf diese religiöse Minderheit neuen Auftrieb. Irgendwer *musste* ja schuld sein an dem Unglück für Deutschland. Heute mögen es bei uns *die* Flüchtlinge oder *die* Ausländer sein; damals waren es die angeblich »volksfremden« Juden, die von den radikalen Nationalisten zu Sündenböcken für alles gemacht wurden. Sie glaubten, dass sich die Juden überall auf der Welt besonders gegen Deutschland und das deutsche Volk verschworen hätten. Ganz egal, um welche Probleme oder Bedrohungen es ging – stets hätten »die Juden« im Hintergrund die Fäden gezogen. Es ist wohl so: Gerade in Zeiten von plötzlichen Umbrüchen – von starken Veränderungen der Verhältnisse – brauchen manche Menschen Feindbilder, auf die sie ihre Verunsicherung und ihren Hass richten können.

Rechtsradikale in den inneren Kämpfen 1918/19

Wer rechtsradikal dachte und fühlte, den rüttelte die Lage Deutschlands 1918/19 mächtig auf. An den Grenzen stand der *äußere Feind*, die Alliierten, und im bedrohten Land selbst erhoben sich jetzt – so sahen es die Rechtsradikalen – *innere Feinde*, die Deutschland vernichten wollten. Damit meinten sie in erster Linie die »Bolschewisten«, die radikalen Linken um Karl Liebknecht und Rosa Luxemburg, die diese anführten. Wie sie darauf kamen? In jenen Wochen direkt nach der Revolution brach ein heftiger Streit darüber aus, was aus Deutschland jetzt werden sollte. Welche Art von Republik genau sollte es künftig sein? Auf der einen Seite gab es die überzeugten Demokraten aus der SPD und den bürgerlichen demokratischen Parteien. Deren Ziele kennst du schon. Sie wollten, dass die Macht bei einem von *allen* Bürgern frei gewählten Parlament liege; sie wollten also eine parlamentarische Demokratie nach westlichem Muster. Auf der anderen Seite standen die extremen Linken. Sie waren glühende Anhänger der russischen Revolution, die auch in Deutschland eine »Räte-Republik« errichten wollten. Sie stellten sich das etwa so wie in Lenins Russland vor. Dort herrschten kommunistische Räte, gewählt *allein* von den Arbeitern und Soldaten. Für ihre Idee von der diktatorischen Alleinherrschaft *einer* Schicht (die Linken sprachen lieber von »Klasse«) und *einer* Partei konnten die Linksradikalen in der deutschen Bevölkerung aber keine Mehrheit erwarten. Das war ihnen klar. Daher wollten sie im Winter 1918/19 freie Wahlen und eine Entscheidung der Bevölkerung auch mit Gewalt verhindern!

Was sollte nun die *vorläufige* Regierung unter Friedrich Ebert tun? Sie saß in ihren ersten Wochen noch nicht fest im Sattel und besaß keine Machtmittel. Es fehlten ihr eigene Truppen, und deshalb rief sie in ihrer Not das kaiserliche Militär zu Hilfe, das sich wiederum zum Teil auf Freiwilligeneinheiten stützte. Solche Einheiten nannte man »Freikorps«. Das waren größere Gruppen kampferfahrener Männer, die nach dem Kriegsende nicht in ihre alten Berufe oder überhaupt zurück ins Zivilleben wollten. Sie bevorzugten das gewohnte Soldatenleben, denn hier fanden sie Halt und Kameradschaft. Ihr erklärter Feind waren »die Roten«. Gemeint waren die »linke« Arbeiterschaft und deren gebildete Anführer. Auf beiden Seiten gab es in diesem Streit viel Fanatismus. Das heißt, dass beide Gruppen ihre Ziele und Ideen blindwütig und rücksichtslos verfolgten.

So entwickelte sich an der Jahreswende 1918/19 in Deutschland ein blutiger Bürgerkrieg zwischen »Links« und »Rechts«. Die Hauptschauplätze waren Berlin sowie die großen Industriegegenden wie das Ruhrgebiet im Westen oder der Raum zwischen Halle und Leipzig in der Mitte Deutschlands. Besonders heftige Kämpfe gab es Anfang/Mitte Januar 1919 in der Reichshauptstadt Berlin. Der Anführer der Linksradikalen, Karl Liebknecht, hatte am 4. Januar einen Aufstand gegen die Revolutionsregierung unter Friedrich Ebert ausgerufen. Daraufhin kamen die rechtsradikalen Freikorps zum Einsatz. Zwar hatte die Regierung sie angefordert, aber *für* die Regierung der verhassten Republik kämpften diese ausdrücklich nicht! Sondern sie kämpften, wie sie meinten, für das »Vaterland«, das sie vom »Bolschewismus« bedroht sahen.

Es gab heftige Kämpfe in den Straßen von Berlin, wo es zeitweise wie in einem Krieg zuging. Die Freikorps siegten rasch mit Unterstützung der »normalen« Reichswehr. Unmittelbar nach dem Ende der Kämpfe ermordeten sie die Anführer der Linksradikalen, Karl Liebknecht und Rosa Luxemburg; ihr Verbrechen war brutal und ohne jede Reue. Für das »Vaterland« zu morden, fanden sie aber mehr als berechtigt, und Gewalt auszuüben und zu töten, waren sie aus dem Krieg gewohnt. Diese Freikorpsleute waren für »die Linken« und darüber hinaus auch für die demokratische Republik gefährliche Gegner. Das Gefährliche an ihnen war, dass sie besonders gewaltbereit waren. Dadurch unterschieden sie sich von den meisten Rechtsradikalen der Kaiserzeit. Sie wünschten sich außerdem auch nicht den Kaiser zurück, sondern sie wollten etwas Neues: eine rechte Diktatur mit einem starken »Führer«. Mit Hilfe eines solchen Führers, der »entschlossen« handelte, wollten sie ihren Traum von einem »großen« Deutschland irgendwann doch noch verwirklichen!

Das Versailler »Diktat« von 1919

Diese Rechtsradikalen hassten die Republik und die Demokratie, und dieser Hass nahm noch zu, als im Frühsommer 1919 die Friedensbedingungen der Siegermächte des Weltkriegs bekannt wurden. Der Krieg hatte zwar schon am 11. November 1918 mit dem Waffenstillstandsvertrag geendet, aber nur mit einem Vertrag, der das *vorläufige* Aussetzen der Kämpfe regelte. Im Friedensvertrag ging es dagegen um die *endgültige* Regelung für einen dauerhaften Frieden. Erst mit einem solchen Vertrag ist ein Krieg wirklich überwunden. Einen Friedensvertrag auszuhandeln, war gar nicht so einfach – auch wenn alle Frieden wollten. Denn die beteiligten Staaten oder Politiker hatten jeweils eigene Ansichten darüber, wie die Bedingungen für den Frieden aussehen sollten. Das Problem war, ob es ein *harter* oder ein *weicher* Friede sein sollte.

Die Deutschen meinten, es könne nur ein weicher – ein »Verständigungsfriede« – sein. Der US-amerikanische Präsident Wilson hatte schließlich schon im Januar 1918 von einem »Frieden ohne Sieger und Besiegte« gesprochen. Außerdem betrachtete sich Deutschland weiterhin als eine achtenswerte Großmacht, und eine Großmacht, so glaubte man, könne eine »ehrenvolle« Behandlung sogar beanspruchen. Und unter »ehrenvoll« verstanden die deutschen Politiker und die Bevölkerung eben einen erträglichen Frieden. Irgendwie schienen die Deutschen zu glauben, sie hätten ein Anrecht auf Schonung, die sie selbst anderen (Russland, im März 1918) *nicht* gewährt hatten.

Bei den Alliierten wiederum gab es zwei »Lager«. Die Amerikaner und ihre engen Freunde, die Engländer, neigten dazu, Deutschland entgegenzukommen. Eine allzu harte Bestrafung verlangten sie nicht. Warum auch? Sie hatten ihre wichtigsten Kriegsziele erreicht: Das unterlegene Reich war zu einer demokratischen Republik geworden, wie es die Amerikaner gefordert hatten, und als geschlagene Macht war es erst einmal in der Welt keine bedrohliche Konkurrenz mehr. Alles andere sahen sie als nicht so wichtig an. Ganz anders dachten die Franzosen. Sie hatten die Hauptlast des Kriegs getragen. Die Kämpfe im Westen hatten auf französischem Boden stattgefunden, große Teile Nordostfrankreichs waren verwüstet, zahlreiche Städte und Dörfer zerstört. Dazu kam der große »Blutzoll«, den das

Land entrichtet hatte: Hunderttausende junger Franzosen waren im Krieg getötet oder verwundet worden. Wenn du das berücksichtigst: Wie würdest du als Franzose damals wohl gedacht haben? Wärst du bereit gewesen, die aggressiven Deutschen, die Frankreich nach 1870/71 zum zweiten Mal in wenigen Jahrzehnten angegriffen hatten, einfach so »davonkommen« zu lassen? Aus französischer Sicht stand jedenfalls fest, dass die Deutschen all das teuer bezahlen müssten.

Die Verhandlungen über diesen Friedensvertrag fanden von Januar bis Mai 1919 in Versailles statt, das bei Paris liegt. Es war derselbe Ort mit dem prunkvollen Versailler Schloss, wo 38 Jahre zuvor das Deutsche Reich offiziell verkündet worden war. Das war natürlich kein Zufall. Es sollte eine Demütigung der Deutschen sein, die zudem zu den Verhandlungen gar nicht eingeladen wurden. Sie, die den Krieg wesentlich zu verantworten hatten, sollten merken, dass die Siegermächte sie verachteten. Am 7. Mai erfuhr man dann in Deutschland, worauf sich die Alliierten in Versailles geeinigt hatten:

Zunächst sollte das geschlagene Reich zur Strafe viel Land abgeben. Es sollte seine Kolonien in Afrika verlieren und dazu große Teile seines Staatsgebiets. Die Franzosen forderten vor allem Elsass-Lothringen zurück. Außerdem sollte Deutschland weite Landschaftsgebiete im Osten verlieren, die an Polen fielen, das wieder gegründet wurde. Es ging dabei um die Provinzen Posen und Westpreußen sowie Teile von Pommern, außerdem um Teile von Oberschlesien mit seinen wertvollen Kohlegruben. Auch Dänemark, Belgien und die neu gegründete Tschechoslowakei (heute bestehen dort Tschechien und die Slowakei) bekamen kleinere deutsche Gebiete ab. Es wirkte so, als ob Deutschland an seinen Rändern amputiert würde. Durch diese Gebietsabtrennungen verlor es insgesamt rund ein Siebtel seiner Fläche mit 6,5 Millionen Einwohnern, die künftig in einem für sie fremden Land leben mussten.

Die deutschen Gebietsverluste nach dem Versailler Vertrag von 1919

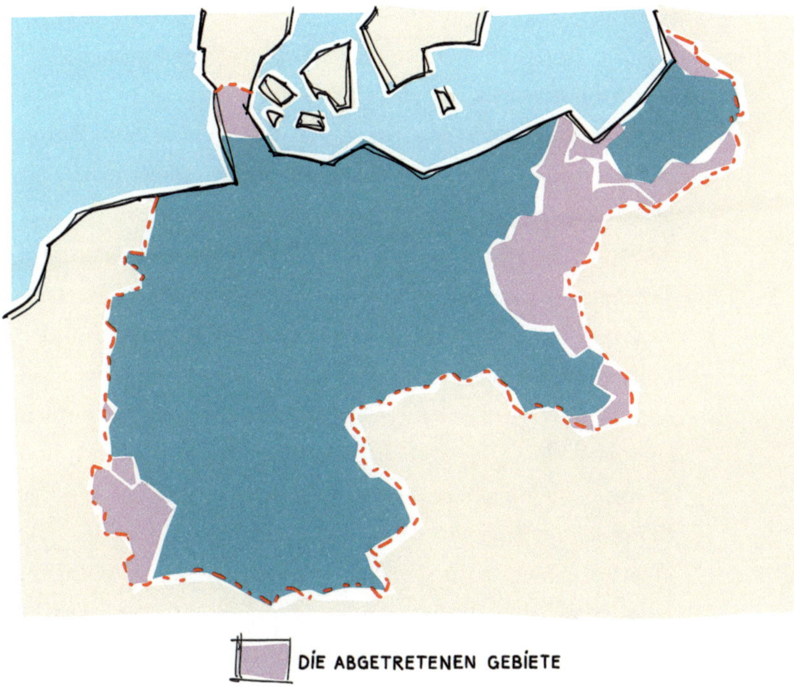

Weiter beschlossen die Alliierten, dass das Reich »Reparationen« bezahlen sollte. Das Wort stammt vom lateinischen Wort »reparare«, was »wiederherstellen« bedeutet. Gemeint war die Wiederherstellung oder Reparatur der Schäden, welche die Deutschen etwa in Frankreich durch ihren Angriff angerichtet hatten. Dabei ging es um wirklich große Summen, um Milliardenforderungen. Hinzu kamen wirtschaftliche Strafmaßnahmen. So sollte Deutschland fast seine gesamten Handelsschiffe abgeben, zahlreiche Lokomotiven, größere Bestände an Pferden sowie an Milchkühen, dazu noch zum Beispiel ein Drittel der Kohleförderung etwa aus dem Ruhrgebiet.

Zur Begründung für all diese Forderungen fügten die Alliierten einen Satz in den Vertrag ein, in dem es heißt, dass Deutschland *allein* den Krieg verursacht habe und daher auch für alle Schäden aufkommen müsse. Dieser Satz war der »Kriegsschuldartikel 231«, der die Deutschen ungeheuer aufregte. Du erinnerst dich, dass sie über die tatsächlichen Vorgänge um den Kriegsbeginn 1914 nicht wirklich Bescheid wussten. Sie hatten der Behauptung des Kaisers und der Zeitungen geglaubt, dass Deutschland von seinen Feinden angegriffen worden sei. Das glaubten sie 1919 noch immer. Niemand klärte sie über die wahren Hintergründe auf, und so waren sie darüber empört, dass Deutschland die *alleinige* Kriegsschuld zugewiesen wurde. Sie meinten, das sei eine Lüge der Alliierten, um von *ihrer* Schuld am Krieg abzulenken.

Schließlich bestimmte der Versailler Vertrag, dass Deutschland künftig keine nennenswerte militärische Kraft mehr sein sollte. Es durfte keine schweren Waffen wie Kanonen, Panzer, U-Boote oder Militärflugzeuge mehr haben und musste seine großen Kriegsschiffe abgeben. Im linksrheinischen Gebiet mit Nähe zu Frankreich durfte kein deutsches Militär sein. Außerdem musste die allgemeine Wehrpflicht wegfallen. Mehr als eine kleine Berufsarmee von 100 000 Mann war dem Reich nicht erlaubt. Damit war es so gut wie entwaffnet. Die Alliierten, und besonders die Franzosen, wollten eben sicher sein, dass von den Deutschen keine Gefahr mehr ausgehe.

Die Deutschen erfuhren von dem Versailler Vertrag und seinen Einzelheiten aus Extrablättern der Zeitungen. Ganz egal, wen man gefragt hätte – überall herrschte helle Empörung. In fast jeder größeren Stadt gab es öffentliche Versammlungen gegen die Forderungen der Siegermächte. Man verurteilte den Vertrag durchweg als »Schandvertrag« oder, weil das Reich nicht mitentscheiden konnte, als ein aufgezwungenes »Diktat«. Die Aufregung war so groß, dass im Militär sogar Pläne aufkamen, den Krieg wiederaufzunehmen! Lieber wolle man sterben, als solche Friedensbedingungen anzunehmen. Die Entrüstung der Menschen damals ist sehr verständlich. Sie fühlten sich im Grunde unschuldig am Krieg und meinten, den Siegern ginge es nur um Rache und darum, Deutschland niederzuhalten. Klar, dass kaum ein deutscher Politiker es wagte oder wagen konnte, sich öffentlich *für* die Annahme dieses Vertrags auszusprechen. Anfangs gab es da auch niemanden. Erst als die Alliierten drohten, in Deutschland einzumarschieren, fanden sich am

28. Juni 1919 verantwortungsbewusste Politiker demokratischer Parteien (SPD, Zentrum) bereit, nach Versailles zu reisen und als Vertreter Deutschlands zu unterschreiben. Sie hatten keine andere Wahl, wenn sie Schlimmeres für ihr Land verhindern wollten. Und deshalb verdienen sie, wie ich finde, Anerkennung. Sie waren jedenfalls mutiger als all die anderen, die von da an in Deutschland nicht nur mit Worten über sie herfielen.

Die Geschichtsforscher haben lange über den Versailler Vertrag nachgedacht. Die meisten meinen, er sei hart gewesen. Aber sie sagen auch, dass er sogar noch härter hätte sein können. Die Franzosen hatten eigentlich gewollt, dass Deutschland richtig zerschlagen werde – es sollte, wenn es nach ihnen gegangen wäre, also aufhören, als *ein* Staat zu existieren. *Ihre* Erfahrung war ja, dass seit der deutschen Einigung von 1871 dieses große Deutschland in der Mitte Europas ständig eine Gefahr darstellte. Zur Zerstückelung des Reichs war es aber nicht gekommen; die Franzosen hatten somit nicht erreicht, was ihnen wichtig war. Insofern musste Deutschland – von heute aus betrachtet – im Grunde noch zufrieden sein. Aber das wäre die Sicht aus unserer Gegenwart. Die Menschen damals konnten die Dinge wohl nicht so sehen. Dazu hätte man schon sehr weitsichtig und kühl denkend sein müssen.

Das aber waren im Jahre 1919 die wenigsten Deutschen. Sie fühlten sich ja noch immer als Angehörige einer großen Nation – einer überlegenen und eigentlich unbesiegten Großmacht. Demzufolge weigerten sie sich innerlich anzuerkennen, dass es das Wilhelminische Deutschland – ihr Deutschland – war, das maßgeblich den Krieg mit herbeigeführt hatte, weil es zur Weltmacht werden wollte. Darüber nachzudenken und es einzusehen, wäre eigentlich notwendig gewesen. Aber als der Versailler Vertrag mit all seinen Härten in Deutschland bekannt geworden war, wallte die Empörung so stark auf, dass hierfür wenig Hoffnung bestand. Stattdessen schworen sich die Deutschen eines: dass sie diesen Vertrag als fortgesetzte Kriegserklärung ansehen wollten und ihn so bald wie möglich abschütteln würden. Sie schworen innerlich »Rache für Versailles«. Jeder Politiker, der dies fortan sagte oder forderte, sprach ihnen aus der Seele. Und keiner tat das schon bald so sehr wie der vorerst noch unbekannte Hetzredner Adolf Hitler. Wenn dieser Jahre später in Wahlkämpfen seit 1929/30 irgendwo öffentlich beschwor, anprangerte und beschuldigte, war der Versailler Vertrag immer eines seiner Hauptthemen.

Kapp-Putsch 1920

Es war kein Zufall, dass wenige Monate nach Abschluss des Versailler Vertrags rechte Kreise versuchten, die junge Republik durch einen Putsch zu stürzen. Ein Putsch ist der Versuch einer kleinen Gruppe, die Gewalt im Staat mit einem überraschenden und schnellen Vorgehen – handstreichartig – an sich zu reißen. Solche Pläne gab es bei den Rechten schon seit dem Sommer 1919; im Frühjahr 1920 wurde daraus schließlich Ernst.

Und das kam so: Am 1. Januar 1920 trat der Versailler Vertrag offiziell in Kraft. Das bedeutete, dass auch jene Bestimmungen galten, die das Militär betrafen. Deutschland sollte ja nur noch eine kleine Armee von 100 000 Mann haben dürfen. Die tatsächliche Zahl der Reichswehr-Angehörigen (die Armee hieß damals »Reichswehr«) lag aber viel höher. Also mussten Tausende von Reichswehr-Offizieren und Freikorpsleuten entlassen werden. Das wollten sich diese aber nicht gefallen lassen – schon gar nicht von einer demokratischen Regierung und von demokratischen Politikern. Am 13. März marschierten daher Freikorps-Einheiten nach Berlin und besetzten das Regierungsviertel rund um das Brandenburger Tor. Den Kern bildeten Männer der »Marine Brigade Ehrhardt«, die als besonders rücksichtslos galten. Viele von ihnen hatten Hakenkreuze auf ihre Stahlhelme gemalt. Die Verschwörer, rechte Politiker und hohe Offiziere, erklärten die im Frühjahr 1919 gewählte SPD-geführte Reichsregierung für abgesetzt! Neuer Kanzler, so verkündeten sie, sei ihr Anführer, der nationalistische Politiker Wolfgang Kapp.

Aber das Unternehmen kam schnell ins Stocken. Die Umstürzler fanden kaum Unterstützung in der Bevölkerung. Außerdem wurde von den Gewerkschaften, also von den Interessenvertretungen der Arbeiter, Angestellten und Beamten, schon am ersten Putschtag aus Protest ein Generalstreik ausgerufen. Dieser allgemeine, landesweite Ausstand sollte so lange dauern, bis die Umstürzler aufgeben würden. Beinahe überall ruhte die Arbeit in den Fabriken,

Bergwerken und Büros. Auch die Eisenbahner machten mit, sodass der Zugverkehr vielerorts zusammenbrach. Die stärksten Gewerkschaften, die Freien Gewerkschaften, standen der SPD nahe und wollten die junge Republik unbedingt verteidigen. Am 17. März war der Spuk in Berlin zu Ende: Die Putschisten erkannten, dass sie verloren hatten und flohen teils ins Ausland oder zogen sich zähneknirschend in die Kasernen zurück.

Die »Brigade Ehrhardt« musste die Hauptstadt ebenfalls verlassen. Als die Soldaten dieser Einheit am Brandenburger Tor auf eine Menschenmenge trafen, die sie mit »Buh-Rufen« verabschiedete, schossen sie wahllos in die Ansammlung hinein. Es gab zwölf Tote! Das war typisch für diese Männer – sie waren selbstherrlich und hemmungslos, und auch noch stolz darauf. Wenige Wochen später wurde die Brigade offiziell aufgelöst. Ein größerer Teil der Männer konnte – trotz allem, was geschehen war – in die Reichswehr wechseln. Zur Rechenschaft wurden sie nicht gezogen. Sicher wundert dich nicht, dass viele dieser Freikorpsleute später zur Partei Hitlers stießen, die zu dieser Zeit gerade in München entstand.

Ruhrbesetzung 1923

Für den Moment hatten jedoch die republiktreuen Kräfte mit Hilfe der Gewerkschaften gesiegt. Das war für alle Demokraten eine gute Nachricht. Aber die Rechtsradikalen und ihr Denken verschwanden damit nicht, genauso wenig wie die inneren und äußeren Probleme Deutschlands, die ihnen immer wieder neuen Auftrieb verliehen. Und manchmal kamen diese Probleme geradezu geballt. Vor allem im Jahr 1923 war das so. Es begann mit dem, was die deutschen Zeitungen empört »Frankreichs Griff nach der Ruhr« nannten: Die Franzosen waren ja mit dem Versailler Vertrag unzufrieden, weil er nach ihrem Empfinden nicht hart genug ausgefallen war. Außerdem trauten sie den Deutschen weiterhin nicht über den Weg. Sie warteten also nur darauf, dem Feind an ihrer Ostgrenze die Fesseln noch enger anlegen zu können. Die Gelegenheit kam Ende 1922. Die Deutschen waren bei den Kohle- und Holzlieferungen, die sich aus dem Versailler Vertrag ergaben, in Rückstand geraten. Der Rückstand war unbedeutend klein, aber die Franzosen nahmen diesen »Verstoß« als Verwand, um am 11. Januar 1923 in das Ruhrgebiet einzumarschieren. Es ging um das Gebiet von Duisburg im Westen bis Dortmund im Osten. Sie schickten mehr als 60 000 Soldaten; auch belgische Truppen waren beteiligt. Im Ruhrgebiet lagen ergiebige Kohlegruben sowie die großen Eisen- und Stahlunternehmen, darunter die Krupp-Werke in Essen. Für die Franzosen war der Rhein-Ruhr-Raum daher so etwas wie das wirtschaftliche Herz Deutschlands, sein Kraftzentrum, und das war es damals auch. Ihre Idee war, es erst einmal in Besitz zu nehmen, auszubeuten und später vielleicht sogar ganz für sich zu behalten.

Die Deutschen waren außer sich, dass die Franzosen ihre Wehrlosigkeit so kaltschnäuzig ausnutzten. Auch die inzwischen von einem bürgerlichen Wirtschaftsmann geführte Reichsregierung wirkte geschockt – und hilflos. Sie rief die Bewohner an Rhein und Ruhr zum *passiven* Widerstand auf. Das könnte man einen gewaltlosen Generalstreik der Bevölkerung nennen. Niemand durfte die Anweisungen oder Befehle der Besatzungsmacht befolgen. Die Bergleute zum Beispiel sollten keine Kohle für die Franzosen fördern, und die Eisenbahner wurden aufgefordert, sich zu weigern, Züge mit Kohle oder anderer Fracht für den Transport nach Frankreich zu fahren. Man meinte: Irgendwann würden die Besatzer einsehen, dass es besser wäre, wieder abzuziehen. Die Franzosen waren von den wütenden deutschen Protesten aber wenig beeindruckt. Sie waren ja mit Hass und Entschlossenheit im Gepäck gekommen, und auf den passiven Widerstand der Deutschen antworteten sie nur mit noch mehr Druck und allerlei Schikanen: mit Zwangsversteigerungen, Verhaftungen oder Ausweisungen. In Einzelfällen verhängten sie sogar Todesstrafen!

Je länger der Streit um das Ruhrgebiet dauerte, desto vertrackter wurde die gesamte Lage. Die Franzosen machten keine Anstalten einzulenken, und bei den Deutschen wuchs die ohnmächtige Wut. Hinzu kam, dass der gewaltlose Widerstand an der Ruhr sehr teuer war. Die Arbeiter, Angestellten und Beamten im besetzten Gebiet brauchten ja ihre Löhne und Gehälter. Aber wer sollte diese bezahlen? Das musste das Reich, also die Regierung in Berlin, tun, die zum Ungehorsam gegenüber den Franzosen aufgerufen hatte. Sie musste aber das Geld irgendwo hernehmen, fehlten ihr doch die Steuereinnahmen aus dem Ruhrgebiet. In ihrer Not kam sie auf die Idee, so viel Geld, wie benötigt wurde, durch die Reichsbank *drucken* zu lassen. Die Menge an Papiergeld erhöhte sich dadurch stark. Trotzdem gab es nicht mehr Waren zu kaufen. Wer wirtschaftlich denkt, weiß: Wenn eine knappe Menge an Gütern und Waren auf eine große Geldmenge trifft, steigen die Preise. Und damals stiegen sie wirklich drastisch! Im gleichen Maß verfiel der Wert der deutschen »Mark«; die Kaufkraft sank also ständig. Man bekam für eine gewisse Summe Geld immer weniger an Waren oder Dienstleistungen. Was da vor sich ging, war eine starke »Inflation« oder auch Geldentwertung. Sie hatte zwar schon im Krieg begonnen, war aber erst nach der Ruhrbesetzung ungebremst in Fahrt gekommen, sodass die Menschen für Brot, Eier oder Milch bald Millionen und Milliarden bezahlen mussten. Politisch und wirtschaftlich trieb Deutschland also seit der ersten Jahreshälfte 1923 auf eine Katastrophe zu!

Als die Reichsregierung nicht mehr weiter wusste, trat sie zurück. Am 13. August kamen eine neue Regierung und ein neuer Reichskanzler, der jetzt Gustav Stresemann hieß. Dieser Stresemann war Politiker einer liberalen, wirtschaftsnahen Partei. Er war mutig und weitschauend und beurteilte die Lage nüchtern. Für ihn kam ein »Weiter so« nicht in Frage. Der Ruhrwiderstand brachte für Deutschland nur Nachteile, und die Inflation nahm von Woche zu Woche zu. Da traf er Ende September 1923 eine schwere, aber längst überfällige Entscheidung: Die Entscheidung, den passiven Ruhrwiderstand abzubrechen – und Verhandlungen mit Frankreich und den anderen Westmächten, also den USA und England, zu suchen (was, wie sich später herausstellte, erfolgreich war, denn im Sommer 1925 zogen die Franzosen wieder ab).

Hitler-Putsch 1923

Die radikalen Nationalisten in ganz Deutschland liefen gegen diese Entscheidung Sturm. Sie schrien, das sei wieder eine deutsche »Kapitulation«. Zu kapitulieren, also aufzugeben, galt ihnen als schwächlich. Das, so meinten sie, sei typisch für Demokraten. Einer der vielen, die sich empörten, war Adolf Hitler. Er hatte die deutsche Niederlage Ende 1918 in einem behelfsmäßigen Militärkrankenhaus in Pommern erlebt. Nach einem Gasangriff war er kurzzeitig erblindet und hatte deswegen in einem Lazarett behandelt werden müssen. Ich kann mir gut vorstellen, wie Hitler hier als einfacher Soldat, als Gefreiter, zornerfüllt einen Schuldigen für die plötzliche Niederlage suchte. Er war verbittert und entschloss sich daraufhin, Politiker zu werden. So hatte er es zumindest im Nachhinein dargestellt. Er wollte sich eines Tages an »den Juden« und den Demokraten rächen und außerdem all das rückgängig machen, was seit dem Herbst 1918 an Üblem (so wie *er* es sah) über Deutschland hereingebrochen war.

Als er wieder gesund war, kehrte Hitler nach München zurück, das im Frühjahr 1919 für einige Wochen von linksradikalen Rätebefürwortern beherrscht wurde. Die Diktatur »der Roten« in München war zwar nur von kurzer Dauer, aber sie hinterließ auch bei Hitler bleibenden Eindruck. Sie bestärkte ihn darin, die Bolschewisten und auch »die Juden« glühend zu hassen; er glaubte, dass die beiden Gruppen in enger Verbindung miteinander stünden. Dazu musst du wissen, dass für Hitler die Kommunisten und ihre Lehre eine *jüdische* »Erfindung« waren. In seinen Augen bediente sich das angeblich weltumspannende Judentum des Bolschewismus, um Macht über andere Völker zu erlangen. Wie er zu dieser verschrobenen Idee kam, ist nicht ganz klar. Aber sie gehörte zum Zentrum seiner Weltanschauung.

Für den späteren Diktator begann alles in München. Hier wurde er erst zum Redner, dann auch zum Politiker. Die Chance, sich einem größeren Publikum mitzuteilen, bekam er durch die bayerische Reichswehr. Diese hatte 1919 Leute gesucht, die den heimkehrenden Soldaten politische Vorträge hielten und darin für stark nationalistische Ideen werben sollten. Das war für Hitler die ideale Aufgabe! Jetzt konnte er seine radikalen Ansichten anderen einimpfen. Dabei merkte er, dass seine Hetze gegen Juden, Kommunisten und Sozialdemokraten sehr gut ankam. Das war für ihn eine grandiose Erfahrung und ein großer Ansporn, denn in seinem Leben war ihm bis dahin nicht viel gelungen. Als Jugendlicher hatte er einige Jahre in Linz die Realschule besucht, sie jedoch nicht abgeschlossen. Er war begabt, aber auch faul und rechthaberisch. Danach ging er nach Wien, um seinen Traum vom Studium an der Kunsthochschule zu verwirklichen. Aber er erhielt noch nicht einmal die Zulassung. Wieder war der junge Hitler gescheitert. Von 1909 bis 1913 lebte er in einem Wiener Obdachlosenheim und verdiente Geld mit schlecht bezahlten Gelegenheitsarbeiten. Den Krieg, der kurz danach begann, sah er als Chance, seinem tristen Dasein zu entfliehen. Jetzt kannst du sicher einschätzen, wie wichtig für ihn – den mehrfach Gescheiterten – diese Aufgabe von 1919 im Auftrag der Reichswehr war. Damals machte Hitler erstmals die Erfahrung, dass er etwas wirklich gut konnte, viel besser als andere. Das muss ihn sehr beflügelt haben.

Es ist schwer zu sagen, wann genau Hitler vom Redner zum Politiker wurde. Der Übergang war wohl fließend. Vielleicht war es, als er im September 1919 die rechtsextreme »Deutsche Arbeiterpartei« besuchte. Die »DAP« war eigentlich keine richtige Partei, sondern eher eine Stammtischrunde. Da tauschten ein paar Männer in bierseliger Stimmung und bei Zigarrenqualm extreme politische Ansichten miteinander aus. In München gab es damals viele solcher kleiner rechtsradikaler Gruppen – mehr als anderswo in Deutschland. Weil er als Redner so überzeugend war, gelang es Hitler rasch, an die Spitze dieser DAP zu kommen. Er schwang sich sogar zu ihrem alleinigen Führer auf. Im Februar 1920 benannte er sie in NSDAP um, was für »Nationalsozialistische Deutsche Arbeiterpartei« steht.

Etwa sechs Wochen später wurde er aus der Reichswehr entlassen, die lange seine Heimat war. Im zivilen Leben und mit geregelter Arbeit hatte Hitler ja bislang keinen Erfolg gehabt, also stürzte er sich jetzt ganz auf die Parteiarbeit.

Aus dem kleinen, unbekannten Männerzirkel sollte eine große Massenpartei werden. Das war sein neuer Lebensinhalt, und so trieb er den Ausbau der NSDAP voran. Bald hatte sie ein Programm, in der die Ziele der Partei genannt wurden, und eine Geschäftsstelle, und in rechten Zeitungen warb sie mit Kleinanzeigen um Anhänger und neue Mitglieder. Außerdem entstand eine Ordnertruppe mit braunen Uniformen. Das war die »Sturmabteilung« oder »SA«. Wenn Hitler auftrat und losbrüllte, stand sie als Saalschutz bereit, um auf etwaige politische Gegner einzuschlagen. Am Ende kannte 1923 in München und in ganz Süddeutschland fast jeder diesen Hitler. Er war zu einem »Star« der Rechtsradikalen in Bayern geworden.

Er selbst sah sich offenbar auch so. Im November 1923 fühlte sich Hitler sogar stark genug, um von Bayern aus einen Umsturz im Reich zu versuchen. Die Umstände schienen in jenen Wochen günstig zu sein, denn überall in Deutschland war die Unzufriedenheit groß. Die Inflation hatte inzwischen ein dramatisches Ausmaß erreicht. Das Geld war kaum mehr etwas wert, weshalb Bauern und Einzelhändler Brot, Fleisch und andere Lebensmittel zuletzt gar nicht mehr verkauften. Die Menschen besaßen Millionen und Milliarden – und drohten doch zu verhungern. Gleichzeitig schien Deutschland auseinanderzufallen. In Hamburg und Sachsen unternahmen die Kommunisten weitere Anläufe zu einer Revolution nach dem Vorbild Russlands. Währenddessen gab es im Westen, im Rheinland, Bestrebungen, sich von Deutschland zu lösen.

Das Bestehen der Republik stand also wirklich »auf der Kippe«, als Hitler zusammen mit dem bekannten Weltkriegsgeneral Erich Ludendorff am 8./9. November einen Putsch versuchte. Die Verschwörergruppe bestand aus Kaisertreuen und Rechtsradikalen; diese erklärten die Regierung der »Novemberverbrecher« in Berlin für abgesetzt. Ausgerufen wurde eine »nationale Erhebung«. Gemeint war ein allgemeiner Aufstand der Vaterlandsretter. Dieser sollte am 9. November in München mit einem Marsch durch die Innenstadt beginnen. Die Putschisten dachten, dass daraus dann ein großer »Marsch auf Berlin« würde. Das Vorhaben endete aber schon an der Münchener Feldherrenhalle im Kugelhagel der bayerischen Landespolizei. Dabei wurde Hitler am Arm verletzt, ehe er floh.

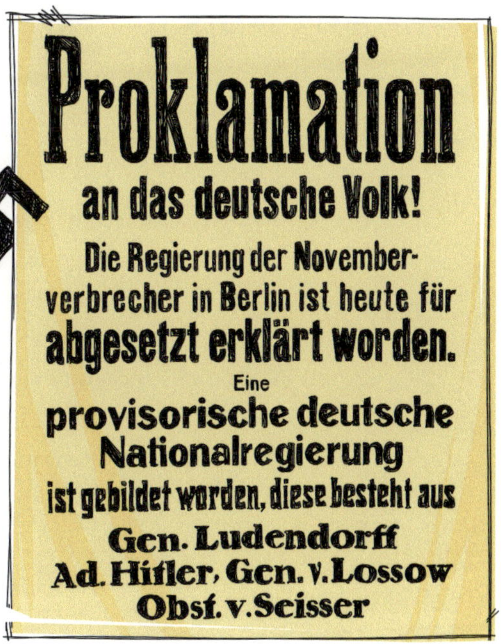

Die Putschisten um Adolf Hitler verkündeten auf Plakaten den Sturz der Reichsregierung in Berlin, die sie als eine »Regierung der Novemberverbrecher« beleidigten. Doch der stümperhafte Putschversuch vom 9. November 1923 scheiterte schon nach wenigen Stunden.

Der Putsch war somit missglückt. Wenige Tage später wurden Hitler und seine engsten Mitstreiter verhaftet und vor Gericht gestellt. Was sie getan hatten, bedeutete immerhin Hoch- und Landesverrat. Das war eigentlich ein schweres Vergehen. Das Urteil lautete dennoch nur auf fünf Jahre Haft. Das war wenig. Aber die Richter damals waren oft selbst politisch rechts eingestellt; sie fanden die Gründe für die Tat allzu verständlich. Er habe nur »das Beste für das Vaterland« gewollt, befanden sie. Man kann von heute aus eigentlich nur den Kopf darüber schütteln, wie diese Richter ihre Milde begründeten. Aber leider galt diese Parteilichkeit für die Justiz der Zeit allgemein. Man sagt daher, diese sei »auf dem rechten Auge blind« gewesen. Am Ende musste Hitler nur neun Monate seiner Strafe absitzen – bei angenehmen Haftumständen. Im Dezember 1924 war er wieder ein freier Mann.

Ungesicherte Erholung

Die Republik hatte das Jahr 1923 tatsächlich nur mit Mühe und Not überstanden. Eigentlich hätte sich niemand wundern dürfen, wenn sie an den großen Schwierigkeiten des Jahres zerbrochen wäre. Die Wende zum Besseren kam durch die Einführung einer neuen Währung; es gab also neues Geld, und zwar am 15. November 1923. Die Papiermark wurde durch die »Rentenmark« ersetzt, auf die nach einigen Monaten wieder die »Mark« folgte. Die Deutschen gewöhnten sich schnell an das neue – im Wert wieder beständige – Geld, das es jetzt nur in streng begrenzter Menge gab. Das Währungschaos vom Sommer und Herbst 1923 war damit endlich vorbei, die Leute atmeten auf. Nach längerer Zeit schien überall wieder Ernüchterung einzutreten. Es war, als ob die Bevölkerung plötzlich aus einem schlimmen Traum erwachte.

Aber wie es eben so ist, wenn man wieder in der Wirklichkeit ankommt: Man sieht oft dann erst klar, was man vorher nicht genau erkannt hat. Und genau so ging es vielen Menschen damals. Erst jetzt erkannten sie in voller Tragweite die verheerenden Folgen der galoppierenden Geldentwertung von 1923, und es wurde ihnen klar, dass sie alles angesparte Geld auf der Bank durch die Inflation verloren hatten. Es hatte sich praktisch über Nacht in Luft aufgelöst! Stell dir einmal vor, wie groß der Schock war – und die Verbitterung. Diese Verbitterung richtete sich auf den republikanischen Staat und die demokratischen Politiker. Warum hatten sie die Inflation nicht viel früher gestoppt?, fragten sich die verarmten Sparer, die zumeist aus dem mittleren Bürgertum kamen. So kam es, dass sich viele von ihnen enttäuscht oder zornig von der Republik abwandten.

Du kennst das bestimmt: In unseren Zeitungen und im Fernsehen gibt es heutzutage regelmäßig die Ergebnisse der sogenannten Sonntagsfrage. Da geht es um eine Umfrage bei den wahlberechtigten Bürgern – den Deutschen ab 18 Jahren – zu den Parteien, die im Bundestag in Berlin vertreten sind oder dafür kandidieren. Man erfährt, wie viel

Prozent der Stimmen *momentan* die CDU/CSU, die SPD, die Grünen, Die Linke, die FDP und andere Parteien wie die AfD erhalten würden, wenn am Sonntag Wahltag wäre. Auf diese Weise kann man einen Eindruck davon bekommen, wie die politische Stimmung in Deutschland im Augenblick ist. Damals, also in den Zwanzigerjahren des vergangenen Jahrhunderts, gab es diese »Sonntagsfrage« noch nicht, genauso wenig wie eine berufsmäßige Meinungsforschung. Daher ist es für Geschichtsforscher gar nicht so leicht, darüber Genaueres zu sagen, wie es in jenen Jahren um die Stimmung der Leute stand. Es bleibt eigentlich vor allem der Blick auf die Ergebnisse von politischen Wahlen.

Und im Jahr 1925 war eine besonders wichtige Wahl: die Wahl des Reichspräsidenten. Der Reichspräsident stand an der Spitze des Staates. Er wurde nach der Weimarer Reichsverfassung vom 11. August 1919 von den wahlberechtigten Bürgern in *direkter* Wahl für sieben Jahre bestimmt. Wer damals mit diesem höchsten Staatsamt betraut wurde, war eine wichtige Entscheidung, denn der Reichspräsident hatte sehr viel Macht – sehr viel mehr als »unser« Bundespräsident heute. Laut Verfassung unterstand ihm zunächst die Armee. Er ernannte auch den Reichskanzler und konnte den Reichstag – das Parlament – auflösen. Damit nicht genug: Ihm war es sogar erlaubt, in besonderen Krisenzeiten praktisch *an Stelle des Parlaments* (!) zu regieren. Dann galt eine Art Ausnahme- oder Notrecht. Dazu konnte er sich auf den Artikel 48 der Verfassung berufen, den sogenannten Notverordnungsartikel. Für eine bestimmte Zeit durfte er danach Deutschland praktisch allein regieren – oder durch einen Kanzler *seiner* Wahl regieren lassen.

Die Wahl von 1925 musste sein, weil im Februar der bisherige Reichspräsident Ebert gestorben war. Friedrich Ebert hatte am 9. November 1918 das Amt des Reichskanzlers übernommen und die Republik umsichtig über die ersten schwierigen Wochen geführt. Im Februar 1919 wählten ihn dann die Abgeordneten des neuen Parlamentes zum vorläufigen Reichspräsidenten. Und sie trafen eine wirklich gute Wahl; denn Ebert, der aus einfachen Verhältnissen kam, nutzte die große Macht im Amt klug und unparteiisch. Wenn die regierenden Parteien von SPD, Zentrum und Deutscher Demokratischer Partei untereinander stritten, vermittelte er. Ihm konnte man glauben, wenn er sagte, dass es ihm zuerst um das Wohl des Landes ging. Aber für die Rechten in Deutschland zählte das alles nicht. Sie hassten ihn, weil sie die demokratische Republik hassten. Wenn sie konnten, überschütteten sie Ebert deshalb mit Hohn und niederträchtigen Vorwürfen. Bei dem Versuch, sich dagegen auch vor Gericht zu wehren, verbrauchte er viel Kraft und seine Gesundheit. Sein Tod mit nur 54 Jahren war für die Weimarer Republik ein großer Verlust!

Am 26. April 1925 wählten die Deutschen den früheren Weltkriegsgeneral Paul von Hindenburg zu Eberts Nachfolger. Nach dem Abschluss des Versailler Vertrags im Sommer 1919 war von Hindenburg in Pension gegangen. Er hatte wohl nicht vor, in die Politik zu gehen; aber 1925 suchten die rechten Parteien (außer der NSDAP) einen Kandidaten, mit dem sie die demokratischen Gegner überraschen könnten. So kamen sie auf die Idee, den im Volk verehrten »Sieger von Tannenberg« zu überreden, sich von ihnen aufstellen zu lassen. Und er stimmte zu – obwohl er schon ein alter Mann von 77 Jahren war. Paul von Hindenburg war noch zu Bismarcks Zeiten aufgewachsen und hatte die Reichsgründung 1871 in Versailles persönlich miterlebt. Solange er lebte, war und blieb von Hindenburg ein Mann des Kaiserreichs und des preußischen Militärs. Seine Freunde und engen Berater waren kaisertreue Adelige, hohe Offiziere und erzkonservative Großgrundbesitzer. Viele von ihnen hatten im März 1920 den Kapp-Putsch gegen die Republik unterstützt. Man kann es nicht anders sagen: Die Wahl von Hindenburgs 1925 war ein *schlechtes* Vorzeichen für die junge Demokratie. Denn an der Spitze des demokratischen Volksstaats stand nun ein Mann, der die Demokratie nicht mochte. Für ihn war sie allenfalls eine Notlösung auf Zeit. Aber es war eben die Wahl der Mehrheit der Deutschen – und die hatte sich für ihn und damit vielfach auch *gegen* die Republik entschieden.

Manche Geschichtsforscher sagen auch deshalb, die Republik von Weimar sei eine »Republik ohne Republikaner« gewesen. Das ist übertrieben, denn es gab noch immer genügend Menschen, die den neuen Staat guthießen. Ihnen war es wichtig, in Freiheit zu leben und politisch mitbestimmen zu können. Das galt besonders für die gemäßigte Arbeiterschaft – die Anhänger der SPD – und manche bürgerliche Demokraten. Aber ein demokratischer Staat muss von den Menschen gestützt und beschützt werden. Genau hier lag das größte Problem der noch jungen Weimarer Republik. Sie hatte fanatische Gegner von links und rechts, und es gab mittlerweile viele, denen diese Republik bestenfalls gleichgültig geworden war. Vielleicht hätte sie bestehen können, wenn sie nach 1923/24 eine längere Bewährungszeit gehabt hätte. Mehr als ein paar halbwegs gute Jahre bis 1928 waren ihr aber nicht vergönnt. Es waren Jahre eines bescheidenen wirtschaftlichen Aufschwungs und außenpolitischer Erfolge unter dem besonnenen Gustav Stresemann, der inzwischen deutscher Außenminister geworden war. Schon 1929 endete diese kurze Atempause für die Republik. Und es folgte die Zeit ihres endgültigen Niedergangs in der Weltwirtschaftskrise.

Weltwirtschaftskrise

Die Weltwirtschaftskrise von 1929 war die schlimmste Wirtschaftskrise, die es bis dahin gegeben hatte. Sie erfasste fast alle Länder, besonders die Industrieländer des Westens, und dauerte mehr als vier Jahre! Eine ähnlich schlimme Krise gab es bis heute zum Glück nicht wieder. Damals waren die Zeichen dieser großen Misere überall zu sehen: stillstehende Fabriken, leere oder geschlossene Geschäfte und große Gruppen von Arbeitslosen in den Parkanlagen der Städte, wo sie sich die Leere des Tages mit Karten spielen, rauchen oder Alkohol zu vertreiben versuchten.

Die Krise begann am 24. Oktober 1929 fernab in New York. Dort, an der Ostküste der USA, befindet sich die »Wall Street«. Das ist die wichtigste Aktienbörse des Landes und wohl auch der Welt. Eine Börse ist der Handelsplatz, an dem man Anteilsscheine an großen Firmen – Aktien genannt – kaufen und verkaufen kann. Wer eine Aktie zum Beispiel für 100 Euro kauft, setzt darauf, dass der Wert dieses Anteilscheines steigt. Dadurch macht man Gewinn. Das passiert, wenn das jeweilige Unternehmen seine Erzeugnisse gut verkauft und so sein Wert zunimmt. Nun war es so, dass die Amerikaner nach dem Ersten Weltkrieg glaubten, die Kurse würden immer weiter steigen. Sie waren geradezu berauscht von diesem Gedanken. Also versuchten sie, so viele Aktien wie nur möglich an der Börse zu erwerben. Millionen von Menschen verschuldeten sich dafür sogar bei den Banken, die ihnen das Geld dazu bereitwillig liehen.

Im Herbst 1929 zeigte sich, dass die Kurssteigerungen bei den Aktien stark übertrieben waren. Für die Unternehmen war es zunehmend schwierig geworden, ihre Produkte wie Autos, Radios oder Kühlschränke in großer Zahl zu verkaufen. Der Markt war gesättigt. Als die Aktienbesitzer das merkten, versuchten sie, ihre Anteilsscheine so schnell wie möglich wieder abzustoßen. Sie waren in Panik geraten. Weil sich aber nun sehr viele Menschen gleichzeitig so verhielten, brachen die Kurse an der »Wall Street« an jenem berühmten »Schwarzen Freitag« zusammen. Sie verloren an diesem einen Tag bis zu 90 Prozent ihres bisherigen Wertes! Damit gerieten zahllose Aktienbesitzer in große Geldnot –

und in der Folge eben auch die vielen amerikanischen Banken, die ihnen das Geld zuvor geliehen hatten.

Du denkst vielleicht, das ist nur ein Problem der Amerikaner. Aber so war es nicht, weil schon damals große Teile der Welt wirtschaftlich miteinander verbunden waren. Das galt besonders für die Finanzwirtschaft der USA und Europas. Du erinnerst dich: In den 1920er-Jahren musste Deutschland »Reparationen« – Wiedergutmachungszahlungen – an die alliierten Kriegssieger England und Frankreich bezahlen. So stand es im Versailler Vertrag. Damit es das konnte, musste zunächst die deutsche Wirtschaft nach der Geldentwertung von 1923 wieder zu laufen beginnen. Dazu benötigte Deutschland aber eine Art finanzielle Starthilfe. Ich rede von Krediten – von geliehenem Geld. Woher sollte das kommen?

Hier kamen nun die USA ins Spiel. Sie waren nach dem Ersten Weltkrieg zur stärksten Wirtschaftsmacht der Welt aufgestiegen. Sie waren reich, und sie wollten, dass Europa, mit dem die amerikanischen Firmen regen Handel trieben, wieder auf die Beine kam. Also sorgten sie dafür, dass sich England und Frankreich im Frühjahr 1924 mit den Deutschen wieder an einen Tisch setzten und über die Reparationen sprachen. Dabei kam heraus, dass Deutschland wichtige Erleichterungen zugestanden bekam. Man einigte sich auf eine niedrigere Summe und darauf, dass das geschlagene Reich jedes Jahr nur so viel zahlte, wie es auch zahlen *konnte*. Das war vernünftig und für Deutschland gut. Damit dieser Plan gelingen konnte, musste Deutschland von den Amerikanern Kredite für seine Wirtschaft bekommen.

Also flossen in der Mitte der 1920er-Jahre aus den USA viele Milliarden nach Deutschland. Das Geld gaben die amerikanischen Banken als Kredite, wofür sie Zinsen erhielten. Die deutschen Banken verliehen diese Gelder ihrerseits an die deutschen Unternehmen, die darauf dringend angewiesen waren. Denn nur so konnten sie Fabrikhallen bauen, Maschinen kaufen oder ihre Arbeiter bezahlen. Das taten sie auch, wodurch in Deutschland für kurze Zeit ein wirtschaftlicher Boom entstand. Aber dieser Aufschwung beruhte eben »auf Pump«, und das war gefährlich, weil Schulden bei anderen eben auch abhängig machen. Jetzt ist dir klar, wie das eine mit dem anderen zusammenhing: Nach dem »Schwarzen Freitag« an der Wall Street mussten sich die amerikanischen Banken im Herbst 1929 mit ihren Geschäften aus Europa und Deutschland sofort zurückziehen. Sie brauchten selbst Geld und forderten die *kurzfristigen* Kredite besonders aus Deutschland nun zurück. Und dadurch gerieten die deutschen Banken in den Sog der Krise. Sie konnten selbst keine Kredite mehr vergeben oder brachen zusammen.

Die Bankenkrise wirkte sich so direkt auf die deutsche Wirtschaft aus – denn immer mehr Unternehmen mussten ihre Produktion einschränken und Leute entlassen. Wegen der vielen Entlassungen verringerte sich die allgemeine Kaufkraft, sodass im Inland die Nachfrage einbrach; wer arbeitslos ist, kann sich nun einmal wenig kaufen. Gleichzeitig kam auch die Exportwirtschaft immer mehr zum Erliegen, weil alle Industrieländer in der Krise dazu übergingen, ihre eigene Wirtschaft durch hohe Schutzzölle vor der ausländischen Konkurrenz zu schützen. Solche Schutzzölle verteuern die fremden Waren und wirken wie Mauern gegen Einfuhren von außen. Am stärksten betroffen von dieser Art der wirtschaftlichen Abschottung war wiederum Deutschland, das ja besonders exportabhängig war (und es bis heute ist). So kam es, dass die Arbeitslosenzahlen im Reich nach Ausbruch der Krise rasch anstiegen. Im Juli 1929 hatte die Zahl noch bei 1,2 Millionen gelegen, im Januar 1930 aber schon bei 3,2 Millionen, im Januar 1931 bei 4,8 Millionen – und im Januar 1932, auf dem Höhepunkt der Krise, erreichte sie 6 Millionen. Noch nie hatte es so viele arbeitslose Menschen in Deutschland gegeben!

In der Weltwirtschaftskrise ab 1929 wurden Millionen von Deutschen arbeitslos. Viele verloren die Hoffnung und waren in ihrer Verzweiflung bereit, beinahe alles auf sich zu nehmen, um endlich wieder Arbeit zu haben.

Viele Menschen rutschten mit der Arbeitslosigkeit in großes Elend. Arbeitslos zu sein, war in jener Zeit viel schlimmer als heute. So etwas wie Hartz IV für das Notwendigste gab es nicht. Die Arbeitslosen bekamen nur sehr wenig Unterstützungsgeld und mussten einmal in der Woche viele Stunden vor dem Arbeitsamt dafür anstehen. Ganze Familien hungerten. Für den Tag hatten sie ein paar Scheiben Brot, etwas Butter und einige Kartoffeln sowie manchmal einen Hering. Weil sie keinen Ausweg mehr sahen, wählten manche den Selbstmord. In keinem Land der Welt nahmen sich damals so viele Verzweifelte das Leben. Dazu kam die lähmende Hoffnungslosigkeit. Man sagt ja: »Die Hoffnung stirbt zuletzt.« Bei vielen Betroffenen war sie nach Monaten und dann Jahren des Hoffens wirklich gestorben: Immer neue Absagen bei den Unternehmen, bei denen man nach Arbeit fragte, selbst wenn man für Hungerlöhne arbeiten wollte. Das entmutigte, und bei vielen kam der Gedanke auf, wertlos zu sein. Dazu kam oft die Scham, für die Familie nicht sorgen zu können. Und es schien einfach kein Ende all der Sorgen in Sicht. Wer arbeitslos war, beneidete inzwischen jene, die noch Arbeit hatten – und wer noch Arbeit hatte, fürchtete, sie vielleicht schon am nächsten Tag zu verlieren. Alles schien in Trostlosigkeit versunken zu sein!

Politik der Notverordnungen

Viele Menschen erwarteten, dass der Staat der Wirtschaft und den Arbeitslosen helfen würde. Die Regierung sollte eingreifen und der Krise energisch entgegentreten; dafür war sie doch da, meinten sie. An der Spitze der Reichsregierung stand damals ein Mann von der bürgerlich-katholischen Zentrumspartei. Dieser Politiker mit dem blassen, hageren Gesicht und der randlosen Rundbrille hieß Heinrich Brüning und kam aus meiner Heimatstadt Münster. Reichspräsident von Hindenburg hatte ihn im März 1930 zu »seinem« Reichskanzler gemacht. Dieser ernste Mann hatte nicht nur im Ersten Weltkrieg als Offizier gedient, was von Hindenburg gefiel, sondern er galt auch als Fachmann für Finanzen. Der Zentrumspolitiker sollte das Land mit – wenn nötig – harten Maßnahmen durch die Krise führen. Klar, dass das den Abgeordneten im Parlament nicht immer gefallen würde, und so bestand die Gefahr, dass sie seine Maßnahmen verhinderten, indem sie diese im Parlament durchfallen ließen. Also versprach von Hindenburg »seinem« Kanzler, dass er diese Maßnahmen einfach *anordnen* würde. Dazu musste der Reichspräsident nur sein Recht nutzen, in Notzeiten Gesetze erlassen zu können, die »Notverordnungen« genannt wurden. Das Parlament wurde so umgangen. Daher sagen die Geschichtsforscher auch, dass Deutschland bereits seit dem Frühjahr 1930 keine echte parlamentarische Demokratie mehr war.

Und so erließ Reichskanzler Brüning von März 1930 bis Mai 1932 (so lange war er im Amt) mit Rückendeckung durch den Reichspräsidenten eine Notverordnung nach der anderen. Mit der einen ließ er Steuern erhöhen, mit der anderen senkte er staatliche Ausgaben zum Beispiel für den

Bau öffentlicher Gebäude oder Straßen. Manche Ausgaben wurden sogar ganz gestrichen. Den Beamten kürzte er mehrfach die Gehälter und den Arbeitslosen die ohnehin geringen Unterstützungszahlungen. Wieder andere Gesetze dienten dazu, die Löhne in der privaten Wirtschaft und die Preise herabzusetzen. Brüning dachte, ein Staat müsse in der Krise nur eisern genug sparen und die Wirtschaft müsse ihre Kosten senken, damit deutsche Waren auf dem Weltmarkt billiger würden. Dann würde es nach einiger Zeit schon werden. Aber egal, was Brüning auch probierte und verordnete – seine bittere Medizin half nicht. Sie machte alles nur noch schlimmer. Die deutschen Waren konnten billiger und billiger werden – was half das, wenn die anderen Staaten ähnlich vorgingen und noch dazu Waren aus dem Ausland durch Schutzzölle teurer machten?! Immer neue Kürzungen von Löhnen, Gehältern und Unterstützungsgeldern drückten nur die Kaufkraft der eigenen Bevölkerung noch weiter hinab. Wenn aber nicht *ge*kauft wird, können eben auch die Firmen nichts *ver*kaufen. Das aber bedeutete wieder weitere Entlassungen. Die wirtschaftliche Talfahrt beschleunigte sich!

Strenges Sparen und höhere Steuern waren also der falsche Weg. Das ist eine der Lehren aus den Jahren der Regierung Brüning. Bei all dem darfst du aber nicht vergessen, dass der Zentrumspolitiker aus Münster so handelte, wie es damals die Fachleute mehrheitlich für richtig hielten. Es gab zu der Zeit nur wenige, die erkannt hatten, dass der Staat in einer schweren Krise – *vorübergehend* (!) – sogar *mehr* Ausgaben zur Belebung der Wirtschaft tätigen sollte. Er sollte öffentliche Aufträge vergeben, von privaten Firmen zum Beispiel Brücken oder Schulen bauen lassen, und dafür wären dann auch höhere Schulden ausnahmsweise gerechtfertigt.

Hitler und die NSDAP vor 1929

Diese riesigen Probleme in der Weltwirtschaftskrise konnte noch einige Jahre zuvor niemand erahnen. Natürlich auch der später von vielen als Heilsbringer verehrte Adolf Hitler nicht. Die Monate in der Haft in Landsberg am Lech hatte er zunächst genutzt, um sein Hetzbuch »Mein Kampf« zu schreiben. Davon hast du sicher schon gehört. Es handelt von seinen immer gleichen Themen: fanatischer Judenhass, rassische Wahnvorstellungen (dazu erfährst du später mehr) und Hass auf die Kommunisten. Außerdem geht es um die Eroberung von »Lebensraum im Osten« für das deutsche Volk. Ich habe mal in das Buch hineingelesen, aber nur ein paar Seiten geschafft, denn es war kaum lesbar und dazu noch ziemlich langweilig.

Viel wichtiger ist, wie es für Hitler nach der Entlassung weiterging. Im Dezember 1924 kam er aus der Haft, konnte an den Neuaufbau seiner Partei gehen und einen neuen Anlauf nehmen. An seinen Zielen hatte sich nichts geändert: Die Republik der »Novemberverbrecher« und Juden musste weg. Erst dann, meinte er, könne das erniedrigte Deutschland wieder gesunden und – unter seiner Führung – zu neuer Größe aufsteigen. Das war unverändert Hitlers Idee; über den Weg dahin dachte er jetzt allerdings anders. In der Haftzeit war ihm klar geworden, dass die verhasste Republik doch nicht so schnell beseitigt werden konnte. Zwei Putschversuche von rechts, 1920 und 1923, waren gescheitert. Mit Gewalt würde es wohl nicht gehen. Schon gar nicht, wenn sich die wirtschaftliche Lage besserte, was 1924 ja geschah. Also, so schlussfolgerte er, musste man sich auf einen langen Weg einstellen – und den Weg über Abstimmungen gehen. Man musste Wahlen gewinnen. Einmal sagte er, das dauere zwar länger, als die Demokraten zu erschießen; aber wenn man erst die Macht in der Republik habe, werde man diese sogleich mit rechtmäßigen Mitteln abschaffen!

Wenn Hitler von diesen Dingen sprach oder schrieb, verwendete er meist Begriffe wie »rücksichtslos«, »fanatisch« oder »radikal«; das waren seine Lieblingswörter. Er meinte, solche markigen Ausdrücke würden die Leute am stärksten beeindrucken. Vielleicht wollte er sich aber auf diese Weise auch nur selbst anfeuern, denke ich manchmal. Wie dem auch sei, diese Methode führte in der Zeit vor 1929 nicht zum Ziel: Bei Reichstagswahlen im Mai 1928 erhielt die NSDAP gerade einmal 2,6 Prozent. Das war eine echte Abfuhr für den ehrgeizigen Parteiführer.

In wirtschaftlich halbwegs sicheren Zeiten nutzte es nichts, dass die Partei inzwischen sehr gut organisiert war und fast im ganzen Reich über Ortsgruppen und Mitglieder verfügte. Auch in der Hauptstadt Berlin war sie inzwischen vertreten. Erst die Weltwirtschaftskrise ab dem Herbst 1929 veränderte die Dinge von Grund auf. Sie erst ermöglichte den rasanten Aufstieg Hitlers.

Durchbruch in der »Großen Krise«

Für Hitler und seine Leute war die Weltwirtschaftskrise daher so etwas wie das große Los. Den Menschen in Deutschland ging es damals sehr schlecht und sie waren wirklich verzweifelt. Die verheerende Geldentwertung von 1923 lag noch gar nicht so lange zurück, und schon wieder kam eine schwere Krise, die sogar noch schlimmer wurde – und erneut schien der republikanische Staat zu versagen. Der Regierung fiel nichts anderes als immer neue Notverordnungen ein, die nicht halfen. Viele dachten bald, das müsse wohl auch an der Demokratie selbst sowie an den demokratischen Parteien und Politikern liegen. Ihnen seien wohl die Dinge entglitten. So wuchs aus der Verzweiflung heraus die Sehnsucht nach jemandem, der Deutschland und die Deutschen wieder aufrichten werde. Jemand, der das Land und die Menschen aus dem Elend herausführte. Dieses tiefe Sehnen spürte Hitler genau und richtete danach seine politische Werbung – die Propaganda – aus.

Das war besonders im Jahr 1932 so. In jenem Jahr gab es nämlich in Deutschland fünf große Wahlen. Heute mögen uns Wahlen und die Wochen davor manchmal langweilig vorkommen, damals aber waren sie Zeiten voller Hochspannung und leidenschaftlicher Auseinandersetzungen. Solche

Zeiten nutzen denen am meisten, die radikale Meinungen vertreten und diese am lautesten oder am erfindungsreichsten verkünden. Und darin war Hitler unübertroffen. Auf die Menschen übte der Führer der Nationalsozialisten oft eine magische Anziehung aus. Er wirkte sehr entschlossen und energisch – und gleichzeitig so, als wüsste *nur er,* was zu tun sei. In den Wahlkämpfen war er pausenlos unterwegs: im Auto, im Flugzeug oder mit der Eisenbahn. Im Juli 1932 zum Beispiel hielt Hitler innerhalb von 15 Tagen in 53 Städten politische Reden! Seine Auftritte empfanden dabei viele als ein mitreißendes Erlebnis. Ihm war bewusst, dass er die Menschen am besten »packen« konnte, wenn er die Wut, die in ihnen schlummerte, entfesselte und ihnen außerdem einfache Erklärungen gab. Einfache Erklärungen dieser Art: Schuld seien die alliierten Kriegssieger und der Versailler Vertrag, die korrupten Demokraten, die Kommunisten sowie die Juden, die angeblich die internationale Finanz- und Bankenwelt steuerten. Beweise dafür brachte Hitler nicht vor. Das verlangte das Publikum auch gar nicht. Die Leute *wollten* Hitler einfach glauben. Auch wenn er dann sagte, dass es nur den unbedingten *Willen* brauche, um die Not zu überwinden.

Ja, Hitler und die Nationalsozialisten erschienen so anders als die ausgelaugten alten Herren von den bürgerlichen Parteien. Sie waren frech und hatten Schwung. Das machte auf viele großen Eindruck. Und sie waren sehr umtriebig. Das galt besonders für die SA-Leute in ihren braunen Uniformen und den rot-weißen Hakenkreuzbinden am Arm.

Das waren junge, tatendurstige Männer, die den Wahlkampf der NSDAP prägten, indem sie unermüdlich Flugblätter verteilten, Plakate klebten oder in großen Kolonnen durch die Straßen zogen und ihr »Deutschland erwache!« brüllten. Wo immer möglich, prügelten sie sich mit politischen Gegnern, vorzugsweise mit ihren Todfeinden, den Kommunisten, um die Straßen zu beherrschen. Denn die Straßen waren damals der Ort, wo die Parteien für sich warben. Die meisten SA-Mitglieder stießen in den Krisenjahren zu den Nationalsozialisten. Viele von ihnen waren arbeitslos; die Partei sorgte für tägliches warmes Essen und gab ihnen zudem das Gefühl, gebraucht zu werden. In den zahlreichen Wahlkämpfen von 1932 führten sich diese Männer der SA auf, als seien sie die sicheren Sieger von morgen. Das steigerte ihr Selbstbewusstsein und beeindruckte auch andere!

Ich habe etwas weiter vorn behauptet, der große Erfolg der Nationalsozialisten in den frühen Dreißigerjahren habe vor allem mit dem Ausbruch der Weltwirtschaftskrise zu tun. Vielleicht sollte ich es besser so sagen: *Ohne* diese große Krise war der Aufstieg der NSDAP seit 1929/30 kaum vorstellbar. Tatsächlich steigerte sich der Anteil der Wählerstimmen für die Hitler-Partei damals so stark, dass es den Zeitgenossen manchmal den Atem verschlug. Besonders groß war der Sprung zwischen 1928 und 1930. Da wuchs ihr Anteil von 2,6 Prozent im Mai 1928 auf 18,3 Prozent am 14. September 1930. Das war etwa eine Versechsfachung der Stimmenzahl in kurzer Zeit! Die Zeitungen sprachen damals aufgeregt von einem »Erdrutsch«, und das war es auch wirklich. Genau zwischen diesen Daten liegt nun der Zusammenbruch der New Yorker Börse im Oktober 1929 mit seinen schlimmen Auswirkungen weltweit. Danach stiegen in Deutschland die Arbeitslosenzahlen deutlich – und eben auch die Stimmenanteile der NSDAP. Mit 37,4 Prozent (!) erreichten diese am 31. Juli 1932 ihren vorläufigen Höchststand. Aus der kleinen Splitterpartei von 1928 war in nur vier Jahren die stärkste politische Kraft in Deutschland geworden!

Vielleicht fragst du dich: »Wie konnten die bloß den Hitler wählen – der war doch ein Mörder; er hat die Juden umgebracht?!« Doch Hitler sagte damals nicht offen, was er wirklich vorhatte. Sicher war den Leuten klar, dass er die Juden hasste, genauso wie er auch die Kommunisten – die »Roten« – anfeindete. In Hitler-Veranstaltungen hingen ja regelmäßig große Spruchbänder mit Aufschriften wie: »Die Juden sind unser Unglück!« und »Tod den Marxisten!«, womit die Anhänger der Lehren des Karl Marx gemeint waren, die Kommunisten also. Aber die Menschen nahmen das meist nicht so ernst. Der millionenfache Judenmord war eben noch unvorstellbar! Weshalb damals jemand Hitler wählte, das kann kein Geschichtsforscher sagen. Es gab wohl eine Vielzahl von Gründen. Ich glaube, dass viele ihm ihre Stimme gaben, weil er am entschiedensten die ungeliebte Republik ablehnte. Und weil er, wie viele Menschen damals, ein strikter Nationalist war. Er trat aggressiv, stark und optimistisch auf – und genau so wollten sie sich und »ihr« Deutschland auch wieder sehen.

Die Machtübernahme Hitlers

Die Nationalsozialisten konnte jedenfalls in Deutschland niemand mehr übersehen, denn die Hitler-Partei war 1932 zur großen Volkspartei geworden. Ihre Wähler waren Beamte, Angestellte, Kaufleute, Handwerker – aber auch Arbeiter, Arbeitslose und junge Menschen. Sie hatte inzwischen so viele Wähler wie die demokratischen Parteien *zusammen!* In der Bevölkerung gab es nun zwei Lager: Die einen fragten sich besorgt: »Ist Hitler noch zu verhindern?«; die anderen begehrten: »Wann kommt Hitler endlich?« Auf den Straßen schlugen derweil die erbitterten Gegner aufeinander ein. Fast täglich kam es zu Straßenschlachten, meist zwischen der SA und den Kommunisten, die ebenfalls in der Krise stärker geworden waren. Das Land war tief gespalten und stand am Rande eines Bürgerkriegs.

Es musste etwas geschehen. Das dachte sich auch Reichspräsident von Hindenburg. Im Mai 1932 hatte er den erfolglosen Brüning entlassen; jener Politiker, den viele in Deutschland nur noch den »Notverordnungskanzler« nannten. Ihn und seine kalte Strenge hatten die Massen satt. Aber Hitler kam auch noch nicht in Betracht. Denn der alte Reichspräsident mochte Hitler anfangs nicht sehr. Er wusste einfach noch nicht, was er von ihm halten sollte. Deshalb versuchte er es einige Monate noch mit zwei anderen Kanzlern *seiner* Wahl. Der eine war ein katholischer Adeliger, den kaum einer in Deutschland kannte. Beim anderen handelte es sich um einen blassen General, der nur das Militär hinter sich hatte. Besser wurde die Lage unter beiden nicht.

Und so kam der Januar 1933. Über Deutschland lief gerade eine Grippewelle hinweg, und ansonsten rätselten die Zeitungsleute, wen der »alte Herr« – so nannten viele den greisen Reichspräsidenten – wohl als nächstes »aus dem Hut zaubern« würde. Was in diesen Wochen passierte, bekam nämlich nur eine kleine Gruppe von Leuten im direkten Umfeld von Hindenburgs mit: hohe Offiziere, Großgrundbesitzer aus Ostpreußen und einige Adelige, die persönlichen Zugang zum Staatsoberhaupt hatten. Sie alle gehörten den alten Führungsschichten des Kaiserreichs an. Unter ihnen entschied sich also, wer der nächste Kanzler werden sollte. Man beriet sich tagelang hinter den Kulissen. Am Ende setzte sich in diesem kleinen Kreis die Idee durch, jetzt Hitler die Macht zu übertragen. Der Führer der NSDAP stand politisch rechts, er war stramm national und er hatte große Teile der Bevölkerung hinter sich. Das sprach aus ihrer Sicht für ihn. Er sollte ja nicht das alleinige Sagen haben. Sie dachten vielmehr an eine Regierung aus konservativen *und* rechten Parteien. *Alle* national eingestellten Gegner der Republik sollten darin vereint sein. Da würde Hitler mit seiner NSDAP nur eine von mehreren politischen Kräften sein. Was konnte er da schon groß anrichten, meinten sie. Mit dieser Idee gewannen sie auch von Hindenburg. So also war es zum 30. Januar 1933 gekommen, dem historischen Datum, an dem Hitler in Deutschland an die Macht kam.

Wie Hitler die Diktatur errichtete und Deutschland in den Zweiten Weltkrieg trieb

Um es noch einmal deutlich zu sagen: Hitler kam *nicht* durch Wahlen in Deutschland an die Macht. In *freien* Wahlen hatten er und seine Partei auch nie eine Mehrheit der Deutschen hinter sich gebracht; rund 40 Prozent waren das Höchste, was sie dabei erreichten. Andererseits kann man sich auch darüber wundern, dass es »nur« 40 Prozent waren – wenn man bedenkt, wie verzweifelt die Menschen 1932/33 waren und wie sehr Hitler es verstand, sich als letzten Ausweg darzustellen. Wie auch immer, auf demokratischem Weg war der Führer der Nationalsozialisten also nicht an das Amt des Reichskanzlers gekommen, sondern weil eine kleine Gruppe von konservativen Gegnern der Demokratie um den 85-jährigen von Hindenburg es mit ihm mal »probieren« wollte. Es hätte also nicht so kommen müssen. Es gab keine »Einbahnstraße« zu Hitler. Auch in diesem Fall gilt: »Geschichte« kennt keine Zwangsläufigkeiten, weil es ja Menschen sind, die sie »machen«.

Hitler

Seit dem 30. Januar 1933 war Hitler also an der Macht – und viele fragten sich, wer dieser Mann eigentlich sei. Viel wusste man nämlich nicht über ihn. Das lag auch an Hitler selbst, der von Anfang an ein Geheimnis aus sich machte. Das ließ ihn interessanter erscheinen, meinte er. Dabei war er in vielem gar nicht so außergewöhnlich. Seine Kindheit um 1900 in Braunau am Inn war eher normal verlaufen. Er hatte einen sehr strengen Vater und eine liebevolle Mutter, die ihm beinahe alles durchgehen ließ. Er war ihr verhätschelter Liebling. Mit den Kindern in seinem Dorf im deutsch-österreichischen Grenzgebiet spielte der junge Adolf manchmal Krieg, wobei er die Befehle gab. Abends las er viel, zum Beispiel die Abenteuerbücher von Karl May. Später, als Jugendlicher, wurde er immer verschlossener und launischer. Er neigte zu Wutausbrüchen und zur Selbstüberschätzung und hatte wohl auch deshalb kaum Freunde. Aus seiner späten Jugendzeit wissen wir eigentlich nur von einem Freund. Dieser musste seinen ausschweifenden Fantasierereien zuhören und – vor allem – bewundernd zustimmen. So jedenfalls hat er es im Nachhinein berichtet.

Als er zum Reichskanzler gemacht wurde, war Hitler 43 Jahre alt. Er war erwachsen und sein Charakter hatte sich endgültig ausgebildet. Trotzdem ist es nicht leicht, ihn und seine Eigenarten genauer zu beschreiben, obwohl es sehr viele Menschen gab, die jetzt mit ihm näher zu tun hatten: ausländische Diplomaten, Parteileute, Zeitungsschreiber,

Sekretärinnen, Fahrer, Fotografen oder persönliche Leibwächter Hitlers. Viele von ihnen sind später nach ihren Eindrücken befragt worden oder haben von sich aus darüber erzählt. Aber was sie zu erzählen hatten, waren oft sehr oberflächliche Dinge: dass Hitler morgens lange schlief, süchtig nach Kuchen war, leidenschaftlich gern in die Oper und ins Kino ging und wenn er überhaupt mal lachte, dann vorzugsweise auf Kosten anderer. Und dass er nicht rauchte, fast kein Fleisch aß, sich besonders für Architektur interessierte und den ersten Reichskanzler Otto von Bismarck bewunderte. In das Innere seiner Person ließ Hitler jedoch niemanden blicken. Er blieb argwöhnisch verschlossen und auf Abstand zu anderen Menschen bedacht. Gefühlsmäßige Bindungen vermied er; wirklich wichtig war ihm offenbar niemand. Einige Geschichtsforscher meinen, Hitler habe im Grunde allen etwas vorgespielt. Ihm sei es einzig darum gegangen, dass man ihn für einen vom Schicksal auserwählten »Übermenschen« hielt – für den von der Welt abgehobenen »großen Führer«.

Vor allem besaß er einen unbedingten Machtwillen. Jeder Politiker – und das war Hitler in erster Linie – muss danach streben, seine politischen Ziele auch durchzusetzen. Er muss die politische Macht *wollen*. Aber Hitler war von der Macht wie besessen; deshalb war er auch bereit, dafür wirklich jedes Mittel einzusetzen. Er täuschte und log dreist, wenn es ihm nützte. Er schmeichelte, umgarnte oder setzte auf andere Weise gespielte Freundlichkeit ein. Dann wieder gebrauchte er brutale Gewalt, vor der sich selbst enge

Kampfgefährten aus den frühen Jahren der Partei nicht sicher fühlen konnten. Wenn es um die Macht ging, war Hitler von kaum zu übertreffender Gerissenheit und kalter Skrupellosigkeit. Und als er sie einmal hatte, konnte ihn nichts und niemand bewegen, sie wieder herzugeben. »Hier gehe ich nicht mehr heraus!«, tönte er dementsprechend, als er in das Reichskanzleramt einzog.

Die ersten Tage in der Diktatur

Für viele Deutsche damals war die Machtübernahme Hitlers zunächst gar nicht so eine große Sache. Es gab eben wieder einen neuen Reichskanzler in Berlin, schon den vierten in einem Jahr! Einige meinten, vielleicht wäre der Spuk bald wieder vorbei, wenn Hitler und seine Leute erst einmal im Regierungsalltag angekommen seien. Auch sie könnten schließlich keine Wunder vollbringen. Andere beruhigten sich, indem sie sagten, im Wahlkampf würde radikal geredet, aber wenn es ernst werde, würden auch die Nationalsozialisten zahm werden. Außerdem war da noch Reichspräsident von Hindenburg. Der würde schon aufpassen. Und es gab noch immer Gesetze, an die sich jeder halten müsse. Was sollte also passieren? Aber wer so dachte, täuschte sich gewaltig. Der 30. Januar 1933 änderte – fast – alles in Deutschland!

Mit diesem Tag begann die Hitler-Diktatur. Das wissen wir heute. Damals aber war das den Menschen gar nicht richtig klar. Eine Diktatur – eine Willkürherrschaft – kündigt sich nämlich nicht unbedingt mit einem Paukenschlag an. Man könnte eher sagen, sie schleicht sich ein. Zumindest war das in den ersten Februarwochen 1933 so. In diesen Wochen herrschte in Deutschland erneut Wahlkampf, denn Hitler hatte, gerade im Amt, für den 5. März Neuwahlen durchgesetzt. Er wollte in Wahlen eine große Mehrheit für seine Partei erreichen. Wenn das geschafft war, sollten die zahlenmäßig überlegenen Abgeordneten der NSDAP im Reichstag seine *Allein*herrschaft beschließen. So würde die verhasste Demokratie durch Mehrheitsbeschluss abgeschafft – und alles würde rechtmäßig aussehen!

Die Tage bis zu diesen Wahlen wollten die Nationalsozialisten nutzen, um die politischen Gegner mit aller Gewalt zu bekämpfen. Auf den Straßen sah man jetzt besonders viele SA-Leute. Die Braunhemden, wie sie genannt wurden, waren die neuen Herren, und jeder sollte das sehen. Manchmal hielten sie »einfach so« jemanden fest und führten ihn unter Schlägen ab. Die Opfer waren zumeist Kommunisten; sie tauchten, wenn überhaupt, erst nach Tagen körperlich zerschunden wieder auf. Die Polizei griff nicht ein. Warum sie nichts unternahm? Ganz einfach – die Polizei in Preußen unterstand seit dem Machtwechsel einem bekannten Nationalsozialisten, der Hermann Göring hieß. Dieser Göring war nun Innenminister des Landes. Als solcher hatte er der Polizei verboten, die Schläger der SA überhaupt nur zu behindern. Am 22. Februar erhob er sie sogar zu einer regulären »Hilfspolizei«. Die SA-Leute konnten also fortan im größten der deutschen Länder praktisch ungehindert Jagd auf ihre politischen Gegner machen. Sie verhafteten sie, behinderten ihre Wahlversammlungen oder schlugen ihre Redner zusammen. Und niemand konnte dagegen etwas tun. Außerdem verboten die Nationalsozialisten von Fall zu Fall die Flugblätter und Zeitungen anderer Parteien. Dabei behaupteten sie dreist, es bestünde »Gefahr für die öffentliche Sicherheit«, über die *sie* jetzt in Deutschland zu wachen hätten.

Der Reichstagsbrand und die Folgen

Vom ersten Tag ihrer Herrschaft an hatten die Nationalsozialisten damit begonnen, ihre Gegner mit Gewalt zu überziehen. Ihr Terror war anfangs überwiegend spontan und unorganisiert. Er wirkte noch zufällig, und man konnte glauben, er sei eine vorübergehende Erscheinung. Aber das erwies sich schnell als eine Täuschung. Denn nach einem Aufsehen erregenden Ereignis, das am 27. Februar 1933 geschah, weitete sich der nationalsozialistische Terror sogar noch aus und verstärkte sich. An diesem Tag – noch mitten im Wahlkampf – brannte das Parlamentsgebäude in Berlin, der Reichstag. Es war Brandstiftung. Der Täter war ein 24-jähriger Arbeiter aus Holland. Er war in den frühen Abendstunden durch ein Seitenfenster in das Gebäude eingestiegen und hatte an verschiedenen Stellen Feuer gelegt. Die Hintergründe sind bis heute nicht ganz geklärt, aber es scheint sicher, dass der junge Täter allein handelte und wohl verwirrt war. Allerdings stellte sich auch sofort heraus, dass er früher einmal den holländischen Kommunisten angehört hatte.

Das kam Hitler und seinen Leuten ungemein gelegen. Denn jetzt behaupteten sie, der Brandanschlag sollte der Auftakt zu einem lange geplanten kommunistischen Aufstand in Deutschland sein. Für diese Behauptung gab es überhaupt keine Beweise. Aber du weißt ja schon, dass das den Nationalsozialisten gleichgültig war. Ihnen kam es nur darauf an, aus der spektakulären Sache für sich den größten Nutzen zu ziehen. Also bauschten sie die Tat richtig auf! Die Zeitungen berichteten in großen Überschriften, dazu gab es Fotos vom brennenden Reichstag – lodernde Flammen und große Rauchwolken, und alles sah sehr bedrohlich aus. Damit wollten sich die neuen Machthaber die tiefsitzende Furcht der deutschen Bürger vor den Kommunisten zunutze machen. Diese Furcht war durch die vielen Berichte über die Gräueltaten der Bolschewisten (das andere Wort für Kommunisten) in Russland seit 1917/18 stets wachgehalten worden. Jedermann würde daher einsehen, dass die kommunistische »Gefahr« jetzt mit Härte bekämpft werden müsse.

Schon am nächsten Tag gab die Hitler-Regierung eine weitreichende »Notverordnung« heraus. Reichspräsident von Hindenburg hatte sie ohne Bedenken unterzeichnet, womit sie gültig wurde. Das neue Ausnahmegesetz hieß »Notverordnung zum Schutz von Volk und Staat«. Klingt das nicht so, als wäre es eine gute Sache – eine Art Notwehrhandlung des Staates, der sein bedrohtes Volk und sich selbst gegen eine große Gefahr schützen wolle? Die Nationalsozialisten verstanden sich meisterhaft auf solche vernebelnden Bezeichnungen. Sie verdrehten die Dinge mit Worten so, dass man nicht sofort Verdacht schöpfte. Aber das neue Gesetz war alles andere als harmlos, weil es bestimmte, dass wichtige Grundrechte ab sofort nicht mehr gelten sollten. Du erinnerst dich: Grundrechte sind in der Verfassung aufgeschrieben. Sie schützen den einzelnen vor dem Staat. Zu ihnen gehören zum Beispiel die Meinungsfreiheit, die Pressefreiheit, die Versammlungsfreiheit oder auch das Recht auf körperliche Unversehrtheit.

Stell dir einmal vor, wie es ist, wenn die Grundrechte für jedermann einfach abgeschafft sind. Dann darfst du nicht mehr frei deine Meinung sagen und zum Beispiel die Regierung kritisieren. Oder die Zeitungen müssten die Regierung vorher fragen, was sie schreiben dürfen und was nicht. Niemand würde mehr erfahren, wenn diese Fehler macht. Unter solchen Umständen wäre die Presse dann wirklich eine »Lügenpresse«. Auch das Recht auf persönliche Freiheit würde nicht mehr gelten. Du könntest jederzeit von der Polizei ohne Grund verhaftet werden. Du hättest kein Recht auf einen Anwalt, der dich verteidigt, und kein unabhängiger Richter würde überprüfen, ob man dich vielleicht zu Unrecht festgenommen hat. Wann oder ob du überhaupt je wieder freikommst, wäre ungewiss. Es wäre ungewiss, weil eben nicht das Recht herrschte – sondern die reine Willkür des Staates. Der Staat könnte mit dir und allen anderen Bürgern umgehen wie er wollte!

Noch in der Nacht zum 1. März 1933 begann also, gestützt auf diese sogenannte Reichstagsbrand-Verordnung, in ganz Deutschland eine Welle von Verfolgungen. Fast überall schwärmten Polizei und SA-Einheiten aus, um vor allem die Kommunisten und ihre Führer festzunehmen. Die Arbeiterviertel in den Großstädten wurden umstellt und planmäßig durchkämmt. Auch Sozialdemokraten, Gewerkschafter und andere Gegner der Nationalsozialisten traf es jetzt gezielt. Nach zwei Wochen waren allein in Preußen (das fast ganz Nord- und Ostdeutschland umfasste) über 10000 Menschen in Haft genommen worden. Viele von ihnen verschwanden zunächst in alten Fabrikhallen oder feucht-kalten Kellern, die sich die SA als Folterstätten eingerichtet hatte. Andere kamen in besondere neue Gefängnislager, die »Konzentrationslager« hießen. Diese Konzentrationslager – kurz: KZ – standen unter Aufsicht der SS. Das war die Abkürzung für »Schutzstaffel«. Die SS war als eine Leibwächtertruppe für Hitler entstanden und wurde nach 1933 unter der Leitung eines studierten Landwirts namens Heinrich Himmler immer mächtiger. Ab Mitte 1934 war sie die mächtigste Organisation der Partei, und man hatte, wenn man ein Gegner der Nationalsozialisten war, allen Grund, die Männer in den schwarzen Uniformen und ihren Terror zu fürchten!

Mit dem 30. Januar 1933 übernahmen die »Braunhemden« der SA auf den Straßen die Macht. Sie jagten ihre politischen Gegner, nahmen sie wahllos fest und misshandelten sie in ihren Folterkellern.

Ermächtigungsgesetz

Jetzt kannst du dir wohl vorstellen, wie sehr der Wahlkampf im Februar/März 1933 in einem Klima der Einschüchterung und Angst stattfand. Jedenfalls empfanden das all jene so, die sich nicht zu den Anhängern der neuen Herren zählten. Vor allem die »linken« Gegner der Nationalsozialisten wurden von SA und SS terrorisiert und konnten nie sicher sein vor Verhaftung und Folter. Gleichzeitig nutzten die Nationalsozialisten ihre Macht und warben jetzt im großen Stil für sich. Ihre Propagandamaschinerie lief auf vollen Touren: Pausenlos stellten sie sich in ein gutes Licht und priesen sich als Lösung für alle Probleme. Sie erschufen durch ihre allgegenwärtige Propaganda dabei den Eindruck, es gebe nur noch *eine* große und bestimmende Kraft in Deutschland. Dem konnten die konkurrierenden Parteien der Mitte und die SPD kaum etwas entgegensetzen; die Kommunistische Partei Deutschlands, die KPD, war bereits verboten. So konnte es im Grunde niemanden überraschen, dass die NSDAP die Wahl am 5. März klar gewann. Sie kam auf 43,9 Prozent und hatte weiter zugelegt. Andererseits waren das aber deutlich weniger Stimmen, als Hitler und seine Leute erwartet hatten. Für eine absolute Mehrheit – für eine Mehrheit von mehr als der Hälfte aller Stimmen – hatte es nicht gereicht! Erst mit den Stimmen der rechtskonservativen Deutschnationalen Volkspartei (DNVP), die 8,0 Prozent erreichte, war die Mehrheit zum gemeinsamen Regieren gesichert.

Eigentlich hatten die Nationalsozialisten darauf gesetzt, einen Auftrag für eine *Allein*herrschaft zu erhalten. Darum war es Hitler gegangen, als er diese Wahlen durchgesetzt hatte. Das war nicht erreicht. Ein weiteres Hindernis für sein Streben nach unumschränkter – nach diktatorischer – Macht war das Parlament selbst, das unabhängig von den Mehrheitsverhältnissen darin über zentrale Befugnisse verfügte. In einer parlamentarischen Demokratie bestimmt das Parlament etwa darüber, welche Gesetze es gibt. Dieses so wichtige Recht verlangte Hitler für sich. Dafür war jedoch die Zustimmung einer Zweidrittelmehrheit der Abgeordneten nötig. So bestimmte es die geltende Verfassung. Am 23. März 1933 legte Hitler also im Reichstag ein Gesetz zur Abstimmung vor, das die Überschrift »Gesetz zur Behebung der Not von Volk und Staat« trug. Um Überwindung irgendeiner Not ging es bei diesem Gesetz aber ganz und gar nicht. Es ging allein darum, das gewählte Parlament dazu zu bringen, auf seine Rechte zu verzichten und diese an die Regierung (und damit an Hitler!) abzutreten. Der künftige Diktator ging so vor, wie er es oft tat: Er drohte einerseits, sich notfalls gewaltsam zu nehmen, was er wollte; andererseits lockte er und machte den bürgerlichen Parteien der Mitte alle möglichen Versprechungen. Denn ihre Stimmen würden den Ausschlag geben. Diese Parteien, etwa das katholische Zentrum, standen an diesem 23. März somit unter großem Druck.

Die Abstimmung über dieses sogenannte »Ermächtigungsgesetz« fand in der Berliner Kroll-Oper statt. Das Gebäude lag nahe dem Brandenburger Tor. Im Saal hingen überall Hakenkreuzfahnen, auf der Tribüne johlten und tobten SA- und SS-Leute. Vor dem Gebäude standen weitere SA-Trupps und forderten in lauten Sprechchören die Annahme des Gesetzes. Die Drohkulisse wirkte. Am Ende stimmten 444 Abgeordnete mit Ja. Auch die Vertreter der bürgerlichen Parteien gehörten dazu. Ihnen fehlte die Kraft, sich gegen das wohl Unvermeidliche zu stemmen. Nur die 94 Abgeordneten der SPD lehnten Hitlers Gesetzesvorschlag offen ab. Sie wollten damit ein Zeichen gegen die Abschaffung des demokratischen Rechtsstaates setzen. Das war wirklich mutig und ehrenhaft – eine »große Stunde« der SPD. Und doch änderte es nichts.

Vollendung der Diktatur

Am Tag nach der Abstimmung in der Kroll-Oper in Berlin triumphierte die nationalsozialistische Presse. Sie feierte den 23. März als das Ende der parlamentarischen Demokratie in Deutschland – und das war es auch, zumindest vorläufig. Die Abgeordneten hatten unter großem Druck ihrer eigenen Entmachtung zugestimmt und der Regierung die Herrschaft überlassen. Von jetzt an lebten die Deutschen praktisch in einer Diktatur. In einer Diktatur liegt die Macht ausschließlich in Händen *einer* Partei oder *einer* Person. Diese Person – der »Führer« – herrscht unumschränkt. Das heißt, es gibt niemanden, der sie kontrolliert oder dem gegenüber sie sich verantworten muss. Ein bekannter

Das offizielle Propaganda-Bild des »Führers«.
Es musste in allen Behörden und auch in den
Schulen angebracht werden.

Spruch der Nationalsozialisten lautete damals: »Führer befiehl, wir folgen dir!« Das brachte auf den Punkt, wie sie sich die Sache dachten. Alle Entscheidungen sollte der Führer und damit Hitler treffen, denn angeblich wusste nur er, was das Beste für »sein« Volk war.

In einer Diktatur ist kein Raum für eine freie Presse oder für Meinungsfreiheit. Die Regierung zu kritisieren stand folglich inzwischen unter Strafe! Und wer dies dennoch wagte, bekam es schnell mit der Geheimen Staatspolizei – der »Gestapo« – zu tun. Das war eine staatliche Behörde ähnlich wie ein Geheimdienst. Sie bespitzelte die Bevölkerung und fahndete mit getarnten Agenten nach Gegnern im Land. Dabei konnte sie vorgehen, wie sie wollte. An Gesetze musste sie sich nicht halten.

Bis zum Sommer 1933 war der Aufbau der Diktatur weitgehend abgeschlossen. Inzwischen waren auch die SPD und alle anderen Parteien – außer der NSDAP – aufgelöst oder verboten. Die öffentlichen Einrichtungen, von den Schulen bis zu den Rathäusern, befanden sich in Händen der Nationalsozialisten. Gleiches galt für die Vereine und Verbände wie etwa die Gewerkschaften. Das nannten die Nationalsozialisten »Gleichschaltung« Damit meinten sie, dass sich alles *einheitlich* nach ihnen und dem »Führer« auszurichten hatte. Man kann also sagen, dass Hitler und seine Leute jetzt *fast* unumschränkt herrschten.

Fast unumschränkt, weil es ja noch den Reichspräsidenten mit seinen Befugnissen und die Reichswehr gab, die noch eine Zeit lang dem direkten Zugriff der neuen Machthaber entzogen war. Aber eben nur eine Zeit lang. Das änderte sich, nachdem am 2. August 1934 das greise Staatsoberhaupt gestorben war. Hitler hat den Tod von Hindenburgs wohl nicht betrauert – er dachte sicher nur an den Ausbau seiner Macht zur *vollständigen* Herrschaft. Er erließ

dazu kurzerhand ein Gesetz, das die Ämter des Reichskanzlers sowie des Reichspräsidenten *zusammenlegte.* Und weil der Reichspräsident unter anderem Oberbefehlshaber der Armee war, verfügte Hitler somit auch über die Reichswehr, die zudem auf ihn persönlich vereidigt wurde. Das heißt, die Soldaten schworen, *ihm* treu und ergeben zu dienen, nicht dem Staat. Nunmehr war Hitler also Chef der einzigen Partei, die es noch gab und geben durfte, unangefochtener Regierungschef, Oberbefehlshaber der Armee sowie Staatsoberhaupt in einem. Mit anderen Worten: Deutschland war wirklich zum »Führer-Staat« geworden!

Beseitigung der Arbeitslosigkeit

Der Terror, die brutale Gewalt von SA, SS und Gestapo, schüchterte viele Menschen damals ein. Ich bin mir sicher, dir und mir wäre es genauso gegangen. Die Menschen hörten oft einiges an Gerüchten über die Konzentrationslager und waren bestimmt froh, sie nie zu Gesicht zu bekommen. Andererseits gab es gerade in den ersten Jahren der Hitler-Herrschaft, in der Zeit zwischen 1933 und 1938, zahlreiche Deutsche, die gar nicht so unzufrieden waren – oder sogar zu begeisterten Hitler-Anhängern wurden. Als ich noch Jugendlicher war und meine Tanten und Onkel manchmal sonntags zu Besuch kamen, wurde oft über diese Zeit gesprochen. Ich fand das sehr spannend und erinnere mich an Sätze wie: »*Er* hat ja nicht alles falsch gemacht!« Oder: »Aber Arbeit hatten alle.« Ich war erstaunt, zumal meine Tanten und Onkel – wie meine Eltern – keine Nationalsozialisten waren; sie waren typische konservative Katholiken vom Land und bekannten sich zur Zentrumspartei. Es musste also auch etwas gegeben haben, das offenbar selbst sie – noch Jahrzehnte später – als große Leistung Hitlers empfanden.

Heute weiß ich, dass meine Verwandten hier nur wiedergaben, was breite Schichten der deutschen Bevölkerung in jenen Jahren tatsächlich so sahen. Man muss sich nur daran erinnern, wie schlecht es Anfang 1933 um die deutsche Wirtschaft stand: Die Weltwirtschaftskrise hatte Deutschland erfasst und ein Millionenheer von Arbeitslosen hervorgebracht. Beinahe jede zweite Familie war von großer Not betroffen. In dieser Lage kam Hitler und versprach, er werde die große Arbeitslosigkeit beseitigen. »Gebt mir vier Jahre Zeit«, warb er am Anfang seiner Herrschaft. Dann werde die Not behoben sein. Und es passierte wirklich etwas – jedenfalls in der Wahrnehmung der Deutschen. Die Regierung verkündete einen groß angelegten »Angriff auf die Arbeitslosigkeit«, und in den Zeitungen erschienen bald fast täglich eindrucksvolle Erfolgsmeldungen. Es war dabei gar nicht so wichtig, ob die »Erfolge« tatsächlich so groß waren, sondern, dass die Leute das *Gefühl* bekamen, die Sache werde mit aller Energie angegangen.

Also besserte sich zunächst die Stimmung, und bald darauf hellte sich auch die *tatsächliche* Wirtschaftslage auf; zunächst zaghaft, schließlich immer stärker. In der Folge sanken die Arbeitslosenzahlen. Noch Anfang 1933 hatte es fast

6 Millionen Arbeitslose gegeben, 1934 waren es nur noch 2,7 Millionen! Bis 1936 schmolz die Zahl auf 1,6 Millionen, und ab 1938 herrschte in Deutschland sogar wieder Vollbeschäftigung. Das heißt, es gab kaum jemanden ohne Arbeit. Also hatte Hitler »Wort gehalten«. So dachten inzwischen viele.

Die Deutschen waren vielfach verblüfft und schrieben dieses Wunder der Vollbeschäftigung oft Hitler *persönlich* zu. Dabei war er alles andere als ein Experte für Wirtschaft, und eigentlich interessierte sie ihn auch wenig. Aber er spürte, wie wichtig rasche Erfolge im Kampf gegen die Arbeitslosigkeit sein würden, und stimmte allen Maßnahmen zu, die vielleicht wirken könnten. Seinem Wirtschaftsminister gab er freie Hand zu tun, was nötig erschien, und dafür auch unbegrenzt viel Geld auszugeben. Statt strikt zu sparen, wie noch unter dem unseligen Brüning, erhöhte der Staat jetzt kräftig die Ausgaben, um öffentliche Aufträge zu vergeben und Arbeitsgelegenheiten zu schaffen. Der Staat nahm also bewusst Schulden auf. Dieses geliehene Geld gab er an die Länder sowie die Städte und Gemeinden weiter, damit diese dort, wo sie zuständig waren, zum Beispiel Straßen und Wege bauten, öffentliche Gebäude wie Feuerwehrhäuser errichteten oder den Bau von Wohnsiedlungen großzügig förderten. Du kannst dir vorstellen, wie sehr vor allem die Bauwirtschaft angekurbelt wird, wenn das gleichzeitig im ganzen Land passiert. Besonders wirkungsvoll war der Bau von Autobahnen, bei dem ab 1933/34 mehr als 250000 Männer beschäftigt waren. Die auf Regierungskurs gezwungenen Zeitungen berichteten immer wieder groß darüber. Sie feierten jeden neuen Bauabschnitt wie eine gewonnene Schlacht, die allein dem Weitblick des »Führers« zu danken sei.

In den Jahren ab 1935 floss dann immer mehr Geld in die Aufrüstung und das Militär. Das war kein Zufall, denn Hitler hatte vom ersten Tag seiner Herrschaft an schon an den künftigen Krieg gedacht; *das* war ja sein eigentliches Anliegen. Also wurden verstärkt Kasernen gebaut, Flugplätze angelegt und der Bau von Panzern oder Kanonen in Auftrag gegeben. Das brachte vielen Menschen Arbeit, vor allem in den großen Rüstungsunternehmen wie den Krupp-Werken in Essen, die schon im Ersten Weltkrieg das Reich mit schweren Waffen versorgt hatten. Besser konnte es für Hitler in der Wirtschaft kaum laufen: Er konnte beeindruckende Erfolge im Kampf gegen die Arbeitslosigkeit vorweisen und brachte dadurch weite Teile der deutschen Bevölkerung hinter sich. Gleichzeitig trieb er die Aufrüstung voran und lenkte die deutsche Wirtschaft auf Kriegskurs. Es stimmt zwar, dass das Ganze auf Kosten immer höherer – und zuletzt unverantwortlich hoher – Schulden geschah. Aber das kümmerte den Diktator herzlich wenig. Der *Krieg* war, was ihn umtrieb!

Hitlers Doppelziel: Großreich und »Rassereinheit«

Ich kann nicht genug betonen, dass Hitler von Anfang an den Krieg wollte. Sein ganzes Denken kreiste darum. Nicht den Frieden, sondern den Krieg hielt er für den Normalfall im Zusammenleben der Völker oder Nationen. In seinen Augen standen die Völker in einem andauernden Wett*kampf* um das eigene Fortbestehen sowie um Größe und Vorherrschaft auf der Welt. Längere Friedenszeiten mussten also lediglich genutzt werden, um sich auf den sicheren neuen Krieg vorzubereiten. Das würde sich erst ändern, wenn sich schließlich wenige gefestigte Großreiche die Weltherrschaft teilten. Um nichts anderes sei es auch im Ersten Weltkrieg gegangen: Deutschland, und damit das deutsche Volk, habe versucht, sein »natürliches« Recht auf eine weltweite Großmachtstellung zu erkämpfen – bis zur Niederlage von 1918, an der angeblich die Demokraten, die Kommunisten und besonders die Juden die Schuld trugen. Deshalb wollte Hitler einen neuen großen Kampf beginnen. Es ging dabei nicht nur um Rache und Vergeltung. Denn am Ende sollte auch ein größeres Reich entstehen, als es je in der deutschen Geschichte gegeben hatte: ein »tausendjähriges Reich«, das bis weit in den Osten Europas hineinreichen und in dem das wachsende deutsche Volk »Lebensraum« finden würde.

Aber einen solchen großen Krieg zu gewinnen, war nach Hitler nur möglich, wenn das deutsche Volk im Inneren stark und »gesund« sei. Man könnte also annehmen, dass es nach seiner Meinung in irgendeiner Art »krank« war. Um das zu verstehen, ist es nötig hier etwas mehr über das grundsätzliche Denken Hitlers zu erfahren:

Wie du weißt, war der Anführer der Nationalsozialisten ein Rassist. Für ihn war ein Volk erst stark und gesund, wenn es »reinrassig« war. Er und seine Gefolgsleute teilten die Menschheit gedanklich in bestimmte Kategorien ein: in »Rassen«. Die Menschengruppen seien nämlich, so behaupteten sie, sehr ungleich. Sie unterschieden sich äußerlich – etwa im Körperbau oder in der Kopfform – und hätten außerdem noch unterschiedliche seelisch-geistige Eigenschaften. Diese Unterschiede seien erblich bedingt; sie lägen also im Blut. Aber die Rassisten wie Hitler gingen noch einen Schritt weiter. Sie meinten, dass die Völker nicht nur ungleich, sondern auch *unterschiedlich wertvoll* seien. Am wertvollsten sei die »arische Rasse«, zu der auch die Germanen zählten, von denen wiederum die Deutschen abstammten. Diese »Arier« waren Weiße und verfügten angeblich über die besten Eigenschaften wie Schönheit, Geist, Fleiß, Mut und einen starken Charakter. Für Hitler waren nun solche »Übermenschen« von der Natur dazu bestimmt, »Herren« über die anderen »Rassen« zu sein, die sie, weil diese ja schwach und minderwertig seien, auch unterdrücken und sogar töten könnten!

Ich muss tief durchatmen, wenn ich von den rassistischen Vorstellungen Hitlers lese oder darüber schreibe. Auf mich wirken diese sonderbaren Ideen eiskalt. Mein Gefühl sträubt sich regelrecht. Aber die »Logik« der Rassisten ist, wie wir inzwischen wissen, auch sachlich nicht haltbar; all das stimmt einfach nicht. Die zuständige Wissenschaft – die Biologie – hat längst nachgewiesen, dass wir Menschen genetisch gesehen (also von unseren angeborenen Erbanlagen her) weit weniger unterschiedlich sind als die Nationalsozialisten behaupteten. Wenn Rassisten Recht hätten, wären blonde, blauäugige Menschen mit weißer Haut immer klüger, mutiger und anständiger als zum Beispiel Menschen mit dunkler Haut. Jeder weiß, dass die Wirklichkeit dem klar widerspricht. Aber zugegeben: Das hilft wenig, wenn Menschen glauben *wollen,* dass »ihr« Volk besser sei als andere und dass die Mischung mit anderen – angeblich »schlechteren« – Völkern zum eigenen »Untergang« führe.

Damit kommen wir wieder zu Hitler, der genau das als die größte »Gefahr« für das deutsche Volk bezeichnete. Für ihn ging dabei die eigentliche »Gefahr« von den Juden aus! Die Juden, meinte er, seien unter den »minderwertigen Rassen« am gefährlichsten. Sie seien durchweg bösartig und nur darauf aus, die Deutschen zu schwächen, um irgendwann die Welt zu beherrschen. Er verglich sie oft mit Krankheitserregern, die einen »gesunden Körper« zersetzen und schließlich zerstören würden. Nach seiner Logik musste daher jede Berührung mit dieser »Gefahr« – jede Mischung der beiden »Rassen« – unbedingt verhindert werden. In Deutschland lebten im Jahr 1933 etwa 500 000 Juden. In der menschenverachtenden Sprache der Nationalsozialisten waren das demnach 500 000 »Krankheitserreger«, die das deutsche Volk schwächten. Wie sollte es da den großen Kampf, den Krieg, der unausweichlich kam, bestehen können? Zudem hat Hitler ja geglaubt, Deutschland habe den Ersten Weltkrieg vor allem wegen der Juden verloren. Und das sollte sich auf keinen Fall wiederholen können. Also mussten die Juden »entfernt« werden, beschloss er.

Juden

Wer waren nun die Juden, auf die sich der Hass der Nationalsozialisten richtete? Zunächst: Es waren im Grunde normale Menschen wie du und ich. Sie hatten Familie, Freunde, Bekannte, die ihnen wichtig waren, und alltägliche Sorgen wie andere auch. Sie waren nicht Teil irgendeiner »Rasse«, wie Hitler behauptete, sondern sie hatten nur eine andere *Religion* als die große Mehrheit in Deutschland. Sie hatten (und haben) andere Feste als zum Beispiel die Christen, teils andere religiöse Gebote und Gebetstexte, und sie haben andere Gotteshäuser, die »Synagogen«, die sich von christlichen Kirchen unterscheiden. Besonders wichtig ist für Juden der Glaube an den *einen* Gott. Von ihm, dem »Ewigen«, glauben sie, dass er die Welt erschaffen hat und die Juden durch ihre etwa 4000-jährige Geschichte hindurch immer treu begleitet. Die wichtigste der heiligen Schriften ist für sie die »Tora«. Damit sind die fünf Bücher Mose gemeint, aus denen in den jüdischen Gottesdiensten am Samstag – dem geheiligten Sabbat – regelmäßig vorgelesen wird. Viele dieser Erzählungen kennst du vermutlich: die Erzählung von der Schaffung der Welt, von Adam und Eva, von Noah und der großen Flut. Oder von Moses. Er führte die Israeliten aus der Gefangenschaft in Ägypten und Gott übergab ihm am Berg Sinai die Steintafeln mit den Zehn Geboten. So jedenfalls steht es in den Schriften der Tora, die auch den Christen als Teil des Alten Testaments wichtig sind. Auch Jesus, im christlichen Glauben Gottes Sohn, war Jude und ist im jüdischen Glauben aufgewachsen.

Der jüdische Glaube ist ein alter und altehrwürdiger Glaube, den man teilen kann oder auch nicht. Das ist jedermanns persönliche Angelegenheit. Ich könnte mir denken, dass du vielleicht noch nie einem Juden begegnet bist – eben weil es wegen der Zeit des Nationalsozialismus unter uns nur vergleichsweise wenige Menschen jüdischen Glaubens gibt. Dabei lebten Juden mindestens schon seit 1900 Jahren unter uns. Die ersten kamen wohl zu Anfang des 2. Jahrhundert nach Christus nach Europa. Sie waren nicht freiwillig gekommen, sondern mussten aus ihrem ursprünglichen Land in Palästina fliehen. Die Römer hatten sie von dort im Jahre 70 nach Christus vertrieben, weil sie sich ihnen in verschiedenen Aufständen widersetzten. So kamen die Juden schließlich nach Europa und in das Gebiet des späteren Deutschen Reichs. Nach heutigen Maßstäben suchten sie hier eine sichere Zufluchtsstätte: ein Asyl.

Jetzt kommen wir wieder zurück in die 1930er-Jahre. Genauer: in die Zeit kurz bevor Hitler an die Macht kam. Damals, am Ende der Weimarer Republik, waren Juden deutsche Staatsbürger wie andere auch. Sie hatten dieselben Rechte als Bürger, durften wählen oder Beamte sein. Die meisten von ihnen lebten in großen Städten wie Berlin und hatten angesehene Berufe wie Ärzte, Rechtsanwälte, Wissenschaftler, Geschäftsleute oder Banker. Wenn sie auf dem Lande lebten, waren sie häufig Viehhändler oder ihnen gehörte der Bekleidungs- oder der Schuhladen im Dorf. Es gab zwar auch arme Juden, aber im Großen und Ganzen waren sie geschäftstüchtige Leute und wirtschaftlich erfolgreich. Aber Erfolg löst vielfach auch Neid aus. Es ist ein wenig wie mit den vermeintlichen »Strebern« in der Klasse, die mancher nicht leiden kann, weil sie zu den Besten zählen. Worauf ich hinaus will: Es gab vor 1933 in der deutschen Bevölkerung durchaus eine verbreitete Abneigung gegen die Juden. Man gönnte ihnen daher, dass sie mal einen »Dämpfer« erhielten oder »zurechtgestutzt« würden. Aber an offene Gewalt oder gar an Mord dachten *vor* Hitler nur die wenigsten Deutschen.

Judenverfolgung

Ich habe etwas weiter vorn geschrieben, dass der Diktator die Juden aus Deutschland »entfernen« wollte. So hatte er es in der Hetzschrift »Mein Kampf« angekündigt. In den ersten Jahren der Hitler-Herrschaft war damit die Absicht gemeint, die Juden zur Auswanderung zu zwingen. Ihnen sollte das Leben in Deutschland so schwer gemacht werden, dass sie von selbst gingen. Dazu erdachten sich die Nationalsozialisten eine Vielzahl von Schikanen und Drangsalierungen – vor allem auf wirtschaftlichem Gebiet. Zuerst wurden die Juden aus bestimmten Berufen herausgedrängt; es begann mit den Beamten im öffentlichen Dienst. Dann dauerte es nicht lange, da konnten Juden nicht mehr Medizin studieren oder etwa Apotheker werden. Dann durften sie diesen Beruf, bald jenen nicht mehr ausüben. Bei ihnen einzukaufen, galt als »unerwünscht«; wer es dennoch tat, wurde von der NSDAP unter Druck gesetzt. Doch wovon sollte man leben, wenn man seinen Beruf nicht mehr ausüben durfte oder die Kunden wegblieben? Irgendwann würde man ruiniert sein. Da blieb eigentlich nur der Ausweg, Deutschland zu verlassen!

Gleichzeitig sollten die Juden merken, dass sie nicht mehr dazugehörten. Dass sie ausgestoßen waren. Sie wurden zum Beispiel aus Sportvereinen ausgeschlossen oder von öffentlichen Badeanstalten. An vielen Ortseingängen in Deutschland standen ab dem Frühjahr 1935 Schilder mit der Aufschrift: »Juden sind hier unerwünscht!« Am besten, so wollten es die Nationalsozialisten, sollten Juden und »Arier« (gemeint waren Nicht-Juden) ganz voneinander getrennt sein, um das angeblich »gesunde« deutsche Volk vor »Verunreinigung« durch die fremde »Rasse« zu schützen. Das war auch der Sinn der berüchtigten »Nürnberger Gesetze« vom September 1935. In diesem Gesetz, das Hitler unbedingt gewollt hatte, wurde bestimmt, dass Juden künftig keine deutschen Staatsbürger mehr waren und dass Ehen oder auch Liebesbeziehungen zwischen »Ariern« und Juden *verboten* waren. Mit einer Jüdin oder einem Juden zusammen zu sein, war von da an also strafbar. Das angebliche Verbrechen nannte sich »Rassenschande«, für die man ins Gefängnis kam – oft für zwei bis vier Jahre!

Du hast jetzt bestimmt eine Vorstellung davon, wie es für Juden gewesen sein muss, damals in Deutschland zu leben. Sie waren an den Rand gedrängt und zu »unerwünschten« Menschen erklärt worden. In den Schulen wurden jüdische Schüler manchmal von den Lehrern vor der Klasse

Ein jüdisch-christliches Paar wird 1936 öffentlich gedemütigt. Die Nationalsozialisten stellten Beziehungen zu Juden an den Pranger, um vor der angeblichen »Rassenschande« abzuschrecken.

erniedrigt, heute würde man sagen »gemobbt«. Auf der Straße grüßten viele ihre jüdischen Nachbarn nicht mehr, persönliche Kontakte froren ein. Und mit jedem Jahr wurde es schlimmer. Ein trauriger Höhepunkt waren die gewalttätigen Ausschreitungen vom 9./10. November 1938, als überall in Deutschland SA-Trupps auf Anweisung »von oben« – gemeint ist die NSDAP-Führung – die Geschäfte und Wohnhäuser von Juden sowie die Synagogen stürmten und demolierten. Vielerorts wurden die jüdischen Gotteshäuser in Brand gesteckt;

Feuerwehr oder Polizei durften nicht eingreifen. Mindestens 400 Juden wurden in dieser sogenannten Pogromnacht ermordet oder in den Selbstmord getrieben, etwa 1400 Synagogen zerstört.

Direkt nach dieser Nacht ließen die Nationalsozialisten durch die Gestapo 30 000 Juden verhaften und vorübergehend in Konzentrationslager sperren, wo sie in die Hände der SS gelangten und besonders brutal behandelt wurden. Das sollte ihre Ausreisewilligkeit erhöhen. Außerdem kam nun ein Gesetz, das es Juden künftig verbot, überhaupt ein Geschäft zu betreiben oder einen Gewerbebetrieb zu führen. Ihre Läden oder Unternehmen mussten sie an »arische« Deutsche übergeben – ohne selbst etwas dafür zu bekommen. Das nannte sich »Arisierung« und war nichts anderes als dreister Raub. An der Jahreswende 1938/39 standen die Juden also zumeist verarmt da; Geld, Aktien oder Häuser waren ihnen weggenommen worden. Arbeit oder ihre Betriebe hatten sie nicht mehr. Wer jetzt noch konnte, reiste oft in die Schweiz, nach Frankreich, England, Südamerika, in die USA oder nach Palästina aus. Dieses rettende Tor zur Flucht stand jedoch nur noch bis kurz vor Beginn des Zweiten Weltkriegs am 1. September 1939 offen.

Hitlers Außenpolitik 1933 bis 1936

Wie gesagt: Aus Hitlers Sicht war das Hinausdrängen der Juden aus Deutschland ein Schritt der Kriegsvorbereitung.

Er meinte, nur ein »rassereines« Volk könne den großen Krieg um »Lebensraum« erfolgreich bestehen. Auch wenn das Unsinn war – so dachte nun einmal der Diktator, der Deutschland inzwischen fest im Griff hatte. Aber solche »Rassereinheit« allein würde natürlich nicht reichen. Das nationalsozialistische Deutschland musste auch militärisch stark sein für den Krieg. Es musste wirtschaftlich vorbereitet sein, und es musste wieder Herr über alle seine Gebiete sein. Aber genau hier lag das Problem. Denn Deutschland war 1933 noch schwach. Es war zudem territorial beschnitten und verfügte nur über einen eingeschränkten Handlungsspielraum, um das zu ändern. Ihm waren seit Längerem enge »Fesseln« angelegt – die »Fesseln« des Versailler Vertrags, der noch immer galt.

Dieser Vertrag der Siegermächte des Ersten Weltkriegs bestimmte ja, dass Deutschland nur noch eine kleine Berufsarmee von 100 000 Soldaten haben durfte, dass es ihm verboten war, schwere Waffen wie Panzer oder Flugzeuge zu besitzen, und dass es wichtige Teile seines Staatsgebietes entweder für immer oder zeitweise hatte abtreten müssen. Im deutschen Gebiet westlich oder »links« des Rheins – auf einer Linie von Mainz über Koblenz bis Köln und Aachen – durfte es außerdem keine deutschen Militäranlagen, wie etwa Kasernen, und keine deutschen Soldaten geben. Ein Landstrich, in dem es kein Militär mehr gibt, ist »entmilitarisiert«. Die Entmilitarisierung des Rheinlands war den Franzosen sehr wichtig gewesen, weil dieses Gebiet ja überwiegend direkt an ihr Land grenzt.

Hitler machte sich folglich daran, diesen für seine Ziele hinderlichen Vertrag auszuhebeln. Das war allerdings eine heikle Angelegenheit, denn er konnte ja nicht wissen, was die Westmächte, also England und Frankreich, tun würden, wenn er das jetzt versuchte. Sie konnten zum Beispiel militärisch eingreifen und die Einhaltung der Bestimmungen von 1919 erzwingen. Deshalb entschied er sich für ein Vorgehen, das ein aggressives Vorwagen einerseits und das gleichzeitige sofortige Beschwichtigen andererseits miteinander verband. Es war eine typische Hitler-Taktik! Dabei ging er stets schrittweise vor – eben so, dass Engländer und Franzosen jeweils nur bis an den Rand ihrer Geduld »getestet« würden.

Es begann im Oktober 1933 mit dem Austritt Deutschlands aus dem Völkerbund. Der Staatenbund von 1920 war eine Erfindung der USA, gegründet, damit sich die Schrecken des Ersten Weltkriegs nicht wiederholten. Diese Organisation sollte den Staaten der Welt einen Ort bieten, um Streitigkeiten miteinander *friedlich* zu lösen. Auch Abrüstungsverhandlungen fanden hier statt. Aber Hitler wollte ja keine militärische Abrüstung, sondern das genaue Gegenteil, und so war der Schritt folgerichtig. Er verkündete den Austritt öffentlich und tat so, als würde er es nur tun, um dagegen zu protestieren, dass die anderen Mächte *nicht genug* abrüsteten! Gleichzeitig betonte der Diktator immer wieder den Willen Deutschlands zum Frieden. Zum Beweis schloss seine Regierung im Januar 1934 einen Nicht-Angriffsvertrag mit Polen ab. Das schuf Vertrauen, weil im In-

und Ausland eine solche Verständigung mit Polen am wenigsten erwartet worden war. Der nächste größere Schritt erfolgte im März 1935. Nun verkündete Hitler offen, die allgemeine Wehrpflicht wieder einführen zu wollen. Das bedeutete, dass alle jungen Männer eines Jahrgangs zum Militär mussten – zur »Wehrmacht« (der Name »Reichwehr« wurde abgeschafft und durch diesen Begriff ersetzt), deren Stärke künftig auf 550 000 Mann anwachsen sollte. Das war ein offener Bruch des Versailler Vertrags. Die ehemaligen Kriegsgegner im Westen beanstandeten das sofort – aber es blieb bei diesem Protest. Für jemanden wie Hitler war diese »laue« Antwort die Aufforderung, mit noch mehr Risiko weiterzumachen!

Und so ließ er im März 1936 deutsche Truppen in das entmilitarisierte Rheinland einmarschieren. Unter den Soldaten, die über die Rheinbrücken in das linksrheinische Gebiet einrückten, war auch mein Vater. Er war als junger Mann 1932 in die Reichswehr eingetreten und Berufssoldat geworden. Er erzählte mir einmal, wie er damals als Teil einer Kavallerieeinheit – einer Reiterstaffel – in Aachen einzog, wo sie leerstehende Kasernen bezogen. Die Bevölkerung dort begrüßte sie mit großem Jubel und mit Blumen, was die Soldaten mit Stolz erfüllte. Sie glaubten, etwas zu tun, was eine »Ungerechtigkeit« aus dem Versailler Vertrag beseitigte und ehrenvoll für Deutschland war. Dennoch war ihnen bewusst, dass sie mit nur geringer Mannschaftsstärke und leichtem militärischem Gerät vorgerückt waren und bei einem französischen Angriff nicht erfolgreich hätten bestehen können. Geschichtsforscher bestätigen das. Auch Hitler war sich im Klaren, dass er ein hohes Wagnis eingegangen war. Er handelte wie ein Spieler, der alles auf *eine* Karte oder Farbe setzte. Er hatte schlicht Glück. Die Franzosen zögerten und protestierten. Und die Engländer hielten sich zurück; sie meinten, die Rheinland-Besetzung berühre kein wichtiges britisches Interesse. So lief am Ende alles wie zuvor: Auf den deutschen Vertragsbruch folgten starke Worte und Drohungen der Westmächte, während Hitler eilig versicherte, nichts als Frieden zu wollen – und sich ansonsten glatt durchsetzte.

So hatte der Diktator seit seinem Machtantritt Zug um Zug die Regeln des Versailler Vertrags gebrochen und sich immer mehr »Bewegungsfreiheit« verschafft. Die Deutschen waren fast ausnahmslos begeistert und tief beeindruckt, wie der »Führer« die ausländischen Mächte »vorführte«, indem er ihnen selbstbewusst entgegentrat. Die früheren deutschen Regierungen und Politiker hatten doch vor den Engländern und Franzosen immer nur gekuscht, meinten sie. So wuchs die Zustimmung in der Bevölkerung zum »Führer« weiter. Was er anpackte, schien zu gelingen. Derweil lief gleichzeitig – anfangs im Geheimen – der Auf- und Ausbau des Militärs auf Hochtouren. Der Schwerpunkt lag bei der Luftwaffe mit ihren Bomberflugzeugen und bei den schnellen Panzerverbänden. Beides waren moderne *Angriff*smittel. Nie hatte Hitler vor, sich mit dem bis dahin Erreichten zufriedenzugeben, obwohl das nicht wenig gewesen wäre.

Weichenstellung hin zum Krieg 1937

Diese großen außenpolitischen Erfolge der Jahre 1933 bis 1936 beeindruckten aber nicht nur die deutsche Bevölkerung. Sie beeindruckten auch Hitler selbst, dessen Selbstbewusstsein dadurch immer größer wurde. Einige Tage nach dem spektakulären Rheinland-Coup hörten Leute seiner nahen Umgebung ihn davon reden, dass ihm die »Vorsehung« – eine Art Schicksal – zur Seite stehe und ihm deshalb nichts misslingen könne. Das scheint der Diktator wirklich geglaubt zu haben!

Es schien ja auch alles reibungslos zu »laufen«: Der Aufbau der deutschen Wehrmacht schritt kräftig voran und Deutschland hatte mittlerweile mit Italien einen engen Verbündeten in Europa gewonnen. In Italien herrschte schon länger der Diktator Benito Mussolini, den Hitler einmal als sein Vorbild bezeichnet hatte. Seit dem Herbst 1936 bestand ein festes Bündnis zwischen Hitler-Deutschland und Italien. Man sprach von der »Achse Berlin-Rom«. Die beiden beteiligten Staaten nannten sich »Achsenmächte« und waren sich einig, dass sie den Kommunismus bekämpfen wollten und jeweils eigene Großreiche anstrebten: Deutschland in Osteuropa und Italien im Mittelmeerraum – dort, wo im Altertum das große Römische Reich bestanden hatte.

Für Hitler schienen somit die Voraussetzungen günstig zu sein, in der Außenpolitik künftig eine härtere Gangart einzuschlagen. Im November 1937 erfuhren das auch die hohen deutschen Militärs und Diplomaten. Der Diktator hatte sie in einem kleinen Kreis versammelt und von seinen Plänen gesprochen. Ein Offizier schrieb in Stichworten mit, was Hitler genau sagte. Dieses Protokoll ist eine der wichtigsten Quellen über Hitlers wahre außenpolitische Absichten dieser Jahre. Ganz offen sprach der Diktator von einem baldigen Krieg. Alles müsse noch zu seinen Lebzeiten geschehen, wobei Hitler immer glaubte, nicht sehr alt zu werden – was sich bewahrheiten sollte. Außerdem müsse Deutschland schon deshalb rasch handeln, weil die Mächte im Westen noch nicht so weit gerüstet seien. Sein Entschluss stehe fest und sei »unabänderlich«, was eines seiner Lieblingswörter war. Hitler glaubte inzwischen, diese notwendige »geschichtliche Aufgabe« könne nur er allein bewerkstelligen. Und weil das in seinen Augen so war, meinte er, so schnell wie möglich handeln zu müssen.

Der »Anschluss« Österreichs 1938

Im November 1937 hatte Hitler also seinen militärischen und politischen Führungsleuten den bevorstehenden Übergang zu einer Politik der aggressiven Gebietserweiterung erklärt. Offensichtlich schwebte ihm dabei eine Art »Stufenplan« vor. In einem *ersten* Schritt sollte ein mächtiger, großdeutscher Nationalstaat geschaffen werden. Gemeint war ein Staat, der alle *von Deutschen* bewohnten Gebiete in Mitteleuropa einschloss. Damit würde dann eine starke Machtgrundlage da sein für den *zweiten*, größeren Schritt – den Krieg um »Lebensraum« im Osten.

Damals lebten *außerhalb* Deutschlands Deutsche vor allem in Österreich, der Tschechoslowakei (heute: Tschechien und die Slowakei) und in Polen, dem ja 1919 durch den Versailler Vertrag größere deutsche Gebietsteile zugesprochen worden waren.

Wie üblich ging Hitler scheibchenweise vor. Erstes Angriffsziel war seine Heimat Österreich. Der Diktator nahm an, dass für die Besetzung Österreichs, die der Versailler Vertrag strikt verbot, die Umstände besonders günstig waren. Er wusste, dass die Engländer wenig gegen die Vereinigung aller Deutschen in *einem* Staat hatten. Die Briten waren außerdem mit ihrem Weltreich genug beschäftigt und auf keinen Krieg aus. Die Franzosen wiederum würden ohne die Engländer nicht handeln. Sie würden wohl empört sein, aber doch nachgeben, glaubte er. Und die Italiener waren inzwischen Verbündete, von denen er erwartete, dass sie wohlwollend stillhielten, was sie auch taten.

Aber Hitler wollte nicht einfach so in das schutzlose Österreich einmarschieren. Es sollte nicht nach einem Gewaltakt aussehen, sondern nach einem »Anschluss«, den Österreich von sich aus wollte. Dabei spielten die österreichischen Nationalsozialisten (und davon gab es eine Menge!) eine wichtige Rolle. Sie sollten in Österreich lautstark eine »Vereinigung« mit Deutschland fordern und zudem im Land Unruhe schüren, damit es so aussah, als müsste das Land von außen vor dem vermeintlichen Zerfall »gerettet« werden. So war alles vorbereitet, als Hitler am 12. März 1938 deutsche Truppen nach Österreich schickte. Die österreichische Bevölkerung jubelte in großen Teilen. Auch für viele von ihnen ging damit ein alter deutscher Traum – der Traum vom »Großdeutschen Reich« – in Erfüllung. Schon am nächsten Tag zog Hitler unter Beifallsstürmen in Wien ein und verkündete mit großer Geste den »Eintritt« seiner Heimat in das Deutsche Reich.

Die Begeisterung über die »Vereinigung« der deutschen Brudervölker kannte auch in Deutschland keine Grenzen. Der »Führer« wurde gefeiert, als sei er ein »zweiter Bismarck«. Die Zustimmung für den Diktator war riesengroß, und im Ausland herrschte staunende Verblüffung. Aber Hitler gewann nicht allein an Prestige, an Ansehen also. Er gewann durch den »Anschluss« Österreichs auch weiter an Macht, denn Deutschland erhielt einen ganzen Staat hinzu! Es war fast über Nacht erheblich größer geworden und hatte mehrere Millionen Menschen – »Deutsche« – hinzubekommen. Auch wirtschaftlich war Österreich wegen seiner reichen Eisenerzvorkommen ein großer Zugewinn. Zudem wurde die österreichische Armee in die deutsche Wehrmacht eingegliedert, die dadurch an Zahl und Schlagkraft gewann. Und militärische Kraft brauchte Hitler für den weiteren Weg dringend.

Sudetenkrise und Münchener Abkommen 1938

Nach diesem Erfolg fasste der Diktator sofort das nächste Angriffsziel ins Auge. Dieses Ziel war die Tschechoslowakei, die östlich an Deutschland und nördlich an Österreich grenzte. Die Tschechoslowakei war erst nach dem Ende des Ersten Weltkriegs auf dem Boden des aufgelösten Kaiserreichs Österreich-Ungarn entstanden. Zu den Bewohnern dieses jungen Staats zählten Tschechen, Slowaken, Ungarn und auch mehr als drei Millionen Deutsche, die sogenannten Sudetendeutschen. Sie siedelten in einem Gebietsstreifen unmittelbar an der Grenze zu Deutschland und Österreich. Das war das »Sudetenland«. Viele dieser Sudetendeutschen waren Anhänger Hitlers und fühlten sich in der Tschechoslowakei benachteiligt. Sie verlangten, samt dem Siedlungsgebiet nach Deutschland zu kommen, »heim ins Reich« geholt zu werden, wie die Parole der Nationalsozialisten lautete. Das lehnte die tschechische Regierung natürlich ab. Es kam zu provozierten Unruhen, die von Berlin aus gesteuert wurden. Daraufhin forderte Hitler, dass die Tschechoslowakei das Sudetenland an Deutschland abgeben sollte. Und er drohte unverhohlen mit Krieg!

Hitler sprach inzwischen immer öfter von Krieg und die Westmächte waren entsprechend alarmiert. Diese Sache betraf auch sie, denn sie waren mit der Tschechoslowakei verbündet und konnten außerdem nicht einfach wegsehen, wenn der deutsche Diktator sich weiter ausbreitete. Nun war es für sie an der Zeit, mit Hitler zu reden. Die Idee des englischen Regierungschefs Neville Chamberlain war, dass die Tschechen das umstrittene Sudetenland freiwillig abgeben sollten. Dafür würde der Friede in Europa gerettet, und der sei doch wichtiger als die Interessen der kleinen Tschechoslowakei. Damit waren die Würfel gefallen. Am 29. September 1938 trafen sich die Regierungschefs von England, Frankreich, Italien und Deutschland in München und schlossen ein Abkommen, bei dem ebendiese Idee vereinbart wurde. Ob die Tschechen einverstanden waren, fragte niemand; sie wurden *gezwungen*, sich diesem »Münchener Abkommen« zu fügen. Wieder hatte Hitler mit seiner erpresserischen Taktik Erfolg. Am 1. Oktober rückte die deutsche Wehrmacht in das Sudetenland ein, das die tschechische Armee zuvor geräumt hatte.

Du kannst dir denken, wie frustriert die Tschechen waren. Sie fühlten sich im Stich gelassen – und das zu Recht. Sie waren das »Bauernopfer«, das die Westmächte brachten, um den Frieden in Europa zu sichern. Immer wieder seit 1933 hatten die Westmächte – und besonders die Briten – den deutschen Diktator gewähren lassen. Statt ihm notfalls militärisch entgegenzutreten, waren sie ihm mehrfach weit entgegen gekommen. Für diese Politik der Beschwichtigung wird das Wort »Appeasement« gebraucht (»to appease« heißt »beschwichtigen«). Man könnte denken, die Engländer seien feige oder zu schwach gewesen, denn Hitler verstand ja nur die Sprache von Macht und Gewalt. Sie hätten den Diktator mit ihrer Zurückhaltung nur ermuntert. Ich kann diese Kritik an der »Appeasement-Politik« gut nachvollziehen. Aber die Engländer waren in einer schwierigen Lage. Sie hatten nach dem Ersten Weltkrieg wieder abgerüstet und waren für einen Krieg noch gar nicht bereit. Außerdem wussten sie, dass ein Krieg viele Opfer kosten und ihr Land sehr schwächen würde.

Wie sollte Großbritannien aber *weltweit* stark bleiben, wenn es in Europa in einen kräftezehrenden Kampf verwickelt würde? Hinzu kam, dass die englische Bevölkerung damals überwiegend kriegsmüde war. Der Erste Weltkrieg lag ja noch nicht lange zurück. Und so atmeten viele Briten erleichtert auf, als Chamberlain mit dem Flugzeug aus München zurückkehrte und ihnen stolz versicherte, der Friede sei auf Jahre hin gesichert.

Die Zerschlagung der »Rest-Tschechei«

Heute, im Nachhinein, wissen wir, dass das eine vergebliche Hoffnung war. Auf Hitlers Wort konnte sich niemand verlassen, seine Unterschrift unter Verträgen war nichts wert. Er war ein Lügner und Falschspieler. Was er bis dahin erreicht hatte, brachte er mit einer Mischung aus Drohungen und Schmeicheleien zustande. Für Politiker anderer Länder war der deutsche Diktator mit seiner verborgenen Schlechtigkeit lange nur schwer einzuschätzen. Das änderte sich, als Hitler schon wenige Monate später begann, die verkleinerte Tschechoslowakei – die »Rest-Tschechei« (so Hitlers Sprache) – zu zerschlagen. Das hatte er von vornherein vorgehabt. Aber die Tschechoslowakei hatte kein schwaches Militär und war vergleichsweise hoch gerüstet. Also wollte Hitler seine Beute möglichst *ohne* Kampf bekommen. Sein Vorgehen ist dir inzwischen klar. Es war wie gehabt: Er setzte die Regierung in Prag zunächst unter großen *inneren* Druck. Sein Mittel diesmal waren die Slowaken, die im Ostteil des Landes lebten. Sie kamen mit den Tschechen nicht immer gut aus und wollten schon länger eigenständig sein. Daher drängte Hitler sie, sich jetzt von den Tschechen abzuspalten, was am 13. März 1939 geschah. Damit war die Tschechoslowakei entscheidend verkleinert und noch weiter geschwächt!

Am 15. März 1939 besetzten deutsche Truppen Prag, die Hauptstadt der damaligen Tschechoslowakei. Es war ein Gewaltakt, dem die Prager Bevölkerung ohnmächtig zusehen musste.

Das kleine Land war damit praktisch schutzlos und in einer verzweifelten Lage. In dieser Situation reiste der tschechische Staatspräsident Hacha am 14. März nach Berlin, um mit Hitler zu sprechen. Aber es gab nichts zu verhandeln. In stundenlangen nächtlichen »Gesprächen« machte ihm der Diktator klar, dass er nur die Entscheidung habe zwischen bedingungsloser Unterwerfung oder brutaler Zerstörung seines Landes! Der gepeinigte Hacha war schließlich mit den Nerven am Ende – und unterschrieb, dass er sein Land »vertrauensvoll« an Hitler übergebe. Schon am nächsten Morgen marschierten deutsche Truppen bei frühlingshaftem Schneetreiben in die tschechische Hauptstadt ein. Sie kamen als fremde Eroberer, und so wurden sie auch von der Prager Bevölkerung empfangen: mit geballten Fäusten und Tränen ohnmächtiger Wut.

Überfall auf Polen 1939

Jetzt war nahezu jedem in Europa klar, dass Hitler auch dann nicht haltmachen würde, wenn die »deutschen« Gebiete in Mitteleuropa in seinem Reich vereinigt waren, denn zum ersten Mal hatte der Diktator ein *fremdes* Land angreifen lassen. Das beunruhigte all jene sehr, die den Frieden in Europa erhalten wollten. Viele ahnten schon, dass Hitler das nächste Ziel seiner Aggression schon fest ins Visier genommen hatte: Polen, Deutschlands Nachbarn im Osten. Ein Angriff auf Polen schien nur eine Frage der Zeit zu sein, deshalb beeilten sich Großbritannien und Frankreich klarzustellen, dass sie es *diesmal* zum Krieg kommen lassen würden. Aber für Hitler waren das nur leere Worte. Er dachte ja, die Demokratien im Westen seien für einen Kampf zu bequem. Sicher – dort wollte niemand einen Krieg und man war bereit, viel zu tun, um solch ein Unglück zu verhindern. Doch es sollte der Zeitpunkt kommen, dass Hitler ihnen keine Wahl mehr ließ und sie die Herausforderungen eines Kriegs entschlossen annahmen.

Aus Hitlers Sicht bestand nur die Gefahr, dass sich die Westmächte erneut – wie schon 1914 – mit Russland verbünden könnten, denn dann drohte wieder ein Zweifrontenkrieg. Was machte er also? Er wandte sich an seinen »Todfeind« im Osten, den kommunistischen Diktator Josef Stalin, um mit ihm gemeinsame Sache zu machen. Dieser Stalin war nicht nur ähnlich blutrünstig wie Hitler, er war auch ähnlich rücksichtslos. Stalin hatte nach dem Tod Lenins die Macht in Russland übernommen, das sich inzwischen »Sowjetunion« nannte, und regierte seitdem mit unberechenbarer Brutalität. Beide Diktatoren einigten sich schnell darauf, sich gegenseitig freie Hand zu lassen bei der Ausdehnung des eigenen Herrschaftsgebiets. Von den baltischen Staaten an der Ostsee bis hinunter zum Schwarzen Meer sollte die sowjetische »Interessenzone« reichen. Hier sollte Stalin ungehindert freie Hand haben. Im Gegenzug sollte Deutschland grünes Licht für einen Angriff auf Polen haben, das beide später untereinander aufteilen wollten. So war es festgelegt im sogenannten »Hitler-Stalin-Pakt« vom

23. August 1939, den niemand für möglich gehalten hätte. Man hatte eher mit einem Krieg der Diktaturen *gegeneinander* gerechnet! Und so herrschten jetzt Ratlosigkeit und Schock im Westen – und Verzweiflung und Angst in Polen.

Diese Furcht war berechtigt, denn zu diesem Zeitpunkt war der deutsche Überfall auf das Nachbarland schon bis ins Letzte vorbereitet. Mein Vater erzählte mir, sie, die Männer seiner Einheit und er, seien schon eine Woche vor Kriegsbeginn an die polnische Grenze verlegt worden. Dort habe man Manöver (eine Art Kriegsübung) durchgeführt. Jeder der Soldaten habe gewusst, dass es nun »gegen Polen gehen« sollte. Doch Hitler suchte immer nach Möglichkeiten, so zu tun, als sei alles »von der anderen Seite« ausgegangen. Auch die Deutschen sollten ja den Krieg, den er dringend wollte, berechtigt finden. Deshalb ließ er kurzerhand einen geeigneten »Zwischenfall« unter dem Tarnnamen »Tannenberg« bewerkstelligen: Am späten Abend vor dem 1. September 1939 täuschten SS-Männer in polnischen Uniformen einen Überfall auf einen deutschen Radiosender in Gleiwitz in Oberschlesien vor. Mit diesem billigen Trick sollte Polen die Schuld am Beginn des Kriegs zugeschoben werden. Der Diktator erklärte also in einer Ansprache vor dem Reichstag der deutschen Bevölkerung, dass Polen begonnen habe. Dann bellte er ins Mikrofon: »Seit 5.45 Uhr wird jetzt zurückgeschossen. Und von jetzt ab wird Bombe mit Bombe vergolten!« Damit war also wieder Krieg! Der Zweite Weltkrieg hatte begonnen, und niemand anderer als Hitler hatte ihn ausgelöst.

»Blitzkriege« 1939/40

In diesem Sinne kann man sagen, dass der Zweite Weltkrieg »Hitlers Krieg« war. Er hatte ihn seit 1918 immer schon gewollt. Er hatte ihn Zug um Zug vorbereitet und nun – mit dem Überfall auf Polen am 1. September 1939 – begonnen. Jetzt gab es kein Zurück mehr. Am 3. September erklärten England und Frankreich Deutschland den Krieg. Damit hatte Hitler nicht gerechnet. Er war vorübergehend sogar verunsichert und besorgt, aber seine übertriebene Zuversicht kam schnell wieder, als die deutschen Truppen Polen rasch niederwarfen. Die polnische Armee war von vornherein so sehr unterlegen, dass sie keine Chance hatte. Es kam vor, dass polnische Reiterstaffeln mit dem Mut der Verzweiflung moderne deutsche Panzer angriffen. Das Ergebnis waren blutige Gemetzel. So war der »Polen-Feldzug« bereits nach wenigen Wochen entschieden. Hinzu kam, dass ab Mitte September russische Truppen von Osten her in das Land eindrangen und jeden weiteren polnischen Widerstand aussichtslos machten.

Der Überfall auf Polen war blitzartig vonstatten gegangen und in kurzer Zeit erfolgreich beendet. Deshalb spricht man von einem »Blitzkrieg«. Die meisten Deutschen hatten aber gar keinen bewaffneten Kampf gewollt – zu Kriegsbeginn war die Stimmung in der Bevölkerung sogar gedrückt. Viele konnten sich noch gut an den Ersten Weltkrieg mit seinen zahlreichen Entbehrungen erinnern. Aber die Sorge geriet mehr und mehr in den Hintergrund, je mehr die

Wehrmacht weitere Siege errang. Im Frühjahr 1940 überrannten deutsche Truppen Dänemark und Norwegen. Wenige Wochen später, Anfang Mai, folgte der überfallartige Angriff auf Holland, Luxemburg und Belgien, unmittelbar danach auf den alten »Erbfeind« Frankreich. Die deutschen Panzerverbände rückten durch die belgischen Ardennen vor und fielen in Nordfrankreich ein. Am 14. Juni fiel Paris in deutsche Hände, am 22. Juni kapitulierte das Land. Der »Blitzsieg« über Frankreich war der wohl größte militärische Triumph Hitlers. So sah das auch die deutsche Bevölkerung, die jetzt begeistert war. Im Frühsommer 1940 befand sich der Diktator auf dem Höhepunkt seiner Macht und Beliebtheit in Deutschland. Ein bekannter britischer Geschichtsforscher vermutete kürzlich, Hitler habe in diesen Wochen wohl fast 90 Prozent der Deutschen hinter sich gehabt.

Nur die kleine Insel Großbritannien leistete noch Widerstand. Der neue englische Regierungschef Winston Churchill dachte nicht daran, vor der deutschen Aggression zu weichen. Er beschwor seine Landsleute, auszuhalten und Widerstand zu leisten. Von ihm stammen die berühmten Worte von »Blut, Schweiß und Tränen«, die sein Volk auf sich nehmen müsse, um in einem langen Kampf seine Freiheit zu bewahren. Deutsche Friedensangebote lehnte der bullige Churchill (oft mit der Zigarre im Mundwinkel) rundweg ab. Nichts konnte seine Entschlossenheit brechen, auch nicht die zahlreichen deutschen Luftangriffe auf englische Städte im Sommer und Herbst 1940. Die deutsche Propaganda meldete zwar immer wieder Erfolge im Kampf gegen das widerspenstige England, doch die Wirklichkeit sah anders aus. Es gelang der deutschen Luftwaffe unter dem Befehl Görings nicht, die Briten in die Knie zu zwingen. Der »Westfeldzug« endete also nicht mit einem vollständigen deutschen Sieg. Es hatte sich gezeigt, dass es auch für Hitlers sieggewohnte Militärmaschinerie Grenzen gab.

Angriff auf die Sowjetunion 1941

Im Frühjahr 1941 musste der Diktator einsehen, dass die Schlacht um England verloren war. Auf ein britisches Einlenken konnte er nicht setzen, deshalb wandte sich Hitler wieder seinem vorrangigen Ziel zu: der Eroberung von »Lebensraum im Osten«. Und »der Osten«, das war für ihn vor allem die Sowjetunion Stalins, mit dem er bei der gewaltsamen Unterwerfung Polens noch gemeinsame Sache gemacht hatte. Im Morgengrauen des 22. Juni 1941 drangen deutsche Truppen in einer Stärke von etwa drei Millionen Mann in den sowjetischen Machtbereich ein. Wieder sollte es ein »Blitzkrieg« werden mit schnellen Panzervorstößen und einem raschen Sieg. Anfangs schien alles »nach Plan« zu laufen. Die deutschen Armeen machten in kurzer Zeit riesige Geländegewinne und Hunderttausende Gefangene. Schon nach wenigen Wochen hatten sie ein Gebiet erobert, das von Leningrad (das frühere Sankt Petersburg) im Norden über Weißrussland und die Ukraine in der Mitte bis zur Halbinsel Krim im Süden reichte. Einige deutsche Einheiten standen bereits kurz vor Moskau, das inzwischen Russlands Hauptstadt war, als die Erschöpfung der Soldaten und der früh einsetzende Winter den Vormarsch zum Stehen brachten. Mit dem Winter als Gegner hatten Hitler und seine Generäle nicht gerechnet. Sie hatten gemeint, der russische »Koloss« würde schon im ersten Ansturm zusammenbrechen. Warum also Vorkehrungen treffen für den Schlamm, die Kälte und den Schnee? Das war unglaublich überheblich gedacht, aber es passte zu Hitlers engstirniger Selbsteinschätzung, der sich mittlerweile für den »größten Feldherren aller Zeiten« hielt. Ab dem 5. Dezember ruhte der deutsche Vorstoß; bis dahin gab es bei der Wehrmacht bereits eine Million Tote, Verwundete und Vermisste!

Der Wunschtraum eines schnellen Siegs war somit zerplatzt wie eine Seifenblase. Die Zeit an der sogenannten Ostfront arbeitete nun gegen die deutschen Angreifer. Die russische »Rote Armee« (so nannte sich Stalins Streitmacht) sammelte sich und setzte zu immer erfolgreicheren Gegenangriffen an. Sie war zahlenmäßig überlegen und kam mit dem strengen Winter viel besser zurecht als die deutschen Soldaten, die keine ausreichende Winterbekleidung hatten und weit weg von Zuhause waren. Zwar gelang es der Wehrmacht im Sommer 1942, zeitweise die Oberhand zurückzugewinnen, aber ihre Kräfte waren inzwischen weitgehend aufgebraucht.

Die endgültige Wende kam mit der verlorenen Schlacht um Stalingrad im Winter 1942/43. Die Stadt heißt heute,

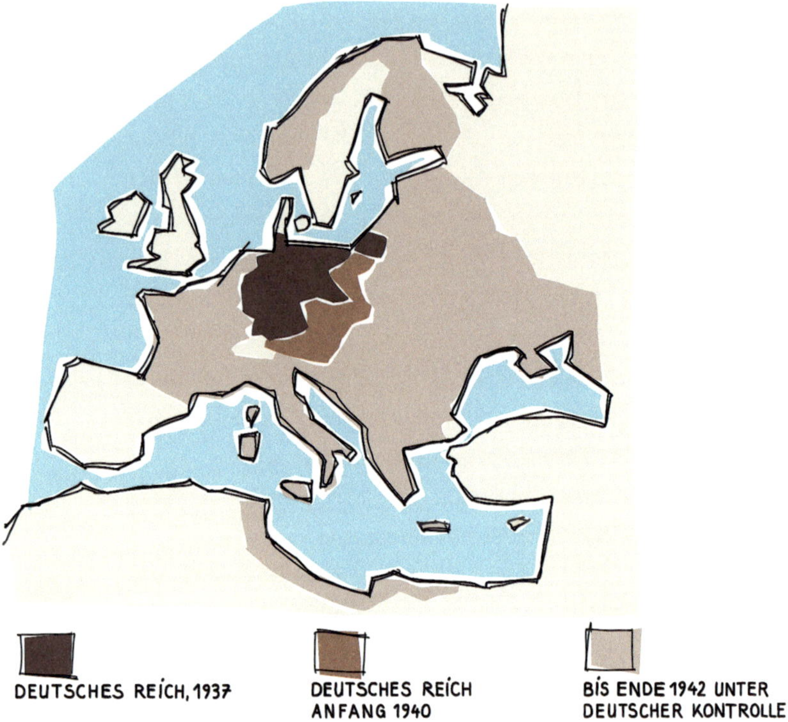

Die Ausdehnung des deutschen Machtbereichs bis Ende 1942

wegen ihrer Lage am Fluss Wolga, »Wolgograd« und war damals über Wochen erbittert umkämpft. Die Deutschen hatten schon große Teile der Stadt eingenommen, als es russischen Soldaten gelang, die deutschen Truppen großräumig zu umgehen und einzuschließen. Die dortige 6. deutsche Armee mit 245 000 Mann saß damit in der Falle. Sie war auf sich allein gestellt und führte einen aussichtlosen Kampf. Auch mein Vater war als Soldat in Stalingrad dabei. Von ihm weiß ich, wie verbissen und grausam die Schlacht war. Er schilderte mir einen grauenhaften Kampf um Straßen und Gebäude. Man kämpfte bei minus 40 Grad; Lebensmittel und Munition gingen zur Neige, und in praktisch jeder Minute war das eigene Leben in Gefahr. Er berichtete mir auch von sterbenden Männern, denen, kaum dass sie tot waren, von den frierenden Kameraden Stiefel und Kleidung entrissen wurden. Mein Vater selbst erlitt schließlich einen Bauchschuss, der dazu führte, dass er kurz nach Weihnachten 1942 aus dem »Kessel von Stalingrad« ausgeflogen wurde. Viele andere deutsche Soldaten hatten dieses »Glück« aber nicht. Einen Ausbruchsversuch hatte Hitler von Berlin aus ausdrücklich verboten. Er meinte, die Soldaten dürften sich nicht zurückziehen, sie müssten in Stalingrad siegen, was unmöglich war – oder den »Heldentod« sterben. Die Kapitulation der 6. Armee – die Soldaten gaben entgegen dem Befehl Hitlers auf – erfolgte am 2. Februar 1943. Von diesem Datum an ging das Heft des Handelns im Osten vollends auf die »Rote Armee« über.

Rassen- und Vernichtungskrieg

Dieser Krieg im Osten war von Anfang an kein »normaler« Krieg. In einem »normalen« Krieg dreht sich die Auseinandersetzung um Land und Rohstoffe oder um Bodenschätze wie etwa Öl. Eine Armee versucht in erster Linie, die andere Armee zu besiegen. Dabei wird, bei aller Härte im Kampf, die zivile Bevölkerung weitgehend geschont. Im besten Fall halten sich die Kriegsgegner dabei an die Regeln des Völkerrechts und die Grundsätze der Menschlichkeit. Wie gesagt: »im besten Fall«, der ja schon schlimm genug ist. Der Krieg im Osten war grundlegend anderer Art. Er wurde von deutscher Seite *mit Absicht* besonders grausam und schonungslos geführt, weil der Gegner nicht einfach »nur« besiegt, sondern mehr noch – und vor allem – *vernichtet* werden sollte! Der Ostfeldzug war somit ein »Vernichtungskrieg«.

Die sonderbare Weltanschauung der Nationalsozialisten war der Grund dafür. Ich hatte es schon erwähnt: Im Zentrum ihres Denkens stand die Vorstellung, dass es eine Art Rangfolge der »Rassen« oder Völker gebe. An der Spitze stünden die deutschen »Herrenmenschen«, die aufgrund ihres besonderen Blutes besser, stärker und daher wertvoller seien. Die slawischen Völker des Ostens – Polen und Russen – seien dagegen weniger wert, behaupteten sie. In ihren Augen waren die Slawen »Untermenschen«. Sie müssten ihren Platz auf der Welt den Deutschen überlassen, die das »Recht des Stärkeren« auf ihrer Seite hätten. Für die Nationalsozialisten handelte es sich bei dem Kampf im Osten also um einen Kampf der germanischen mit der slawischen »Rasse«. Aber es war für sie nicht nur eine Auseinandersetzung zwischen »Rassen«, sondern zugleich ein Kampf zwischen Weltanschauungen, denn aus ihrer Sicht war Russland das Machtzentrum des angeblich jüdisch gesteuerten »Bolschewismus«, in dem sie ja ihren politisch-weltanschaulichen »Todfeind« sahen.

Viele deutsche Soldaten hatten solche Vorstellungen im Kopf, als sie in Polen und Russland einmarschierten. Jahrelange Hass-Propaganda entfaltet immer Wirkung, und das war ja auch so gewollt. Wer dazu erzogen wird, im »Feind« einen »bolschewistischen« Unmenschen zu sehen, dem fällt es irgendwann leichter, auch die unmenschlichsten Befehle auszuführen. So kam es im Osten häufig zur gezielten Erschießung von Zivilisten, die etwa verdächtigt wurden, den Feind zu unterstützen. Manchmal wurden ganze Dorfgemeinschaften auf diese brutale Weise ausgelöscht. Auch die gegnerischen Soldaten konnten nicht auf eine anständige Behandlung hoffen. Das galt besonders für die russischen Kriegsgefangenen, die in den deutschen Gefangenenlagern massenweise verhungerten, durch überharte Arbeit zu Tode gequält oder mittels Genickschüssen reihenweise ermordet wurden. Ich würde gerne schreiben, dass diese Grausamkeiten »nur« Einzelfälle waren, aber das würde nicht stimmen. Diese Abscheulichkeiten waren gewollt und wurden von der Wehrmachtsführung gedeckt oder sogar befohlen.

Da hilft es nicht festzustellen, dass *nicht alle* Teile der Wehrmacht beteiligt waren und sich bei weitem *nicht alle* Soldaten zu Untaten hinreißen ließen. Und es hilft ebenso wenig, darauf hinzuweisen, dass die Mehrzahl der Verbrechen tatsächlich auf das Konto der SS ging. Die SS, die unter Heinrich Himmlers Befehl stand, rückte unmittelbar nach der Wehrmacht in die eroberten Gebiete ein und errichtete jeweils eine grausame Terrorherrschaft. Das war zunächst in Polen der Fall, dann in Russland. Die SS sah ihre Aufgabe darin, dieses große Gebiet – von der Oder bis etwa zur Wolga – zum künftigen »Lebensraum« für die Deutschen umzugestalten. Die Menschen, die dort lebten – Polen und Ukrainer oder Russen, deren Heimat diese Gebiete waren – mussten dafür »weichen«. Für sie war kein Platz mehr; ihr Land sollte den deutschen »Herren« zufallen. Hunderttausende Menschen wurden also zwangsweise umgesiedelt, vertrieben und getötet! Das Schicksal der einheimischen Bevölkerung war den Nationalsozialisten gleichgültig. Für Polen, Russen oder Ukrainer, soweit sie leben durften, war nur noch ein Dasein als Arbeitssklaven für die Deutschen vorgesehen.

Der Judenmord

Mit dem Krieg war für Hitler auch der Zeitpunkt gekommen, mit den Juden »abzurechnen«. So und ähnlich hat er es mehrfach gesagt. Einmal hat er sogar ganz offen davon gesprochen, dass ein neuer Weltkrieg nichts anderes als die »Vernichtung der jüdischen Rasse in Europa« zum Ergebnis haben werde. Weil so etwas Ungeheuerliches in der Menschheitsgeschichte bis dahin noch nie geschehen war, haben viele diese Ankündigungen des Diktators nicht ernst genommen. Schließlich war Hitler bekannt für seine großspurigen Reden und seine Vorliebe für radikale Sprüche.

Aber der Diktator meinte seine Drohungen gegen die Juden todernst. Manche Geschichtsforscher glauben, Hitler habe schon Ende 1942 oder etwas später erkannt, dass der Krieg verloren war – und ihn allein deshalb starrsinnig weitergeführt, um hinter der Front den millionenfachen Judenmord durchführen zu lassen. So wichtig war ihm demnach dieses Verbrechen!

Von all dem wussten die Juden in Deutschland nichts. Lange ahnten sie nicht einmal, welches fürchterliche Schicksal ihnen der Diktator zugedacht hatte. Die meisten von ihnen fühlten sich als Deutsche – als deutsche Juden oder jüdische Deutsche. Zahlreiche jüdische Männer hatten im Ersten Weltkrieg für ihr Heimatland gekämpft und hofften schon deshalb, dass sie und ihre Familien vor dem Schlimmsten geschützt seien. Andere waren sich sicher, dass die Nationalsozialisten den Schritt zur offenen Gewalt gegen sie nicht wagen würden. Viele wollten die große Gefahr wohl einfach nicht sehen und hofften im Übrigen darauf, der Krieg werde die Energien der Hitler-Regierung an anderer Stelle binden. »Irgendwie« würde man die Zeit dann schon überstehen.

Doch die Lage der Juden in Deutschland verschärfte sich besonders seit Kriegsbeginn immer mehr. Das Tor zur Flucht in letzter Minute war inzwischen weitgehend verschlossen, und auf jene etwa 240 000 Juden, die noch im Land geblieben waren, kam eine Flut schikanöser Erlasse und Verordnungen zu: Seit November 1938 durften Juden zum Beispiel nicht mehr ins Kino oder ins Theater gehen.

Ab dem 1. September 1939 galten für sie teilweise Ausgangsverbote, was bedeutete, dass sie ab einem bestimmten Zeitpunkt ihre Wohnungen nicht mehr verlassen durften. Wenig später mussten sie ihre Radiogeräte bei der Polizei abgeben, bald danach durften sie auch kein Telefon mehr besitzen. Dann wurde ihnen verboten, Busse, Straßenbahnen oder Züge zu benutzen oder Haustiere wie Hunde, Katzen und Vögel zu halten. Schließlich mussten sie ihre Fahrräder abgeben und durften nicht mehr in Geschäfte, in denen andere Deutsche einkauften.

Seit September 1941 mussten alle Juden in Deutschland den gelben »Judenstern« tragen. Jeder sollte schon von Weitem sehen können, wen die Nationalsozialisten als »Volksfeind« abgestempelt hatten.

Außerdem erging die Anordnung, dass sie ab dem 15. September 1941 in der Öffentlichkeit einen gelben Stern aus Stoff zu tragen hatten, den sogenannten Judenstern, von dem du sicher schon gehört hast. Der Stern war auf der linken Brustseite in Herzhöhe anzubringen; darin stand in schwarzer Schrift das Wort »Jude«. Das sollte eine Schmähung sein. So wurden Juden öffentlich an den Pranger gestellt und sozial ausgegrenzt. Den Judenstern nicht zu tragen oder ihn zu verdecken, war bei Gefängnisstrafe verboten! Es gab noch viele andere judenfeindliche Verordnungen wie diese, es waren alles Gemeinheiten in Gesetzesform. Der Zweck war, die Juden von den »arischen« Deutschen fernzuhalten. Sie sollten so weit isoliert werden, dass niemand sie mehr vermissen oder sich für ihr Schicksal interessieren würde. Wenn sie erst einmal aus dem Blickfeld ihrer Mitmenschen waren, so dachten die Nationalsozialisten, dann würde ihnen auch niemand beistehen oder mit ihnen Mitleid haben, wenn sie, wie es dann hieß, in den Osten »umgesiedelt« würden.

Ich hatte ja schon erwähnt, dass die Nationalsozialisten darin Meister waren, selbst für die fürchterlichsten Dinge verharmlosende oder verschleiernde Worte zu finden. Das ist nur eines der Beispiele. Mit »Umsiedlungen« waren nämlich in Wirklichkeit das organisierte Wegschaffen – die »Deportation« – sowie die anschließende gezielte Ermordung der Juden gemeint. Und hinter der »Endlösung der Judenfrage« verbarg sich dieselbe grausame Sache. Der letzte Beschluss dazu fiel im Sommer 1941, kurz nach Beginn des Russlandfeldzugs, als Hitler seinen engsten Vertrauten zu verstehen gab, was jetzt mit den Juden im deutschen Machtbereich zu geschehen habe; ausgeführt wurde das grausame Vorhaben vor allem von Himmlers SS.

Hier nun ist wichtig, von einer Zusammenkunft zu erfahren, die am 20. Januar 1942 am Wannsee in Berlin stattfand. Das war die berüchtigte »Wannsee-Konferenz«. Dort trafen sich an diesem strahlend-kalten Wintertag in einer herrschaftlichen Villa am See 15 Männer, ranghohe Vertreter von SS, der NSDAP und einiger staatlicher Behörden wie der Gestapo. Es ging darum, den von höchster Stelle gewollten *Mord an 11 Millionen europäischer Juden* zu planen! Man rauchte, trank duftenden Kaffee und beriet sich in kühler Sachlichkeit – als ginge es um einen neuen Fahrplan der Reichsbahn. Die Atmosphäre war entspannt, und jeder hatte eine Idee, wie man die »Sache« reibungslos durchführen könne. Es ging zum Beispiel darum, wie man so viele Menschen »in den Osten« transportieren und auf welche Weise man sie dort am besten umbringen könnte. Alte, Kranke und Kinder sollten den Anfang machen. Irgendwelche Bedenken gegen die große Mordaktion äußerte keiner der Anwesenden.

In der Zwischenzeit saßen die Juden in Deutschland buchstäblich auf gepackten Koffern und warteten auf ihren Transportbefehl. Beispielsweise auch die Juden aus meinem Geburtsort, einer ländlich-katholischen Kleinstadt im Westmünsterland. In dem Ort gab es 1941 noch zwölf jüdische Personen, vor allem Frauen und Kinder. Sie hatten kaum Geld und lebten mittlerweile gemeinsam in zwei sogenannten »Judenhäusern«. Manchmal ließen ihnen Freunde aus dem Ort heimlich Lebensmittel wie Eier, Brot und Milch zukommen; ansonsten waren sie auf sich allein gestellt und oft niedergeschlagen. Eines Tages erhielten sie ein Schreiben der Gestapo mit der Ankündigung, wann die Abholung erfolge. Es gehe zu einem genau bezeichneten Sammelpunkt im nahen Münster. Von dort aus ging es dann mit Hunderten anderer Juden aus dem ganzen Umland zum Bahnhof, wo schon die Güterzüge zum Abtransport in den Osten bereitstanden.

Mit dem »Osten« war vor allem Polen gemeint, wo viele der berüchtigten Konzentrationslager eingerichtet worden waren. Es waren grauenhafte Orte wie Treblinka, Chelmno, Sobibor, Majdanek oder Auschwitz-Birkenau, in denen die Tötungsmaschinerie schon seit geraumer Zeit lief. Die ersten Opfer waren Zehntausende polnischer Juden sowie auch russische Kriegsgefangene. Das waren nicht Arbeitslager, die gab es auch, sondern reine *Vernichtungslager*, genauer: Mordfabriken! Hierhin fuhren seit 1941/42 die versiegelten Züge aus Deutschland und 22 weiteren Ländern Europas. Wenn die Züge ankamen, wurden die verängstigten Menschen zunächst nach Frauen (mit Kindern) und Männern getrennt. Dann kamen SS-Ärzte in weißen Kitteln und schritten die Reihen entlang, um arbeitsfähige und nichtarbeitsfähige Personen voneinander zu trennen. Das nannte sich eine »Selektion«, was so viel wie Auslese bedeutet. Wer arbeitsfähig schien, durfte zunächst noch weiterleben – für eine ungewisse Zeit von oft nur wenigen Wochen. Wer nicht arbeitsfähig schien und damit für die SS nicht von Nutzen war, wurde schon wenige Minuten später in den Tod durch Giftgas geschickt.

In den Gaskammern allein von Auschwitz wurden auf diese Weise bis zum Herbst 1944 mindestens 1 100 000 Menschen ermordet. Die allermeisten von ihnen waren Juden, aber auch Sinti und Roma, nicht-jüdische Polen und Russen waren tausendfach unter den Opfern. Ich war selbst einmal

An der Rampe von Auschwitz wurden die eintreffenden Juden von der SS in nützliche und nicht nützliche Menschen eingeteilt. Das nannte sich »Selektion«. Alte und Kinder wurden wenige Minuten später in den Gas-Tod geschickt.

vor einigen Jahren mit einer Gruppe junger Leute an diesem Ort, der heute eine Gedenkstätte ist. Besonders nachdrücklich erinnere ich mich an den Besuch einer der Gaskammern, in denen die aussortierten – die »selektierten« – Menschen ihre letzten Lebensminuten zubrachten. Ihnen war gesagt worden, sie würden dort duschen. Sie müssten sich ausziehen und in den fensterlosen großen Raum begeben. Nach der Dusche würden sie in das Lager kommen und ihre Angehörigen wiedersehen. All das war aber nur eine Täuschung der SS, um den durchgeplanten Ablauf frei von »Störungen« zu halten. Dann wurde die Eisentür am Eingang verriegelt und das Licht gelöscht, ehe das Gas von der Decke her in den dicht gefüllten Raum drang. Noch heute kann man an den Innenwänden dieser Kammer bei genauem Hinsehen die Kratzspuren derer erkennen, die hier verzweifelt und doch aussichtslos dem qualvollen Erstickungstod zu entkommen versuchten.

Auf dem Weg zum Kriegsende 1944/45

Während in Auschwitz und den anderen Vernichtungslagern das tägliche Morden durch Vergasen oder Erschießen seinen grausamen Lauf nahm, ging der Krieg an den Fronten zunächst unvermindert weiter. Deutsche Truppen kämpften inzwischen auch auf dem Balkan bis hinunter nach Griechenland und sogar in Nordafrika, wo sie dem verbündeten Italien zu Hilfe kamen. Darüber hinaus hatte Hitler im Dezember 1941 den USA den Krieg erklärt, nachdem unmittelbar zuvor Deutschlands Verbündeter in Fernost, Japan, die amerikanische Kriegsflotte auf der Insel Hawaii angegriffen hatte. Der japanisch-amerikanische Krieg hatte sich schon länger angekündigt, und Hitler hoffte wohl, dass die Japaner zum Dank für seine Bündnistreue im Osten Russlands angreifen würden – was sie aber nicht taten, weil sie sich auf China und den großen südostpazifischen Raum bis hin zu den Philippinen und Indonesien konzentrierten. Wie dem auch sei, der Krieg selbst war mittlerweile also zum *Welt*krieg geworden und tobte nun auf drei Kontinenten.

Dabei zeigte sich bald, dass Deutschland und seine Hauptverbündeten – die sogenannten Achsenmächte Italien und Japan – dauerhaft nicht bestehen konnten. Mitentscheidend waren wieder die fast unerschöpflichen Kraftreserven der amerikanischen Rüstungsindustrie, die auch Kriegsgerät an Großbritannien und Russland lieferten. Diese drei Mächte schworen sich – trotz aller Unterschiede, die zwischen ihnen herrschten –, so lange *zusammen* zu kämpfen, bis Deutschland endgültig und vollständig besiegt war. Und das zeichnete sich spätestens seit dem Sommer 1944 deutlich ab. Im Juni dieses Jahres gelang es Engländern und Amerikanern, an der nördlichen Küste Frankreichs – in der Normandie – zu landen. Seither stießen sie von Westen immer weiter auf das Reich Hitlers vor. Gleichzeitig rückte die russische Rote Armee, Stalins Streitmacht, von Osten auf Polen und Deutschland vor. Außerdem griffen englische und amerikanische Bomber Deutschland massiv auch aus der Luft an. Besonders betroffen waren die Großstädte im Westen wie Köln, Essen und Dortmund, aber auch Hamburg, Berlin und Dresden, das im Februar 1945 in Schutt und Asche gelegt wurde. Nun also musste auch die deutsche Zivilbevölkerung am eigenen Leib das Leidvolle des Bombenkriegs erfahren.

Direkt nach Ende des Kriegs am 8. Mai 1945 bot die Umgebung des Brandenburger Tors ein Bild der Verwüstung. Wie die Hauptstadt Berlin, lag ganz Deutschland zerstört am Boden – das Ergebnis von zwölf Jahren Hitler-Herrschaft und Krieg.

Etwa zu diesem Zeitpunkt standen die Alliierten – Deutschlands Kriegsgegner – schon auf deutschem Boden. Engländer und Amerikaner überschritten im März den Rhein, und die Rote Armee rückte unaufhaltsam auf Berlin vor. Die Russen hatten die geschwächten deutschen Truppen im Osten wochenlang vor sich her getrieben und waren Ende Januar an der Grenze zum Reichsgebiet angekommen. Bei ihrem Vordringen kam es vielfach zu Gewalttaten gegen Unschuldige; manche russische Soldaten nahmen so Rache. Die Deutschen, SS und Wehrmacht, hatten es ihnen mit ihrer unmäßigen Brutalität in Russland ja vorgemacht, und so ließen die »Sieger« ihrem aufgestauten Hass so manches Mal freien Lauf. Am 16. April stand die Rote Armee schließlich vor Berlin, wo Hitler in seinem Führerbunker unter der Reichskanzlei am Nachmittag des 30. April Selbstmord beging. Noch kurz vor seinem Ende diktierte er sein politisches Testament, in dem er den *Juden* in anderen Ländern die Schuld am Weltkrieg gab. Dazugelernt hatte er also nichts! Das deutsche Volk wiederum habe sich »als das schwächere« erwiesen und seinen Untergang daher verdient. Hitler dachte wohl, wenn es nicht mehr für ihn kämpfen wolle, sollte es eben sterben. Etwa eine Woche nach seinem Tod kapitulierte die deutsche Wehrmacht bedingungslos. Es war der 8. Mai 1945, an dem der Krieg in Europa endete und die verbrecherische Gewaltherrschaft Hitlers beseitigt war.

Wie es nach dem Krieg zur Teilung Deutschlands kam

Im Fernen Osten, in Asien, dauerte es allerdings noch einige Zeit, bis auch dort der Krieg vorbei war. Die Japaner, die angetreten waren, um große Teile Asiens zu unterwerfen, hatten sich bis zum Schluss erbittert gewehrt. Anders als Deutschland ist Japan eine Insel, und sie zu erobern forderte von den Amerikanern große Verluste. Dic USA entschieden deshalb, eine neu entwickelte und besonders schreckliche Waffe einzusetzen: die Atombombe, deren verheerende Zerstörungskraft alles bis dahin Bekannte in den Schatten stellte. Die erste dieser waffentechnischen Ungeheuer wurde am 6. August 1945 über der Großstadt Hiroshima abgeworfen. Sie machte die Stadt dem Erdboden gleich und forderte mehr als 200 000 Todesopfer. Viele von ihnen wurden grausam verstümmelt. Nach dem Abwurf einer weiteren Atombombe über der Stadt Nagasaki drei Tage später, gaben sich die Japaner schließlich am 2. September geschlagen und kapitulierten. Für Japan und Deutschland, das sechs Jahre zuvor den Zweiten Weltkrieg begonnen hatte, endete der Kampf also gleichermaßen in einer vollständigen Niederlage.

Opferbilanz des Kriegs

Die Waffen schwiegen nun überall und die Menschen atmeten auf. Die langen Jahre des Kriegs, der so viel Zerstörung und Leid verursacht hatte, waren endlich vorbei. Bis heute weiß man nicht genau, wie viele Menschenleben der Zweite Weltkrieg gekostet hat. Es waren aber mindestens 55 Millionen – weit mehr als zum Beispiel Polen und Tschechien heute zusammengenommen an Einwohnern haben. Die meisten Kriegsopfer hatte die Sowjetunion zu beklagen. Ihre Zahl wird auf etwa 27 Millionen geschätzt; ungefähr die Hälfte davon waren Zivilisten, also eigentlich unbeteiligte Männer, Frauen und Kinder. Unvorstellbar riesige Opferzahlen sind auch 5,7 Millionen getötete Polen sowie rund 6 Millionen ermordete europäische Juden, die in Auschwitz-Birkenau und anderswo erschossen, vergast oder auf andere Weise grausam umgebracht worden waren, ehe die Alliierten die Lager erreichten.

Unter den jüdischen Opfern waren auch die zwölf Juden aus meinem Geburtsort im Westmünsterland. Einige von ihnen gelten als »verschollen«. Dieser Begriff wird benutzt, wenn man nicht genau weiß, wann, wo und wie jemand ermordet wurde oder gestorben ist. Von manchen dieser zwölf gibt es noch alte Klassenfotos oder Familienfotos »aus besseren Zeiten«, aber auch letzte Aufnahmen, die kurz vor dem Abtransport in den Osten entstanden. Darunter ist auch eine Schwarz-Weiß-Fotografie einer jungen Frau, die zu dieser Zeit 26 Jahre alt war und Ruth Eichenwald hieß.

Das Foto ist an einem trüben Herbsttag im Jahr 1941 aufgenommen worden. Es zeigt sie mit ihren beiden kleinen Kindern Eva und Rolf, die wenige Wochen später in einem Lager im lettischen Riga vor ihren Augen brutal erschlagen wurden. Sie hatte ihre Kinder offenbar bei einer »Selektion« nicht hergeben wollen und war nur wenig später ebenfalls ermordet worden.

»Stunde der Alliierten«

Du kannst dir sicher vorstellen, wie die Staatsmänner der anderen Länder, wie die Menschen auf der ganzen Welt damals, im Sommer 1945, nach all dem über Deutschland und die Deutschen dachten. Die Deutschen hatten die Welt in einen katastrophalen Krieg gestürzt und mit dem Judenmord – dem »Holocaust« – ein unvorstellbares Verbrechen begangen, das in seiner Verabscheuungswürdigkeit einzigartig war und ist. Das Volk, das Hitler in großen Teilen bis in den Untergang gefolgt war, wurde weithin verachtet. Es konnte nun, da es besiegt war, nicht mit allzu viel Rücksichtnahme rechnen. Von Friedensverhandlungen war diesmal keine Rede. Die Deutschen sollten unmissverständlich spüren, dass sie gründlich besiegt wurden. Schon während des Kriegs hatten sich die verbündeten Großmächte USA, Großbritannien und die Sowjetunion darauf geeinigt, Hitler-Deutschland nach dem Sieg zu bestrafen und zu verhindern, dass es noch einmal eine Gefahr für seine

Nachbarn und den Weltfrieden werden könnte. Man wollte es mit Soldaten besetzt halten – also in Besatzungszonen aufteilen –, und zusammen mit den Franzosen als vierter Besatzungsmacht *gemeinsam* regieren. Deutschland sollte vorerst keine eigene Regierung mehr haben; es verlor damit auf unbestimmte Zeit das Recht, über sich selbst zu verfügen. Einen *deutschen* Staat gab es im Grunde nicht mehr. Die Regierungsgewalt über das besiegte Land als Ganzes lag seit dem 30. Juli 1945 beim sogenannten »Alliierten Kontrollrat«, der im stark zerstörten Berlin seinen Sitz hatte, das die vier Siegermächte ebenfalls untereinander aufteilten.

Nun war also »Nazi-Deutschland« besiegt und besetzt, seine Städte lagen zumeist in Trümmern und die Deutschen hungerten. Über die, die sich noch vor Kurzem als die »Herren der Welt« fühlten, bestimmten jetzt die Alliierten. Die Leitlinien dafür hatten diese, wie erwähnt, schon während des Kriegs auf verschiedenen Treffen festgelegt. Die weiteren Einzelheiten berieten die sogenannten »Großen Drei«, der US-Präsident Harry S. Truman, Churchill und Stalin, auf einer Zusammenkunft vom 17. Juli bis zum 2. August 1945 vor den Toren Berlins, in Potsdam. Worum es dabei ging, wird schnell klar, wenn du dir vorstellst, zu den Kriegssiegern damals zu gehören. Was wäre dir im Interesse deines Landes – und vielleicht der Menschheit – nach diesem verheerenden Krieg und all den grausigen Verbrechen der Deutschen wichtig gewesen?

Die »Großen Drei« im Juli 1945 in Potsdam. Noch demonstrierten die so unterschiedlichen Kriegssieger nach außen hin Einigkeit, doch schon bald traten die Gegensätze zwischen ihnen immer stärker hervor.

Potsdamer Abkommen

Die Alliierten beschlossen zunächst, dass Deutschland vollständig entwaffnet würde und seine Armee aufzulösen war. Alle Rüstungsunternehmen, wie besonders die Krupp-Werke in Essen, sollten zerschlagen werden. Ohne Waffen, ohne Militär und ohne eine Kriegsindustrie würde von Deutschland keine Gefahr mehr ausgehen können. Das war logisch. Genauso wichtig war, den Nationalsozialismus als Idee sowie die Nationalsozialisten und ihren Einfluss ein für alle Mal auszuschalten. Ob im Pressewesen, in der Justiz, der Wirtschaft oder der Verwaltung – in allen Teilen der Gesellschaft sollten die Nationalsozialisten aus führenden Stellungen entfernt werden. Kein früherer »Nazi« sollte zum Beispiel weiterhin Schulleiter, Professor, Bürgermeister, Industrieboss oder Richter sein können. Wer von ihnen Verbrechen begangen hatte, sollte bestraft werden. Außerdem wurden die NSDAP, die Partei Hitlers, und sämtliche ihr angeschlossenen Organisationen verboten. Gleiches galt für die Zeichen und Symbole der Nationalsozialisten wie etwa das Hakenkreuz.

Diese »Säuberung« der deutschen Gesellschaft und des öffentlichen Lebens war aber nicht alles. Die Alliierten einigten sich ferner darauf, dass die Deutschen zu Demokraten erzogen werden sollten. Sie sollten »umerzogen« werden, sollten wieder lernen, *demokratisch* zu denken und zu handeln – so, wie sie es aus den Jahren der Weimarer Republik, den Jahren vor der Hitler-Zeit, dem Grundsatz nach kannten. Sie sollten wieder üben, unterschiedliche Interessen anzuerkennen und im Ausgleich zusammenzuführen, also Kompromisse zu finden, und über die politischen Belange ihres Landes in freien Wahlen mitzubestimmen. Dazu brauchte man auch wieder demokratische Parteien und Gewerkschaften, die unter Aufsicht der Alliierten nach und nach wieder entstehen sollten. Eine funktionierende Demokratie, meinten die Westmächte, wäre die beste Gewähr gegen den Irrweg von Diktatur und Krieg!

Reparationen und Gebietsverluste

In Potsdam ging es aber auch um so wichtige Fragen wie die künftigen Grenzen Deutschlands und um Wiedergutmachungsleistungen, um Reparationen also. Große Teile Europas waren wegen des deutschen Kriegszuges zerstört – Städte, Dörfer, Brücken, Häfen oder Industrie- und Versorgungsanlagen, wobei die Verheerungen in der Sowjetunion besonders groß waren. Die Alliierten waren sich einig, dass Deutschland für diese riesigen Schäden aufkommen sollte. Über das Wie und den genauen Umfang gingen die Vorstellungen aber stark auseinander. Die Russen verlangten weitaus höhere Reparationsleistungen als etwa Engländer und Amerikaner. Man konnte sich nicht einigen, und so beschloss man, dass jeder der Siegerstaaten aus *seinem* Einflussbereich – aus seiner Besatzungszone – so viel an Reparationen entnehmen durfte, wie er für sich beanspruchte.

Es ging dabei vor allem um Werkzeuge, Maschinen sowie auch um Fabriken und große Industrieanlagen. Die Folge war, dass die deutsche Wirtschaft in den westlichen Zonen weniger hergeben musste als in den russisch besetzten östlichen Gegenden – zwischen Rostock im Norden und Dresden im Süden –, die geradezu ausgeplündert wurden.

Bei Beginn der Konferenz von Potsdam hatten die Alliierten auch beschlossen, Deutschland als politische und wirtschaftliche *Einheit* anzusehen und es somit auch einheitlich

1945: das besetzte Deutschland und seine neuen Grenzen

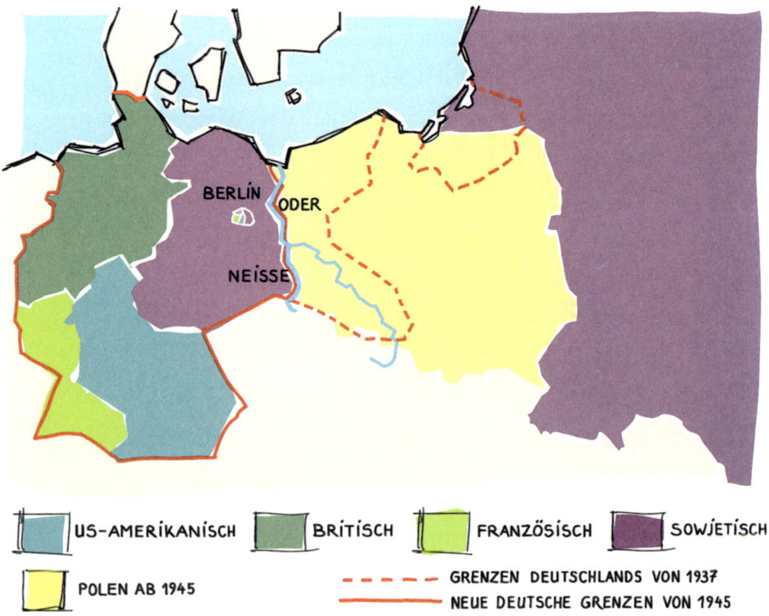

zu behandeln. In Wirklichkeit begann sich Deutschland nun bereits wirtschaftlich zu teilen: in eine *westliche* und in eine *östliche* Reparations- und Besatzungszone. Zumindest aus nachträglicher Sicht war das schon ein erster Schritt zur späteren Teilung Deutschlands.

Deutschland bekam in Potsdam außerdem neue Grenzen – und wurde dadurch erheblich kleiner. Eine der wichtigsten Änderungen war die Grenze zum östlichen Nachbarn Polen. Im Jahr 1939 waren ja die beiden Diktatoren Hitler und Stalin übereingekommen, Polen zu überfallen und es danach untereinander aufzuteilen. Jetzt, da Stalins Rote Armee durch ganz Polen bis nach Berlin vorgedrungen war, wollte die Sowjetunion den östlichen Landesteil Polens aber nicht mehr hergeben. Wer sollte sie jetzt auch dazu zwingen? Schon während des Kriegs hatten die Alliierten beschlossen, dass Polen für diese Gebietsverluste in seinem Osten nun *im Westen* entschädigt werden sollte. Die östliche Hälfte hatte sich also die Sowjetunion einverleibt, die Hälfte, die nun fehlte, wurde Deutschland weggenommen. Das Staatsgebiet Polens entstand also wieder, rückte aber um einiges näher an Berlin und Dresden heran, bis an die Flüsse Oder und Neiße. Diese »Regelung« sollte zwar nur *vorläufig* gelten, bis zu einem endgültigen Friedensvertrag. So hatten es die Alliierten in Potsdam vereinbart. Aber im Grunde war wohl allen Beteiligten damals schon klar, dass diese Grenzziehung so bleiben würde. Die Gegenden östlich von Oder und Neiße – also große Teile Pommerns, Posen und Oberschlesien mit Städten wie Stettin oder Breslau – waren und sind damit dauerhaft Teil

Polens. Gleiches galt für den Süden Ostpreußens, wo Städte wie Allenstein liegen; der Norden Ostpreußens mit Königsberg (heute: Kaliningrad) ging dagegen an die Sowjetunion.

Flucht und Vertreibung

All die Landstriche oder Gegenden, die Hitler-Deutschland seit 1938 durch Zwang oder Drohung in Besitz genommen hatte, fielen selbstverständlich an die früheren Besitzer zurück. Etwa das Sudetenland, das die damals noch bestehende Tschechoslowakei zurückerhielt. Dabei gab es aber ein Problem: In Polen mit seinen *neuen* Grenzen oder in der Tschechoslowakei lebten noch immer Hunderttausende, ja Millionen Deutsche. Nicht alle waren im Frühjahr 1945 vor der anrückenden Roten Armee in langen, mühseligen Trecks nach Westen geflüchtet. Manche hatten den richtigen Zeitpunkt zur Flucht verpasst, andere waren bewusst dort geblieben, wo sie ihre vertraute Heimat sahen. Was sollte mit all diesen Menschen – Deutschen – nun geschehen? Dazu vereinbarten die Alliierten in Potsdam ein riesiges »Aussiedlungsprogramm«. Die deutsche Bevölkerung in den fraglichen Gebieten sollte nämlich, wie es hieß, »in ordnungsgemäßer und humaner Weise« nach Westen, ins deutsche Kernland, überführt werden. Das war die ursprüngliche Überlegung, die in den behaglichen Potsdamer Konferenzräumen angestellt wurde. In der rauen Wirklichkeit wurde daraus aber eine *gewaltsame Vertreibung.* Zwölf

Millionen Menschen verloren ihre Heimat und ihren Besitz und stießen, wenn sie die Rache der einheimischen Bevölkerung überstanden hatten, in ihrer neuen Umgebung im Westen oft auf Ablehnung oder Gleichgültigkeit.

Einige dieser Vertriebenen kamen auch in meinen Geburtsort im westlichen Münsterland. Für sie wurde in den frühen 1950er-Jahren eine Siedlung mit kleinen Reihenhäusern errichtet, die von der Stadt abgetrennt war. Die Straßen dort hießen zum Beispiel »Breslauer Straße«, »Neu-Stettiner Weg« oder »Pommernweg«, und ich kann mich erinnern, dass diese Menschen irgendwie nicht dazuzugehören schienen. Sie blieben für viele im Ort, auch wenn sie dieselbe Sprache und Religion wie die Einheimischen hatten, lange Jahre nur geduldete Fremde. Warum das so war? Ich weiß es nicht genau. Aber es scheint eben so zu sein, dass Hinzukommende – Fremde – zuerst oft als Konkurrenten um Güter wie Nahrung, Wohnraum und Arbeit angesehen werden. So erleben wir es auch heutzutage manchmal ähnlich.

Die Nürnberger Prozesse 1945/46

Bereits im Sommer 1945 gab es große Meinungsunterschiede zwischen den verbündeten Siegermächten, etwa als es in Potsdam um die Reparationsfrage ging, um die Wiedergutmachung, die Deutschland zu leisten hatte. Trotzdem bemühten sie sich darum, *einig* aufzutreten. Der gemeinsame Kampf gegen Hitler hatte sie zusammengeführt, und weil der mühselige und verlustreiche Krieg noch in frischer Erinnerung war, behielt dieser Einigungswille *vorerst* noch die Oberhand. Das zeigten auch die berühmten »Nürnberger Prozesse« von November 1945 bis Oktober 1946.

In Nürnberg – der Stadt, in der Hitler mit Pomp und Protz seine Parteitage, also seine Partei und sich selbst gefeierte hatte –, kam es zum Strafgericht der Siegermächte gegen die noch lebenden ranghohen »Nazi«-Führer wie zum Beispiel Hermann Göring, den wohl bekanntesten unter ihnen. Heinrich Himmler, der ebenso bekannt oder besser: berüchtigt war, hatte kurz nach Kriegsende Selbstmord begangen. Es gab 22 Angeklagte, darunter hohe Militärs wie die letzten Chefs der deutschen Wehrmacht, die Wilhelm Keitel und Alfred Jodl hießen. Die Anklage lautete auf »Verschwörung gegen den Frieden«, »Führen eines Angriffskrieges« sowie Kriegsverbrechen und »Verbrechen gegen die Menschlichkeit«. Damit war vor allem der grauenvolle Massenmord an den Juden gemeint.

Alles das war zweifellos passiert, aber in einem Prozess müssen solche Verbrechen festgestellt und die Schuld muss dem einzelnen Angeklagten *persönlich* nachgewiesen werden. Das geschah in den allermeisten Fällen auch. Die Last der Beweise von vielen tausend Dokumenten und zahlreichen Zeugenaussagen war erdrückend. So verurteilten die Richter aus den vier Siegerstaaten zwölf der sogenannten »Hauptkriegsverbrecher« zum Tode, sieben zu langen Haftstrafen von zehn Jahren und mehr. Es war ja wichtig, dass die Verantwortlichen von solchen Gräueltaten nicht ungestraft davonkamen. Das Interesse an diesem Prozess war auf der ganzen Welt natürlich groß. Die Presse und das Radio berichteten manchmal mehrmals täglich aus Nürnberg. Dadurch wurden immer weitere Einzelheiten über die nationalsozialistischen Verbrechen bekannt, und auch das war notwendig, damit die Menschen überall vom ungeheuren Ausmaß dieser Schandtaten erfuhren. So war die außergewöhnliche Verhandlung am Ende beides: ein gerechtes Strafgericht gegen die Hauptbeschuldigten *und* eine geschichtliche Lehrstunde, die das verbrecherische Wesen der Hitler-Herrschaft offenlegte.

Nach dem Ende dieses ersten großen Prozesses folgten weitere Strafverfahren, bei denen sich Personen auch »aus der zweiten Reihe« verantworten mussten. Sie hatten die Gräueltaten vielleicht nicht angeordnet, aber ausgeführt oder an wichtiger Stelle geholfen, sie zu vollbringen. Manche von ihnen versuchten, sich zum Beispiel damit herauszuwinden, dass sie doch nur Befehle ausgeführt hätten. Im Grunde seien sie daher unschuldig. Aber diese bequeme Ausrede ließen die Richter nicht gelten. Sie stellten vielmehr fest, dass sich niemand hinter seinem Amt oder der ihm zugewiesenen Aufgabe verstecken könne. Jeder Einzelne sei für sein Tun *persönlich* verantwortlich! Dieser Grundsatz wurde damals in Nürnberg besonders herausgestellt, und er gilt auch heute noch, wo vor *deutschen* Gerichten letzte Prozesse gegen zumeist unterrangige Täter laufen, die »am Ende der Befehlskette« standen; damit meine ich zum Beispiel KZ-Aufseher. Auch mehr als 70 Jahre nach den schrecklichen Ereignissen werden die Täter wegen dieses Grundsatzes der persönlichen Verantwortung angeklagt. Die Untaten von damals verjähren nicht, und es gibt keinen Umstand, der den Verantwortlichen etwa Schuldlosigkeit vor dem Gesetz – »Immunität« – verschaffen könnte.

Bruch der Anti-Hitler-Verbindung 1946/47

Der Hauptkriegsverbrecherprozess von Nürnberg war das letzte gemeinsame Vorhaben der verbündeten Siegermächte aus Ost und West. Mit jedem Monat, der seit dem Kriegsende verging, wurde der Bruch zwischen den westlichen Demokratien einerseits und der kommunistischen Sowjetunion Stalins andererseits deutlicher. Man begann, sich verstärkt über dies und jenes – zunächst meist über wirtschaftliche Dinge – zu streiten und misstraute einander immer mehr. Im »Alliierten Kontrollrat« kam keine Einigkeit mehr zustande, und jeder lenkte seine Besatzungszone inzwischen nach den eigenen Vorstellungen. Der Zerfall der früheren Kampfgemeinschaft gegen Hitler begann im Grunde schon in Potsdam, also direkt nach Kriegsende. Wie das kam? Der Ausgang des Zweiten Weltkriegs hatte die Machtverhältnisse in Europa und auf der ganzen Welt grundlegend verändert. Das Deutsche Reich hatte Weltmacht werden wollen und war zerschlagen worden. Die alten europäischen Großmächte England und Frankreich waren abgekämpft und erschöpft; sie hatten kaum mehr die

Kraft, ihre Kolonialreiche zusammenzuhalten. Es blieben also nur zwei Haupt-Siegerstaaten übrig, die militärisch und wirtschaftlich stark genug waren, um die Weltpolitik in Zukunft zu bestimmen. Das waren die demokratische Industriemacht USA sowie die Sowjetunion des kommunistischen Diktators Stalin.

So war eigentlich vorauszusehen, dass die beiden verbliebenen Weltmächte über kurz oder lang zu scharfen Gegnern werden würden. Sie waren einfach zu verschieden, ja geradezu gegensätzlich, und jede Macht hatte ihre eigenen Interessen, bei denen es um Einflusszonen und die Vormacht in der Welt ging. Doch welche unterschiedlichen Sichtweisen lagen diesem entstehenden »Ost-West-Konflikt« zugrunde? Ich fange mit Stalin an. Er sah die Lage damals, 1945/46, ungefähr so: Die Sowjetunion hatte sich über lange Zeit praktisch allein gegen die tödliche Bedrohung durch Hitlers Wehrmacht verteidigen müssen. Das Land war bis an den Rand einer Niederlage geraten und hatte viele Millionen Menschen in diesem erbitterten Kampf verloren. Zwar waren Hitler und die Deutschen jetzt besiegt, aber den westlichen Demokratien unter Führung der USA traute der sowjetische Diktator nicht. In seinen Augen waren sie nämlich ein nicht weniger gefährlicher Gegner! Wenn sie von weltweiter »Partnerschaft« und von Freiheit und Demokratie redeten, klang das für ihn höchst bedrohlich. Dahinter vermutete er vor allem eines: einen raffinierten Plan, um das siegreich aus dem Weltkrieg hervorgegangene Mutterland des Kommunismus zum demokratischen

Wandel im Inneren zu bringen. Die Grundsätze der Demokratie lauten ja *mehrere* Parteien im Wettbewerb, eine *freie* Presse, *freie* Wahlen sowie *Freiheit* des Einzelnen. Jeder Diktator der Welt erschaudert, wenn er das hört. Ähnlich wird es Stalin gegangen sein. Eine Demokratie wäre das Ende der Alleinherrschaft der kommunistischen Partei in Russland. Und würde die Diktatur der Kommunisten fallen, wären damit auch die »Errungenschaften« der Russischen Revolution von 1917 verloren, womit vor allem die Abschaffung der privatkapitalistischen Wirtschaftsweise gemeint war.

Aus Stalins Blickwinkel betrachtet ist klar, welche Schlussfolgerungen zu ziehen waren: Die Sowjetunion brauchte in erster Linie *Sicherheit* vor den kapitalistischen Demokratien des Westens, zu denen irgendwann einmal womöglich auch Deutschland gehören könnte. Also sei es zum einen nötig, die Sowjetunion in Mittel- und Osteuropa mit Staaten zu umgeben, die von der Sowjetunion abhängig waren und wie ein Schutzschild um sie herum lagen. Zum anderen müsse zugleich dafür gesorgt werden, dass diese Staaten – Polen, die Tschechoslowakei, Ungarn, Rumänien und auch Ostdeutschland – von den »gefährlichen« Einflüssen des Westens abgeschirmt würden. Denn es war ja klar: Nur wenn diese Staaten oder Gebiete eng an die Sowjetunion gebunden wären, könnte die Idee mit dem Schutzschild aufgehen.

Stalins Leute zwangen also – mit der russischen Besatzungsarmee im Rücken – den mittel- und osteuropäischen Ländern nach dem Kriegsende die diktatorische

Herrschaftsweise der Sowjetunion auf. Es war überall wie in Ostdeutschland, wo die Kommunisten folgendermaßen vorgingen: Zunächst drängten sie die andere große Arbeiterpartei – die SPD – dazu, sich mit ihrer Partei, der KPD, zu vereinigen. Auf diese Weise kam im April 1946 die »Sozialistische Einheitspartei Deutschlands«, die SED, zustande. Auch die bürgerlichen Parteien wurden in eine »Einheitsfront« unter Führung dieser SED gezwungen. Es sollte ja nicht *mehrere* Parteien *in Konkurrenz* zueinander geben können. Gleichzeitig besetzten die Kommunisten wichtige Stellen in Polizei, Gerichtswesen, Verwaltung sowie in Hochschulen und Schulen mit Leuten, auf die sie sich verlassen konnten. Außerdem brachten sie die Zeitungen und den Rundfunk unter ihre Kontrolle. Sie wollten dadurch sicherstellen, dass sie die Bevölkerung in ihrem Sinne beeinflussen konnten. Zum grundlegenden Umbau von Staat und Gesellschaft gehörte auch die Enteignung von Industrieunternehmen und großen landwirtschaftlichen Betrieben. Das waren Schritte, um die Voraussetzungen für eine kommunistische Wirtschaftsordnung zu schaffen, wie sie Stalins Vorgänger Lenin bereits 1917/18 in der Sowjetunion durchgesetzt hatte. Wer sich dieser gesellschaftlichen Revolution verweigerte oder entgegenstellte, wurde verfolgt. Das galt etwa für viele Sozialdemokraten und bürgerliche Demokraten, die kurzerhand in »Speziallager« gesteckt und dort über Jahre gefangen gehalten wurden.

Die westlichen Alliierten bekamen natürlich mit, was da in den östlichen Ländern und besonders in der sowjetisch besetzten Zone in Ostdeutschland vor sich ging. Das war nicht zu verheimlichen, auch wenn Stalins Gefolgsleute sich alle Mühe gaben, allem einen »demokratischen« Anstrich zu geben. Besonders die Briten, und bald auch die Amerikaner, erfüllte die Entwicklung mit wachsender Sorge. Es wurde ihnen immer deutlicher, dass die Sowjetunion zu einer partnerschaftlichen Zusammenarbeit und der Anerkennung demokratischer Grundsätze nicht bereit war. Die USA hatten gemeint, bei *ihrer* Idee von einer friedlichen Nachkriegswelt seien Verzicht auf Gewalt, freie Völker, demokratische Verhältnisse und weltweiter freier Handel die Voraussetzung. All das und ihre »guten Absichten« müsse Stalin doch anerkennen. Doch sie mussten erkennen, dass sie sich in ihm gründlich getäuscht hatten. Die Sowjetunion zeigte sich ihnen als freiheitsfeindliches Land, das nur daran dachte, seine Macht mit allen Mitteln weltweit auszubreiten. Und dabei hatte Stalin es offenbar besonders auf Mittel- und Westeuropa abgesehen. Den Russen, dachten die Amerikaner, gehe es also offenbar nicht um ihre Sicherheit – sondern nur um Vorherrschaft. Ein kommunistisch beherrschtes Europa wollten sich die Amerikaner aber in ihren schlimmsten Träumen nicht vorstellen müssen!

Du siehst: Beide Seiten – Russen wie Amerikaner – hatten bis zur Jahreswende 1946/47 ein immer schlechteres Bild voneinander. Beide Seiten unterstellten sich, den jeweils anderen in die Knie zwingen zu wollen, um der Welt dann seine eigene »ideale« Gesellschafts- und Wirtschaftsform aufzudrücken. Aus Kampfgefährten waren somit ärgste Feinde geworden, und aus dieser Feindschaft entwickelte sich eine Auseinandersetzung, die immer schärfer wurde und die Welt mehr als vier Jahrzehnte in Bann hielt.

Eindämmungspolitik

Die Amerikaner hatten eine Weile gebraucht, bis sie Stalins Absichten erkannt hatten, doch dann handelten sie schnell und entschlossen. Sie stellten ihr Handeln anderen Staaten gegenüber – ihre Außenpolitik – ganz darauf ein, den Kommunismus weltweit einzudämmen. Alle »freien Völker«, versprach ihr Präsident Truman im März 1947, könnten sich auf die Unterstützung der USA gegen die sowjetische Bedrohung verlassen. Er meinte damit vor allem Mitteleuropa – und hier in erster Linie Deutschland. In den Augen der Amerikaner musste alles getan werden, um nach dem Osten Deutschlands nicht noch den Westen an die Russen zu verlieren. Deutschland, so meinten sie, war entscheidend für das Vorhaben, das weitere Vordringen des sowjetischen Kommunismus auf dem europäischen Kontinent zu verhindern.

Die Politiker der USA glaubten zwar nicht daran, dass Stalin seine Armeen nach Westen schicken würde. Dafür hatte die Sowjetunion im zurückliegenden Weltkrieg zu viel Kraft verloren. Viel gefährlicher schien ihnen die *Idee* des Kommunismus, denn diese breitete sich überall dort aus, wo die Menschen Not litten und die Wirtschaft am Boden lag – wie in weiten Teilen des kriegszerstörten Europas und vor allem in Deutschland, wo die Menschen im bitterkalten Winter 1946/47 in zerbombten Städten hungernd und frierend zu überleben versuchten. Das Problem war zuallererst die wirtschaftliche Lage. Also musste auch zuerst die Wirtschaft angekurbelt werden, und das gleich im großen Stil, meinten die Amerikaner, was typisch für sie ist.

So kam es zu dem großzügigen Hilfsangebot vom Juni 1947, das als »Marshall-Plan« in die Geschichte eingegangen ist. Namensgeber war der damalige US-Außenminister George C. Marshall. Sein Angebot richtete sich ausdrücklich an *alle* europäischen Staaten, und damit auch an das besiegte Deutschland. Es bestand aus zwei Teilen: Zunächst sollte die alltägliche Not der Menschen so schnell wie möglich gelindert werden. Dazu würden die USA Lebensmittel, Treibstoff, Maschinen, Rohstoffe und Medikamente liefern. Diese Lieferungen waren kostenlose Geschenke. Hinzu kamen finanzielle Unterstützungen, also Hilfsgelder, die zu einem kleinen Teil später zurückgezahlt werden sollten und mit denen dringend benötigte Waren aus dem Ausland gekauft sowie die Industrien wiederaufgebaut werden sollten. Für die Amerikaner war dabei die deutsche Wirtschaft besonders wichtig. Sie sollte, wenn sie wieder in Gang gebracht war, der gesamten europäischen Wirtschaft unterstützenden Schwung geben.

Das amerikanische Hilfsangebot war nicht uneigennützig; ich habe ja erwähnt, dass die Amerikaner auch politische Absichten damit verbanden. Sie wollten zumindest die Deutschen im Westen und auch andere Europäer davon abhalten, im Kommunismus und in der engen Verbindung mit Sowjetrussland ihre Zukunft zu sehen. Der »Ost-West-Konflikt« hatte begonnen und die angebotene Hilfe war im Interesse der USA. Aber der Vorschlag des Ministers Marshall war eben *auch* eine wirklich großherzige Hilfe! Nach England, Frankreich und Italien bekam das westliche Deutschland den viertgrößten Anteil an den amerikanischen Hilfsgeldern für Europa. Das war, wie ich meine,

Ein Werbeplakat für den milliardenschweren Marshall-Plan der USA, der helfen sollte, Deutschland und das kriegszerstörte Europa wiederaufzubauen

trotz allem nicht selbstverständlich: Der Zweite Weltkrieg und die deutschen Verbrechen waren ja noch überall in frischer Erinnerung. Manche in Europa und auf der Welt fanden bestimmt, dass dieses Deutschland so viel Unterstützung nicht oder noch nicht verdient hatte. Statt Bestrafung und Verachtung erlebten die Deutschen jetzt, dass ihnen die westliche Führungsmacht USA wirtschaftlich wieder aufhelfen wollte. In der damaligen Lage war das für unsere Eltern und Großeltern ein großes Hoffnungszeichen. Sie hofften, dass die Not überwunden würde und sie – die Besiegten – »eine neue Chance« erhielten. Diese Wirkung auf das angeschlagene Gemüt der Deutschen war wohl genauso wichtig wie die wirtschaftliche Anschubkraft, die schon bald von dem Marshall-Plan ausging.

Westzonenvereinigung und Währungsreform von 1948

Dieses Hilfsprogramm der USA war »groß« gedacht und begann im Frühjahr 1948. Aber damit es in Deutschland auch gut wirken konnte, waren zuvor noch zwei wichtige Schritte zu tun:

Zum einen musste die Zersplitterung durch die westlichen Besatzungszonen überwunden wurde. Für den wirtschaftlichen Erfolg brauchte man nämlich einen *einheitlichen* Wirtschaftsraum. Ein einheitlicher Raum macht den Austausch von Rohstoffen wie Kohle und Erzeugnissen wie

Nahrungsmittel viel leichter. Das war ein wichtiger Grund, weshalb die Amerikaner ihre britischen Partner früh davon überzeugten, ihre beiden Besatzungszonen – die britische Zone im Nordwesten sowie die US-Zone in der Mitte und im Süden – zusammenzulegen. Das war zum 1. Januar 1947 geschehen. Dieses gemeinsame Wirtschaftsgebiet mit einer Bevölkerung von 39 Millionen Menschen nannte sich »Bizone«, was man mit »Zweier-Zone« übersetzen könnte. Mitte 1949 kam die französische Zone hinzu. Damit war dann die sogenannte »Trizone« ins Leben gerufen. Diese »Dreier-Zone« schloss die *westlichen* Besatzungsteile Berlins mit ein. Die Trizone umfasste damit ein Gebiet, das der bald entstehenden Bundesrepublik Deutschland – des jungen Weststaates also – weitgehend entsprach.

Die Zusammenlegung der westlichen Besatzungszonen war das eine. Zum anderen konnte das Programm nur wirken, wenn es auch eine werthaltige Währung gab. Jeder weiß: Geld tauscht man gegen Waren. Wenn aber das Geld keinen oder nur einen geringen Wert hat, kommt dieses Tauschgeschäft nicht zustande. Dann werden die Waren zurückgehalten oder erst gar nicht hergestellt. So hemmt eine schlechte Währung eine ganze Wirtschaft; nur der »Schwarzmarkt« blüht dann noch, wo man beispielsweise Zigaretten gegen Uhren oder Schinken tauschte.

Das Geld war damals noch die alte »Reichsmark« aus der Hitler-Zeit. Die Nationalsozialisten hatten durch ihre Schuldenpolitik die Währung zerstört. Um den Krieg zu bezahlen, hatten sie eine riesige Geldmenge in Umlauf gebracht, der aber nur sehr wenig verfügbare Waren gegenüberstanden. Daran änderte sich nach Kriegsende zunächst nichts. So verlor die Reichsmark immer mehr an Wert. Es war also an der Zeit, die Reichsmark durch neues Geld zu ersetzen: Die »D-Mark« wurde eingeführt. Was da am 20. Juni 1948, einem Sonntag, in den drei westlichen Zonen geschah, war die Erneuerung der Währung – eine »Währungsreform«, ähnlich wie 1923. Dazu gehörte, dass zunächst Schulden und Sparguthaben auf einen Bruchteil ihres Werts zusammengestrichen wurden; die Guthaben auf den Konten schwanden mit einem Schlag um 90 Prozent, was für viele Sparer ein echter Schock war! Dann wurde die neue »Deutsche Mark« in strikt begrenzter Menge an die Bevölkerung ausgeteilt. Das musste so sein, um die Menge an umlaufendem Geld im Einklang mit der noch geringen Warenmenge zu halten. Jeder erhielt also nur eine Summe von 40 Mark; später kamen noch einmal 20 Mark hinzu.

An dieser ganzen Unternehmung waren auch deutsche Politiker und Fachleute beteiligt. Der wichtigste unter ihnen war ein Wirtschaftsprofessor aus Fürth, der Ludwig Erhard hieß. Die Amerikaner und Briten hatten diesen Professor aus Bayern damit beauftragt, die Währungsreform in den westlichen Besatzungszonen vorzubereiten. Erhard meinte, dass neues Geld einzuführen allein nicht ausreichte, um die Wirtschaft wieder in Gang zu setzen. Er glaubte, dass der Staat und seine Behörden nicht in die Wirtschaft eingreifen sollten. Das galt, wie er meinte, besonders für die Preisvorschriften, die noch aus den letzten Hitler-Jahren stammten, in denen der Staat viele Preise festsetzte. Und so hob Erhard diese alten Vorschriften mit dem Tag der Währungsreform fast vollständig auf. Jeder Anbieter konnte jetzt den Preis seiner Waren also wieder frei bestimmen. Das musste zum Beispiel die Unternehmer anstacheln, Waren zu produzieren, weil nun wieder ausreichend Gewinn lockte. Zu hohe Preise würde es auf längere Sicht nicht geben, denn es entstand zugleich ein freier Wettbewerb. Und der funktioniert etwa so: Wenn eine Ware knapp ist, kann man einen hohen Preis dafür verlangen und viel Gewinn machen. Angelockt durch den hohen Gewinn, beginnen aber nun andere Hersteller damit, ebenfalls diese Ware zu produzieren. Das Angebot wird dadurch so groß, dass die Leute sich bald aussuchen können, bei wem sie kaufen. Die verschiedenen Anbieter müssen daher den Preis senken; sonst fehlen ihnen die Kunden, die aus dieser Wettbewerbssituation also erheblichen Nutzen ziehen.

Erhard setzte großes Vertrauen in die sogenannten »unsichtbaren Kräfte« des freien Marktes. Damit sind vor allem das Gewinnstreben der Einzelnen und eben der freie Wettbewerb gemeint, die für ihn die inneren Antriebskräfte einer gut laufenden Wirtschaft waren. Man müsse nur auf den Einfallsreichtum der Menschen und *nicht* auf den Staat setzen, der die Leute bevormundet. Und Erhard wurde wirklich über Nacht in seiner Erwartung bestätigt, denn schon am Montag nach der Währungsreform fand sich in den Auslagen der Geschäfte plötzlich wieder eine Fülle von Waren, die lange nur auf dem »Schwarzmarkt« zu haben waren. Es gab alles wieder frei zu kaufen: Schuhe, Strümpfe, Kleider, Schinken, Mehl, Kochgeschirr, und, und, und. Auch in den weiteren Monaten blühte die Wirtschaft in Westdeutschland zum Teil stark auf. So war es kein Zufall, dass dieser etwas füllige Ludwig Erhard mit der Zigarre im Mund nur etwa ein Jahr später der Wirtschaftsminister der ersten westdeutschen Nachkriegsregierung wurde. Viele Deutsche sehen in ihm noch heute den Vater des wirtschaftlichen Wiederaufstiegs Deutschlands besonders ab den 1950er-Jahren.

Stand der »Deutschen Frage« 1948

Du hast es sicher schon beim Lesen bemerkt: In den Jahren 1947 und 1948 entwickelten sich die Dinge klar in Richtung *zweier* deutscher *Wirtschaftsgebiete* und – in der Folge – auch *zweier* deutscher *Staaten*. Die bestimmenden westlichen Verbündeten, Großbritannien und die USA, hatten ihre Zonen zusammengelegt. Sie hatten ein großes, vereinigtes Wirtschaftsgebiet geschaffen und für dieses einheitliche Wirtschaftsgebiet eigenes Geld herausgebracht. Außerdem hatten sie in den Westzonen schon früh demokratische Partei*en* zugelassen und neue Länder gebildet – so wie mein Heimat-Bundesland Nordrhein-Westfalen, das die Briten im August 1946 schufen. Zudem hatten sie freie, allgemeine und geheime Landtagswahlen durchführen lassen, aus denen Länderparlamente und deutsche Landesregierungen hervorgingen. Auch an der Verwaltung ihrer Zonen waren *deutsche* Fachleute und gewählte Politiker beteiligt worden. All das waren wirtschaftliche und politische Schritte mit dem Ziel, die Westzonen zu einem starken demokratischen Weststaat auszubauen, den sie sich als einen Damm gegen die »russische Gefahr« wünschten.

An ein demokratisches – und wirtschaftlich auf den freien Markt und privates Eigentum ausgerichtetes – Gesamtdeutschland, das die sowjetisch besetzte Zone mit einschloss, verschwendeten die Westalliierten spätestens seit dem Frühjahr 1948 keinen ernsthaften Gedanken mehr. Warum auch? Wenn man die Dinge sah, wie sie inzwischen waren, gab es für sie keinen Grund zu glauben, auf die Verhältnisse in Ostdeutschland noch Einfluss nehmen zu können. Das wurde spätestens dann deutlich, als es die Sowjetunion ablehnte, in das Marshall-Plan-Programm aufgenommen zu werden, das sich – zumindest dem Grundsatz nach – auch an Russland und die von ihm abhängigen Staaten in Mittel- und Osteuropa richtete. Wie die Amerikaner den Russen, so misstrauten umgekehrt die Russen den USA. Stalin und seine Leute sahen in dem Marshall-Plan nichts anderes als den amerikanischen Versuch, mit dem angebotenen Hilfsgeld einen Keil in das kommunistische »Lager« zu treiben. Die USA, argwöhnten sie, wollten die geschwächten Länder Europas »kaufen«. Sie wollten sie auf diese Weise in ihr westlich-demokratisch-kapitalistisches System zwingen. In Westdeutschland, so sagten sie, werde das nun beispielhaft durchzuführen versucht.

So beurteilten die Russen was in den westlichen Zonen geschehen war – Westzonenvereinigung, Marshall-Plan und die Währungsreform vom 20. Juni 1948 waren aus *ihrer* Sicht also in erster Linie eines: gegen die Sowjetunion und deren Interesse an Einfluss im ganzen Deutschland gerichtet. Stalin fasste das so auf, dass die früheren Verbündeten aus dem Westen damit die vereinbarte Zusammenarbeit der Alliierten in Bezug auf Deutschland als Ganzes einseitig aufgekündigt hatten. Es war nur logisch, dass die Sowjetunion nun den »Alliierten Kontrollrat« verließ, der im Sommer 1945 geschaffen worden war, um das besiegte Land gemeinsam zu regieren.

Berlin-Blockade 1948/49

Die Vorbereitungen der westlichen Verbündeten zur Gründung eines Weststaates ärgerten die Russen beziehungsweise Stalin ungemein. Sie hatten lange darauf gesetzt, dass es irgendwann einmal ein vereintes Deutschland geben könnte, in dem *sie* – und nicht der Westen – den stärksten Einfluss hätten. Mit dem Weststaat, der im Entstehen begriffen war, mussten sie diese Erwartung aber aufgeben. Die Entwicklung zwang zum Umdenken, und das Ergebnis war in etwa: Wenn schon ein eigener Weststaat nicht zu verhindern war, wollten die Russen doch alles tun, um den Gang der Dinge zu behindern. Außerdem müssten sie sich nicht mehr zurückhalten und könnten nun ihrerseits die Ostzone vollständig zu einem »Bollwerk gegen den Westen« ausbauen – was im Grunde eh schon geschehen war. Vor diesem Hintergrund kam es zu der berühmten Berlin-Krise von 1948/49: Alles fing damit an, dass die Russen kurz nach der Einführung der »D-Mark« in den Westzonen mit einer eigenen Währung für die Ostzone antworteten. Das war die »Mark«, auch »Ostmark« genannt. Nach ihrem Willen sollte diese Ostmark auch in Berlin gelten: in *ganz* Berlin und damit auch in den westlichen Stadtteilen, wo die Westalliierten standen. Das wiederum wollten sich die USA und ihre Verbündeten nicht gefallen lassen. Deshalb bestanden sie darauf, die neue »D-Mark« rasch auch in West-Berlin einzuführen. Die Russen beanspruchten jetzt aber ganz Berlin für sich allein! Der Streit nahm daraufhin richtig Fahrt auf. Die sowjetischen Truppen begannen ab dem 24. Juni 1948 damit, alle Zufahrtswege von den Westzonen nach Berlin zu Lande und zu Wasser abzuriegeln. Auch die Stromzufuhr wurde gekappt. Der westliche Teil der Stadt lag ja wie eine Insel mitten in der sowjetisch besetzten Zone; das machte diese Maßnahmen sehr wirkungsvoll. Über kurz oder lang müsse Berlin ausgehungert sein – und die westlichen Alliierten würden kleinlaut abziehen, dessen waren sich die Russen sicher.

Aber mit dieser Erwartung lagen sie falsch! Vor allem die Amerikaner waren entschlossen, dem Druck, ja der Erpressung durch die Sowjets, nicht nachzugeben. Sie meinten: »Wenn Berlin fällt, fällt Westdeutschland!«, und sie begannen damit, die abgeriegelte Stadt mit ihren 2,5 Millionen Ein-

Berliner Kinder freuen sich über ein alliiertes Transportflugzeug mit Nahrungsmitteln und anderen Versorgungsgütern, die über die »Luftbrücke« in die eingeschlossene Stadt kamen. Die Berliner nannten die Flugzeuge liebevoll-scherzhaft »Rosinenbomber«.

wohnern aus der Luft zu versorgen. Schon ab dem 25. Juni landeten die ersten Transportflugzeuge von Amerikanern und Briten auf Berliner Flughäfen. Sie kamen von Frankfurt am Main, Hannover und Hamburg und brachten lebensnotwendige Güter wie Lebensmittel, Medikamente, Ersatzteile oder auch Maschinen und Zeitungspapier. Einmal hatten sie sogar ein ganzes Kraftwerk geladen. Sie flogen fast pausenlos, im Takt von etwa drei Minuten, nach Berlin. Diese sogenannte »Luftbrücke« war eine technische Meisterleistung der Westalliierten. Und sie war der Ausdruck von großer Hilfsbereitschaft der jungen amerikanischen und britischen Piloten, von denen insgesamt 70 bei diesen Flügen bei Unfällen ums Leben kamen.

Nach etwa einem Jahr mussten die Russen einsehen, dass ihre Rechnung nicht aufgehen würde. Ende Januar 1949 ließ Stalin erkennen, dass er zu Verhandlungen bereit war. Ihm war klar geworden, dass die Westalliierten – allen voran die USA – auf Berlin nicht verzichten wollten und der Weststaat beschlossene Sache war. Auf einen Krieg um Berlin konnte und wollte er es aber nicht ankommen lassen. Noch besaßen nur die USA Atomwaffen, und die Amerikaner erinnerten ihn auch gelegentlich daran. Es gab zähe Gespräche im Geheimen, die sich über Monate hinzogen, damit Stalin sein Gesicht wahren konnte. Aber am 12. Mai 1949 endete die Abschnürung Berlins, die Blockade also, die ein Machtkampf zwischen West und Ost war. Die Stadt blieb geteilt, West-Berlin blieb Teil der Westzonen und für die Russen für Jahrzehnte eine Quelle des Ärgernisses. Die Sowjetunion aber hatte bei den Westdeutschen und vor allem bei den Berlinern durch ihr Verhalten letzte Sympathien verspielt. Im selben Maß wuchs das Ansehen von Amerikanern und Briten bei den Westdeutschen. Ihnen schienen die Westalliierten von jetzt an nicht mehr nur Besatzungsmächte zu sein – sondern in erster Linie Schutzmächte und vielleicht sogar Freunde. So hatten die Russen mit der »Berlin-Blockade« von 1948/49 dazu beigetragen, Westdeutsche und Westalliierte zusammenzuschweißen. Es entstand ein »Wir-Gefühl« zwischen Siegern und Besiegten, welches das westliche »Lager« stärkte.

Gründung zweier deutscher Teilstaaten 1949

Als die Berlin-Blockade anlief, war der westdeutsche Teilstaat schon dabei zu entstehen. Anfang Juni 1948 hatten die westlichen Verbündeten den Ministerpräsidenten der 11 Länder in ihren Zonen (Länder wie Nordrhein-Westfalen, Niedersachsen, Bayern und so weiter) den Auftrag gegeben, die beschlossene Staatsgründung umzusetzen. Du wirst dich vielleicht fragen, wie man das macht, einen Staat ins Leben zu rufen? Dazu hilft es, sich klar zu machen, was ein Staat eigentlich ist. Etwas vereinfacht kann man sagen, dass es sich dabei um eine Vereinigung von Menschen handelt, die freiwillig in einem umgrenzten Gebiet zusammenleben und sich bewusst organisieren. Oft sind es Hunderttausende oder Millionen von Menschen, was eine planvolle Ordnung auch wirklich notwendig macht. Das Volk oder »Staatsvolk« und ein Staatsgebiet gab es schon. Also fehlten noch eine Art Bauplan für den künftigen Staat sowie eine Leitung für diese Gemeinschaft, mit der die Mehrheit einverstanden war. Kurz: Es fehlten eine Verfassung und eine demokratisch gewählte Regierung.

Und so holten die Ministerpräsidenten der westdeutschen Länder zunächst einen Kreis von Männern und Frauen zusammen, die sich eine gute Verfassung ausdenken sollten. Das war der sogenannte »Parlamentarische Rat«. Dieser Rat bestand aus 65 Abgeordneten, die von den Landtagen – den Parlamenten der Länder – gewählt worden waren. Die meisten Mitglieder gehörten der CDU/CSU sowie der SPD an; aber auch die kommunistische KPD war entsprechend ihren Sitzanteilen in den Landtagen mit einigen wenigen Abgeordneten vertreten. Den Vorsitz im »Parlamentarischen Rat« hatte der Chef der CDU in der britischen Zone, der Konrad Adenauer hieß. Dieser war früher, bis zu den Hitler-Jahren, Oberbürgermeister der Stadt Köln gewesen. Die Hitler-Leute hatten ihn aus seinem Amt entlassen und später sogar für kurze Zeit eingesperrt. Nach dem Krieg gehörte der rheinische Katholik Adenauer zu den Gründern der bürgerlich-konservativen CDU, der Christlich Demokratischen Union.

Die Frauen und Männer im »Parlamentarischen Rat« begannen im September 1948 in Bonn am Rhein ihre Arbeit. Es war bestimmt spannend, etwas so Wichtiges wie die künftige Verfassung auszuarbeiten. Wie der Architekt beim Hausbau, waren sie es, welche die Gestalt des geplanten »Hauses« für Millionen von (West-)Deutschen entwarfen. Dabei hatten die westlichen Siegermächte vorab festgelegt, dass der neue Staat nach den Grundsätzen von Demokratie und Rechtsstaatlichkeit aufgebaut sein müsse. Sie wollten sicherstellen, dass es nicht noch einmal in Deutschland eine diktatorische Alleinherrschaft gebe. Aber die beteiligten Abgeordneten dachten ohnehin nicht anders. Ihnen schwebte das Beispiel der Weimarer Demokratie vor, das die meisten von ihnen noch aus eigenem Erleben kannten. Außerdem war ihnen wichtig, aus den gerade erst überwundenen Hitler-Jahren mit Krieg und Völkermord die richtigen Lehren zu ziehen. So kam nach monatelangen Beratungen ein Entwurf zustande, der einen neuen Weststaat als eine demokratische und soziale Republik entwarf, in der es starke Einzelländer geben sollte. Sein Fundament sollten die *Menschen-* und *Grundrechte* sein, die daher bewusst an den Anfang gestellt wurden. Diese grundlegenden Rechte wie das Recht auf Freiheit, Leben und körperliche Unversehrtheit schützen den Einzelnen vor dem Staat, und der Staat sollte sie nicht aufheben oder einschränken können, wie es ja direkt zu Beginn der Hitler-Zeit geschehen war.

Am 8. Mai 1949, also auf den Tag genau vier Jahre nach der Kapitulation von Hitler-Deutschland, beschloss der Parlamentarische Rat diesen Entwurf, der die Bezeichnung »Grundgesetz« erhielt. Am 12. Mai stimmten auch die Westmächte zu, und am 23. Mai verkündete Adenauer als Vorsitzender des Parlamentarischen Rats dieses Grundgesetz – und zugleich die Gründung der »Bundesrepublik Deutschland«. Jetzt fehlte zur Vollendung von allem nur noch eine Regierung. Dazu gab es wenige Wochen später, am 14. August 1949, freie und geheime Wahlen zum ersten deutschen Nachkriegsparlament, dem Bundestag. An der Wahl beteiligten sich fast 24 Millionen Deutsche. Die meisten Stimmen entfielen auf die CDU/CSU (CSU heißt: Christlich-Soziale

Union), aus deren Mitte der Bundestag in seiner ersten Sitzung den damals 73-jährigen Konrad Adenauer zum Bundeskanzler und Regierungschef der jungen BRD wählte.

Nach der Gründung der Bundesrepublik Deutschland im Westen gab Stalin den kommunistischen Politikern der SED in der Ostzone grünes Licht, dass sie ihrerseits einen *ostdeutschen* Teilstaat schaffen sollten. Er hatte so lange gewartet, damit es nach außen hin so aussah, als trage »der Westen« die Schuld an der deutschen Teilung. Der Oststaat wurde am 7. Oktober 1949 in Berlin ausgerufen. Er nannte sich »Deutsche Demokratische Republik«, kurz: DDR, und war laut Verfassung ebenfalls eine parlamentarische Demokratie. Die »Volkskammer« war das Parlament der DDR; bei den Wahlen dazu konnte man aber nur eine »Einheitsliste« wählen, die von der SED bestimmt wurde und bei denen das Ergebnis im Grunde schon vorher feststand! Dieses Parlament, das somit aus unfreien Wahlen hervorging, hatte nicht viel Macht. Die Zusammensetzung der Regierung und die Politik im Staat wurden nämlich allein von der Leitung der SED vorgegeben, in der damals Walter Ulbricht der mächtigste Mann war. Er hatte in der Zeit der Weimarer Republik der KPD, der Kommunistischen Partei, angehört und war nach Hitlers Machtübernahme 1933 ins Exil – in die Verbannung – nach Moskau gegangen. Nach westlichen Maßstäben war die DDR unter Ulbrichts Führung *kein* demokratischer Staat, sondern eine Ein-Parteien-Diktatur, in der verfolgt und eingesperrt wurde, wer sich nicht dem Parteiwillen und damit den Kommunisten unterordnete.

Jetzt war die Teilung Deutschlands endgültig vollzogen. Es gab fortan zwei deutsche Staaten, die sehr unterschiedlich waren. Der Weststaat war ein Staat in Freiheit, und er besaß wirtschaftlich gute Startbedingungen, was vor allem den US-Amerikanern zu danken war. Der Oststaat lag hingegen im sowjetischen Machtbereich. Er entstand in einer Zone der Unfreiheit und trat mit wirtschaftlich deutlich ungünstigeren Aussichten ins Leben. So war abzusehen, dass es die Ostdeutschen sein würden, die in sehr viel stärkerem Maß die Lasten der Katastrophen von Hitler-Herrschaft und Krieg zu tragen bekamen. Als ob ihre Landsleute im Westen von höherer Stelle irgendwie begnadigt worden seien. Das war nicht gerecht, aber so lagen die Dinge im Jahre 1949 nun einmal. Die Wiedervereinigung von 1989/90 nach 40 Jahren Teilung war insofern, alles in allem, eine längst überfällige Korrektur der Geschichte. »Einigkeit und Recht und Freiheit« galten und gelten seitdem für *alle* Deutschen – in West und Ost. Mir scheint, das ist wirklich ein Grund zu gemeinsamer Freude!

Zum Schluss

Nun bin ich am Ende meiner Darstellung von fast 80 Jahren unserer – der deutschen – Geschichte angekommen. Es war ein bisschen wie eine gemeinsame Reise mit dem Bus durch die jüngere Vergangenheit. Wir sind irgendwann um das Jahr 1871 eingestiegen und haben wie durch große Fenster beobachten können, wie die Deutschen vor uns durch die Zeit geschritten sind. Wir haben gesehen, dass der Weg, den sie gingen oder auf den sie gedrängt wurden, in zwei verheerende Kriege und durch diese hindurch geführt hat: die beiden Weltkriege von 1914 bis 1918 und 1939 bis 1945, die viel Leid über Millionen von Menschen brachten. Die beiden Katastrophen waren allerdings nicht einfach vom Himmel gefallen. Sie entstanden in den Köpfen und in der Gefühlswelt der Zeitgenossen, die von der zerstörerischen Krankheit des Nationalismus befallen waren – oder zumindest dafür anfällig wurden. Das galt, wie wir gesehen haben, nicht nur, aber vor allem für die Deutschen, die sich schließlich durch einen besonders radikalen Nationalisten namens Adolf Hitler ins Verderben führen ließen.

Wenn du das Buch von vorn bis hinten durchgelesen hast, könntest du meinen, dieser Weg der Deutschen seit 1871 sei von Beginn an *vorherbestimmt* gewesen. Denn es scheint, dass eines dem anderen logisch gefolgt ist: ein Weg wie eine breite Straße, die unvermeidlich bis zu einem

»Endpunkt« – hier das Jahr 1949 und die deutsche Teilung – führen *musste.* Die meisten Geschichtsforscher lehnen eine solche Sicht von Geschichte aber aus guten Gründen ab. Sie wissen, dass es in beinahe jedem beliebigen Moment des früheren Geschehens eine Vielzahl möglicher anderer Wege gegeben hat und dass es deshalb immer auch anders hätte kommen können.

Was wäre beispielsweise gewesen, wenn Kaiser Wilhelm II. in der Julikrise 1914, als es um Krieg oder Frieden in Europa ging, den österreichisch-ungarischen Verbündeten von einem Angriff auf Serbien abgehalten hätte? Im letzten Augenblick hatte er das tatsächlich gewollt – es war aber schon zu spät. Zum Ersten Weltkrieg wäre es vielleicht gar nicht gekommen! Oder was wäre passiert, wenn die westlichen Verbündeten England und Frankreich im Frühjahr 1936 Hitler nach dem Einmarsch ins entmilitarisierte Rheinland mit ihrem überlegenen Militär entschlossen entgegengetreten wären? Was schließlich wäre wohl geschehen, wenn einer der frühen Attentatsversuche auf Hitler gelungen und der Diktator noch vor dem großen Krieg getötet worden wäre? Das sind natürlich nur Gedankenspiele, aber sie zeigen: Der Weg von der Vergangenheit zur Gegenwart erscheint nur *von heute aus* betrachtet wie eine einzige große Straße in *einer* Richtung, und man müsste schon einen dicken »Wälzer« von mehreren zehntausend Seiten schreiben, wenn man all die möglichen anderen Wege berücksichtigen wollte.

Bei einem Buch wie diesem ist es ein bisschen wie bei einem Aufsatz in der Schule. Es gibt ein Thema, das man aus einem bestimmten Blickwinkel oder nach einer bestimmten Frage entwickeln soll. Damit sind die inhaltlichen Bahnen dessen, was folgt, schon stark vorgegeben. Man muss dann möglichst eng an seinem Thema bleiben, um sich nicht dem Vorwurf der Weitschweifigkeit auszusetzen. Und so ist jeder, der ein Buch zu einer Sache schreibt, gezwungen, sich einen »roten Faden« zu schaffen und an diesem so gut es geht festzuhalten. Das habe ich auch versucht; aber ich gebe zu, dass es mir schwergefallen ist, vieles von dem, das mir *auch* noch wichtig oder interessant erschien, wegzulassen.

Ich wäre etwa bei dem Kapitel über die Hitler-Jahre gern viel ausführlicher geworden. Ich musste, um ein Beispiel zu nennen, darauf verzichten, über jene Deutschen zu schreiben, die mit Hitlers unmenschlicher Politik *nicht* einverstanden waren und den Schritt in den aktiven Widerstand wagten: mutige Menschen wie zum Beispiel die Geschwister Hans und Sophie Scholl. Sie studierten damals in München und waren über den Krieg und die Verbrechen der Nationalsozialisten besonders im Osten ungeheuer empört. Weil ihnen kein anderes Mittel zur Verfügung stand, verfassten sie Flugblätter, auf denen sie gegen die Brutalität und den Ungeist der Hitler-Herrschaft protestierten. Die Widerstandsgruppe nannte sich die »Weiße Rose«, und die jungen Leute bezahlten ihren Einsatz für ein »freies Deutschland« nach ihrer Verhaftung durch die Gestapo am 22. Februar 1943 mit ihrem Leben. Aber auch nach ihrer Hinrichtung durch das Fallbeil machten ihre Flugblätter in Deutschland weiterhin die Runde. In Hamburg etwa gingen andere Jugendliche hin, vervielfältigten die Druckschriften und verteilten sie. Ein anderer junger Hamburger, der Lehrling Helmuth Hübener, hatte eigene Flugzettel gegen Hitler und den Krieg verfasst und unter die Leute gebracht, bis er im Frühjahr 1942 verhaftet wurde. Das zuständige Gericht verurteilte ihn anschließend wegen »gefährlicher Propaganda« ebenfalls zum Tod. Da war er gerade einmal 17 Jahre alt!

Es stimmt schon, dass auf den Zeitraum 1871 bis 1949 gesehen die Hitler-Jahre einen hervorgehobenen Platz einnehmen. Ich meine, das kann auch gar nicht anders sein. Zu schlimm waren die begangenen Verbrechen, vor allem an den Juden, zu groß die Folgen für Millionen von Menschen in Deutschland und Europa. Ich denke hier »stellvertretend« an Ruth Eichenwald, von der ich etwas weiter vorn schon erzählt habe. Menschen, die sie kannten, beschrieben sie als eine hübsche und freundliche junge Frau mit einer beeindruckenden blonden »Löwenmähne«. Ich habe davon berichtet, dass sie in einem Lager in Riga in Lettland unmittelbar nach ihren beiden kleinen Kindern ermordet wurde. Keiner von ihnen hatte etwas verbrochen. Sie mussten einfach nur deshalb sterben, weil sie eine andere Religion hatten und angeblich »fremdrassig« waren. Wir können das grausige Geschehen von damals nicht rückgängig machen; aber wir können an Ruth Eichenwald erinnern, und wir können uns an ihrem Beispiel vor Augen führen, in welche Abgründe die andauernde Gehässigkeit gegen »andere«

führen kann. Vielleicht denkst du jetzt: Das ist doch alles vorbei, und etwas Vergleichbares passiert bestimmt nicht noch einmal. Eigentlich teile ich deinen Optimismus. Ich bin also eher zuversichtlich, dass die Mehrheit der Menschen aus der Geschichte gelernt hat. Andererseits bin ich mir manchmal nicht mehr so sicher. Erst vor wenigen Wochen habe ich gelesen, dass die Zahl der Übergriffe gegen Fremde und auch die Zahl judenfeindlicher Straftaten im vergangenen Jahr in Deutschland eine Rekordhöhe erreicht hat. Dasselbe gilt für die Zahl der Angriffe auf Flüchtlingsheime. Es wäre schön, wenn sich all diese unwürdigen Dinge nachträglich als ausgedörrte Seitenarme der dann jüngsten deutschen Geschichte erwiesen.

Ich habe oft mit meinem Vater über die dunklen Hitler-Jahre gesprochen. Er war 1948, dem Jahr der Währungsreformen in West und Ost, aus russischer Kriegsgefangenschaft zurückgekehrt. Man hatte ihn im Frühjahr 1945 im Raum Königsberg – dem heutigen Kaliningrad – mit anderen deutschen Soldaten gefangen genommen. Danach folgten drei Jahre Lagerhaft und Zwangsarbeit in Karaganda, einer Bergbau- und Industriestadt in Kasachstan. Die Behandlung durch die Russen sei, von manchen Schikanen abgesehen, anständig gewesen. Von den Hitler-Leuten und besonders der SS im Kampfgeschehen, der sogenannten »Waffen-SS«, sprach er dagegen sehr schlecht; sie nannte er »Halunken«. Die SS-Waffenträger, oft Freiwillige, hätten an der Front »keine Gefangenen gemacht«. Das heißt, dass sie russische Soldaten, die sich ergaben, an Ort und Stelle kaltblütig erschossen. Einmal habe ich ihn gefragt, warum sie überhaupt für Hitler gekämpft hätten. Seine Antwort war, sie hätten für sich das Verständnis gehabt, allein »für das Vaterland« in den Kampf zu ziehen. Ich hatte nie Anlass, das in seinem Fall in Zweifel zu ziehen, und was er sagte, mag ähnlich auch für manche andere deutsche Soldaten gegolten haben. Im Großen und Ganzen traf diese Aussage aber wohl nicht zu. Denn die Wehrmacht und ihre Soldaten waren oft willige Erfüllungsgehilfen Hitlers und seiner Wahnideen.

Ich fand es immer sehr interessant, von meinem Vater »aus erster Hand« solche geschichtlichen Schilderungen zu erhalten. Dabei ging es fast ausschließlich um die Kriegsjahre und um die Kämpfe in Russland. Ich kann mich an viele Einzelheiten dazu erinnern, die sachlich einzuordnen mir heute natürlich leichter fällt. Das gilt auch für einen Satz, den ich besonders häufig von ihm hörte. Er fiel meist nach langen Gesprächen auch über die deutschen Gräueltaten; es war ein beschämtes: »Wir *durften* den Krieg nicht gewinnen!« Ich denke, dass ihm also das Verbrecherische der Hitler-Herrschaft klar war und dass dies für ihn nicht fortbestehen durfte. Und das sagte und meinte er genau so – obwohl er doch in diesem Krieg ständig und über lange Zeit sein Leben und seine Gesundheit einsetzte. Für ihn waren diese Jahre, wie er mir oft versicherte, daher vor allem dies: »verlorene Jahre«! Ebenso ging es wohl einer ganzen Generation junger Menschen. Es stimmt schon, wie ein israelischer Geschichtsprofessor vor Kurzem in einem Überblickswerk zur Weltgeschichte schrieb, dass Geschichte sich grundsätzlich »nicht um den Menschen schert«. Das kann ja auch nicht anders sein, weil sie für sich genommen keinen inneren Antrieb und kein Ziel hat. Die Menschen *selbst* müssen also dafür sorgen, die Dinge bewusst zum gemeinsamen Nutzen zu *gestalten.* Und eine funktionierende Demokratie bietet dafür alle Möglichkeiten.

Dr. Ludger Grevelhörster (geb. 1958) ist Historiker und Lehrer. Davor war er bis 1997 wissenschaftlicher Mitarbeiter am Lehrstuhl für Neuere Geschichte und Westfälische Landesgeschichte an der Universität Paderborn. Er hat mehrere Publikationen zur neueren deutschen Geschichte verfasst.

Rüdiger Trebels (geb. 1962) lebt seit seinem Studium der Visuellen Kommunikation in Düsseldorf. Er arbeitet für Werbeagenturen, Zeitschriften- sowie Kinder- und Schulbuchverlage. Für den Greven Verlag Köln hat er *Rosas Montag in Köln* illustriert.